Shusaku Endo

Der wunderbare Träumer

Shusaku Endo

Der wunderbare Träumer

Roman

Aus dem Englischen von
Maja Ueberle-Pfaff

Herder
Freiburg · Basel · Berlin

Titel der englischen Ausgabe:
Wonderful Fool
Herstellung: Clausen & Bosse, Leck
ISBN 3-451-23091-7

1 Ein Nachkomme Napoleons

Es war an einem Sonntagmorgen Ende März. Die ersten scheuen Pflaumenblüten fanden sich über Nacht umringt von blühenden Dolden, und die rundlichen weißen Knospen der Magnolien im Garten waren prall zum Bersten. Takamori lag wie eine Schildkröte zusammengekrümmt im Bett und genoß die wohlige Wärme. Plötzlich drang in seine Ohren die schrille Stimme seiner jüngeren Schwester Tomoe, die ihn vom unteren Stockwerk rief.

„Wenn du noch länger im Bett bleibst, wirst du verschimmeln. Es ist zehn Uhr."

„Ich stehe doch gerade auf", erwiderte Takamori mürrisch und streckte den Kopf unter der Decke hervor.

„Das hast du schon vor einer halben Stunde gesagt."

„Ich zieh' mich an."

Das war natürlich eine Lüge. Aber Takamori wußte aus Erfahrung, daß er dadurch noch ein paar Minuten gewann, bevor seine Schwester die Treppe hochsteigen und ihm die Decke wegziehen würde.

Jeden Sonntag wurde er in drei Anläufen attackiert. Die erste Salve feuerte sie vom Treppenabsatz im ersten Stock. Im Halbschlaf verstand er kein Wort. Dieser erste Angriff konnte mit einem einfachen ‚Ja ja' oder ‚Mhm' abgewehrt werden. Als nächstes versuchte sie, ihn einzuschüchtern – wie jetzt gerade –, indem sie laut auf der Treppe herumtrampelte und ihm etwas zurief. Aber da war er ihr immer noch nicht ganz ausgeliefert. Er mußte nur antworten, daß er sich gerade anzog.

Diesmal ließ sie sich nicht so leicht abwimmeln. Er wußte, daß sie stocksteif auf der Treppe stand und auf jedes noch so kleine Geräusch lauerte.

„Dann komm und sieh selbst", rief er ihr trotzig zu. „Aber ich warne dich. Ich habe keinen Faden am Leib. Wenn dir das nichts ausmacht..."

Als er sich in Sicherheit wähnte, streckte er mit großer Willensanstrengung Arme und Beine weit von sich und holte eine Zigarette aus dem Päckchen neben dem Bett. Dieses faule Herumliegen, das nur an Feiertagen möglich war, hielt einen arbeitenden Menschen wie ihn für den Rest der Woche bei Laune.

Takamori, der sechs Tage in der Woche in einer Bank im Otemachi-Viertel von Tokio arbeitete, wollte sich wenigstens sonntags den Luxus des Ausschlafens gönnen, aber seine Schwester war eine rechte Plage. Die Leute sprechen von Ehemännern, die unter dem Pantoffel stehen, aber wer hat je von einem Bruder gehört, dem dieses Los beschieden war? Als Junggeselle konnte er sich kaum vorstellen, wie eine Ehefrau mit ihm umspringen würde, aber wie es sich anfühlte, von einer Schwester unterdrückt zu werden, das wußte er nur zu gut.

Wenn seine verheirateten Kollegen in der Bank ihm in der Mittagspause anvertrauten, daß sie sich vor ihren Ehefrauen fürchteten, dann fragte er sich, wieviel davon wohl stimmte und ob die Behauptung nicht eher zu der uralten Strategie gehörte, durch die Ehemänner ihre Frauen zu besänftigen suchten und sie ihrer Gefährlichkeit beraubten. Zunächst einmal hat jede Ehefrau, auch wenn sie zuzeiten noch so schreckenerregend ist, im Grunde ihres Herzens eine Schwäche für ihren Mann, oder nicht? Am Ende würde sie sich mit ihm versöhnen wollen. Und darin zumindest unterschied sie sich von einer Schwester.

In Takamoris Erfahrung war eine Schwester von frühester Kindheit an die selbsternannte Aufpasserin und Kritikerin ihres Bruders. Nicht der kleinste Fehler oder Ausrutscher entging ihrem wachsamen Auge. ‚Das erzähl ich Papa!', hatte sie mit einem Funkeln in ihren schwarzen

Augen gedroht, wenn er als Schüler versucht hatte, sich von seinen Büchern fortzustehlen und draußen mit Freunden zu spielen. Und als er sich aufs Dach geschlichen hatte, um seine erste Zigarette zu paffen, war natürlich sie es gewesen, die ihn entdeckt hatte. Nicht einmal die Androhung körperlicher Gewalt hielt sie in Schach. Als Kind hatte sie so gut wie nie eine Träne vergossen, ganz gleich, was er mit ihr angestellt hatte. Nur der übliche Refrain: ‚Das erzähl ich Papa.' Wenn der Vater aus dem Büro nach Hause kam, machte sie ihre Drohung wahr und erging sich in den ungeheuerlichsten Übertreibungen. Kurz gesagt, es war immer Takamori, der büßte.

Wenn er sie von ihrer Angriffslust ablenken wollte, indem er sich bei ihr einschmeichelte, machte er alles nur noch schlimmer. Mit Nettigkeit war dieser Frau nicht beizukommen.

Takamoris größtes Problem war sein Name. Sein Großvater, ein Gelehrter mit großen Kenntnissen des Chinesischen – er war in Kagoshima geboren und aufgewachsen –, hatte beschlossen, sein erster Enkel solle ein berühmter Mann werden wie der große Sohn der Stadt Kagoshima, Takamori Saigo[1], und hatte deshalb auf diesem Namen bestanden. Doch Namen schaffen noch keine Tatsachen: In Takamori fand sich nicht die Spur der Großherzigkeit und Offenheit, die seinen berühmten Namensvetter kennzeichneten. Tomoe dagegen wies alle Merkmale der historischen Tomoe Gozen[2] auf, die, wie in der ‚Geschichte von Heike' berichtet wird, Schwert und Bogen so geschickt handhaben konnte, daß sie tausend Kriegern gewachsen war und weder Gott noch Teufel scheute, und die als eine der letzten sieben Tapferen mit ihrem Herrn Yoshinaka Kiso in den Kampf

1 Bekannter japanischer Kulturrevolutionär aus Kagoshima, setzte sich für das Ende des Feudalsystems ein.

2 Frau des Samurai-Fürsten Minamoto Yoritomo, lebte um 1200 n. Chr.

ritt. Tomoe war willensstark und schlau, und sie haßte es zu verlieren. Sie war, kurz gesagt, ganz im Stil der heutigen japanischen Mädchen erzogen worden.

Takamori fand, daß seine Schwester mehr als attraktiv war. Wenn sie nicht gerade wütete oder schmollte, hatte sie einige augenfällige Vorzüge, allerdings nichts von dem klassischen Ideal einer japanischen Jungfrau, deren Augen feucht wurden, wenn sie die Sterne betrachtete, und die über einem Veilchen seufzte. Natürlich war Tomoe nicht immer so gewesen. Als Baby hatte sie ihre hübschen kleinen Patschhändchen – von der Farbe herbstlicher Ahornblätter – Takamori entgegengestreckt und war ihm auf unsicheren Beinchen überallhin im Haus gefolgt, weil sie immer in seiner Nähe sein wollte. Aber von einem bestimmten Zeitpunkt an hatte sie sich plötzlich in diesen Plagegeist verwandelt, der hochnäsig auf den Bruder herabblickte.

„Ach, ich frage mich, ob alle Männer so wenig Rückgrat haben wie du. Wenn ja, dann heirate ich nie!" hatte sie frech erklärt.

Takamori hatte schließlich gelernt, daß es besser war, ihr nicht zu antworten, wenn sie in diesem Ton redete. Zweifellos war sie ihm an Schlauheit und Vitalität überlegen. Auf der Universität hatte sie mit berechnendem Blick nach vorne geschaut und sich mit Energie und Sorgfalt auf das Studium des Italienischen gestürzt, einer Sprache, die praktisch niemand sonst studierte; dazu lernte sie Schreibmaschine und Stenographie. Als sie ihren Abschluß machte, gab es viel zu viele Mädchen, die Englisch und Französisch konnten, aber Italienisch-Studentinnen waren, wie sie vorausgesehen hatte, sehr gefragt. Ihre Strategie machte sich bezahlt, als ihr von einer italienischen Handelsgesellschaft eine Stelle angeboten wurde und sie dort soviel verdiente wie ein Mann. Tatsächlich verdiente sie mehr als ihr Bruder, so daß er ihr selbst in bezug auf ökonomische Macht unterlegen war.

Junge Mädchen in Tomoes Alter sind gewöhnlich auf der Suche nach einem Ehemann, aber Tomoe, die sehr realistisch dachte und sich in ihrem Ehrgeiz weder von Sternen noch von Veilchen beirren ließ, interessierte sich kaum für Männer. Wenn alle Männer solche unzuverlässigen, weltfremden Träumer wie ihr Bruder waren, hatte sie nicht den Wunsch zu heiraten, jedenfalls nicht gleich. Sie machte daraus kein Geheimnis und begegnete den Kollegen an ihrem Arbeitsplatz, aber auch den männlichen Besuchern Takamoris mit offener Geringschätzung. Tief in ihrem Herzen hegte sie wahrscheinlich die Hoffnung auf einen starken, mutigen Mann, der eines Tages erscheinen und sie im Sturm erobern würde, aber sie hütete sich davor, ihrem Bruder solche Phantasien einzugestehen.

Sie gab wenig von ihrem Geld aus, sondern investierte es lieber und sah zu, wie es sich verdoppelte, ja verdreifachte. In der Vergangenheit versteckten junge Mädchen ihr Erspartes zu Hause oder zahlten es bestenfalls auf ein Sparkonto ein, heute dagegen genossen sie den Nervenkitzel des Aktienmarktes und akkumulierender Profite. Jeden Morgen, wenn Tomoe am Frühstückstisch Takamori gegenübersaß, überflog sie nicht etwa die Gesellschaftskolumnen oder die Kinoanzeigen, ja nicht einmal den Fortsetzungsroman, sondern interessierte sich lediglich für den nüchternen Börsenbericht über die Kursschwankungen.

Während er sie beobachtete, dachte Takamori: Sie muß inzwischen einen Haufen Geld haben, und er verspürte Neid und Widerwillen. Welcher Mann wird sie jemals heiraten wollen? Ich würde zu gern wissen, wie der aussieht.

Glücklicherweise gab es jede Menge alter Sprichwörter, die Männer aufwerten und Frauen herabsetzen. „Töchter und Zwerge sind schwer aufzuziehen." – „Kleiner Spatz, wie kannst du jemals die Pläne der großen Gänse begreifen?" Während Tomoe ihr Gesicht in der Zeitung vergrub, bemühte Takamori angestrengt sein Gedächtnis, um sich an all die berühmten Sprüche zu erinnern, und sein Mißmut ließ etwas nach. Doch es ließ sich leider nicht leugnen, daß es Zeiten gab, in denen die große Gans vom kleinen Spatz Geld borgen mußte, und das war eine peinliche Situation.

„Schließlich bin ich doch dein Bruder", brachte er kläglich vor und fühlte sich gedemütigt. (Er konnte nicht vergessen, daß sie sechs Jahre jünger war als er.)

„Sentimentaler Quatsch!" Mit einem Streich brachte sie ihn zur Strecke. „Habe ich dir nicht gerade neulich tausend Yen geliehen? Nein, von mir bekommst du keinen Yen mehr."

„Dann muß ich eben die Zähne zusammenbeißen."

Am Ende gab sie meistens nach, aber nicht aus edelmütiger Liebe zu ihrem Bruder. „Also gut. Aber ich verlange zehn Prozent Zinsen pro Woche."

„Das ist grotesk."

„Was ist grotesk? Wenn du's nicht willst, kannst du woanders betteln gehen." Vom eigenen Bruder Zinsen zu verlangen!

„Warum wirst du nicht ein bißchen damenhafter?" predigte er ihr dann gekränkt. „Wenn du so weitermachst, findest du nie einen Mann."

„Meinst du? Dann warte nur, bis ich mir einen aussuche!"

„Sei mal einen Augenblick still und hör zu. Zum Beispiel..."

Im Kino war der italienische Film *La Strada* gelaufen. Tomoe hatte ihn sicher gesehen. Kein Film konnte lehrreicher für sie sein, dachte Takamori. Ein Mann namens Zampano hatte überall und immer eine Frau namens Gelsomina bei sich. So sehr er sie auch schlug und verprügelte, verspottete und mißhandelte, sie wich nie von seiner Seite. Am Ende wurde sie von ihm verlassen, während die Wintersonne hinter den Bergen versank. Eine Frau ohne kluge Pläne für ihr Leben, ohne die Berechnung von Gewinn und Verlust. Was könnte einem modernen japanischen Mädchen lächerlicher erscheinen? Und doch war es diese Bereitschaft zu leiden, die sie schließlich in eine strahlende Heilige verwandelte. Wenn das Herz der Frau dem des Mannes wirklich überlegen ist, dann in Umständen wie denen Gelsominas.

Nachdem er geendet hatte, erwartete er, daß sie zu Tränen gerührt wäre.

„Hör zu", fuhr er feierlich fort. „Im Leben muß man gelegentlich verlieren, mit vollen Händen geben. Genau das fehlt dir." Er warf ihr einen kurzen Blick zu, um zu sehen, wie sie diese Weisheit aufnahm. Sie lachte.

„Das ist Unsinn. Du bist wirklich altmodisch. Aber für euch Männer ist es sehr bequem, so zu denken." Ihre Nase hob sich noch etwas steiler in die Höhe, und ihre Nasenlöcher blähten sich siegesgewiß, während sie mit einem Lachen Gelsominas weibliche Psychologie weit von sich wies.

Irgend etwas stimmt nicht mit ihrer Nase, wenn sie sie so in die Luft reckt, dachte Takamori. Tomoe selbst schien zu glauben, daß ihre Nase der von Sophia Loren ähnelte, aber davon bemerkte er nichts. Als kleines Mädchen hatte sie sie gekräuselt und ihm Grimassen gezogen. Jetzt als Erwachsene machte sie keine solchen vulgären Gesten mehr, aber ihre hocherhobene Nasenspitze zeugte dennoch von ihrer Arroganz gegenüber Männern, der Gesellschaft und dem Leben allgemein.

Diese Nase wird eines Tages einstürzen, dachte Takamori. Er hätte zu gerne einmal kräftig hineingezwickt, aber er wußte, wenn er das versuchte, würde sie sich an seiner Nase mit doppelter oder dreifacher Heftigkeit rächen.

Das war der Grund, warum Takamori an diesem Sonntagmorgen, in seine Decken gerollt wie eine Raupe in ihren Kokon, auf den schrillen Zuruf seiner Schwester mit einer Stimme antwortete, die vom Grund eines tiefen Brunnens zu kommen schien.

Nach dem zweiten Weckruf rauchte Takamori noch

zwei Zigaretten. Er war gerade mit der zweiten fertig, als im unteren Korridor erneut laute Schritte hallten.

Das war der Sturmangriff! Schnell drückte er die Zigarette aus und griff nach seiner Unterwäsche. Eigenartigerweise rief sie nichts, sondern kam leise die Stufen herauf. Eilig zog er sich das Unterhemd über den Kopf, aber er schaffte es nicht rechtzeitig. Die Zimmertür flog auf, und die helle Morgensonne strömte herein. Tomoe, die einen blütenweißen Pullover trug, stand mit verschränkten Armen im Türrahmen und blickte auf ihn herunter.

„Mylord, gratuliere zur Verlobung." Nach diesen unverständlichen Worten beobachtete sie kühl, wie er sich abmühte, sein Unterhemd zuzuknöpfen. Er konnte die Knöpfe nicht finden.

„Du hast es verkehrt herum an, Dummkopf." Auf ihrem Gesicht lag ein sarkastisches Lächeln, und sie wandte die Augen nicht von seinen Verrenkungen ab. „Du hast es verkehrt herum an", wiederholte sie. „Kein Wunder, daß du die Knöpfe nicht findest."

„Das mußt du mir nicht erzählen." In seiner Verlegenheit wich er ihrem Blick aus, indem er aus dem Fenster sah.

„Takamori?"

„Ja."

„Hast du vor zu heiraten?"

Im Schneidersitz auf dem Bett thronend drehte er den Kopf, um sie anzusehen. In ihren schwarzen Augen und der frechen Nase glaubte er Spott zu entdecken.

„Wer ist Hona Haruko?"

„Haruko? Keine Ahnung."

„Sagst du die Wahrheit?" In ihrer Stimme schwang Argwohn. Sie verzog den Mund und fixierte ihn scharf, um seinen Gesichtsausdruck zu deuten.

Doch Takamori konnte sich an keinen derartigen Namen erinnern. Ihm kam keine einzige Frau in den Sinn, die ihn am Sonntagmorgen anrufen würde.

„Willst du damit sagen, daß ich etwas mit einer Hona Haruko hätte?"

„Ich weiß nicht, aber..." Sie lachte. „Ein dicker Brief ist gerade von Haruko aus Singapur gekommen."

„Singapur!" Takamori starrte sie verdutzt an. Er fragte sich, ob seine Schwester, die da in Frühlingssonne getaucht vor ihm stand, noch alle Tassen im Schrank hatte. Vielleicht waren ihre Aktien gefallen. Er war nie in Singapur gewesen, und nicht einmal im Traum hatte er sich mit einem Mädchen an einem so fernen Ort eingelassen.

„Zeig mir den Brief."

„Du erwartest doch nicht, daß du ihn umsonst bekommst? Ich gebe ihn dir im Austausch gegen das Geld, das du mir vom letzten Monat schuldest."

„Das soll wohl ein Witz sein! Außerdem kenne ich niemanden, der so heißt."

Selbst Tomoe wurde klar, daß er nicht log. Dennoch betrachtete sie ihn weiterhin mißtrauisch. Schließlich holte sie einen Umschlag aus ihrem Pullover. Tatsächlich, die Briefmarke war aus Singapur. Die Adresse war in lateinischer Schrift getippt, und sein Name, Takamori Higaki, stand darauf. Als er den Brief umdrehte, fand er auf der Rückseite als Absender den Namen Hona Haruko in Handschrift, gefolgt von anderen Schriftzeichen in Klammern, die er nicht entziffern konnte. Er war vollkommen ratlos.

„Was für ein gräßliches Geschmier!" rief er aus, als er die Schrift auf der Rückseite studierte. Die Kalligraphie war in der Tat schauderhaft. Es wäre recht nett, überlegte er, einen hübsch geschriebenen Brief von einem Mädchen zu bekommen, selbst wenn er sich als Versehen entpuppen sollte. Aber diese Schrift – das war kein klassischer Stil! Was sollte dieses schreckliche Geschreibsel nur bedeuten? Es war so schlecht, daß selbst ein Erstkläßler Besseres zustande gebracht hätte.

„Jemand muß sich einen Scherz erlaubt haben. Aber es ist

eigentlich noch zu früh dafür. Der erste April ist erst in ein paar Tagen."

„Mach ihn wenigstens auf. Lies, was da steht."

„Mach du ihn auf."

„Warum?"

„Warum? Na... erstens kenne ich wirklich niemanden, der Haruko heißt. Du hast alles mögliche angedeutet. Mir reicht's. Also mach du den Brief auf. Gleich hier vor mir."

„Soll ich wirklich?" Die Neugier hatte Tomoe gepackt. Ihre Finger mit den roten, manikürten Nägeln näherten sich schon dem Umschlag. „Gut, wenn du meinst."

„Lies laut vor. Ich habe nichts zu befürchten. Mädchen sind heutzutage mißtrauisch und eifersüchtig. Das ist das wahre Problem."

Er sah ihr zu, wie sie gekonnt den Umschlag aufschlitzte und den Brief herauszog. Er war auf dünnes, durchsichtiges Luftpostpapier geschrieben und zweimal gefaltet.

„Was steht da?" Sogar Takamori war jetzt gespannt, und er spähte seiner Schwester über die Schulter. Die Schrift auf dem Papier sah aus wie lange Reihen von Schildkröten, die sich in der Mittagssonne ausstrecken. Die Schriftzeichen waren so klein und dicht gedrängt, daß eine Lupe nützlich gewesen wäre.

„Es geht los."

„Nur zu."

„‚Lieber Takamori, endlich habe ich die Schenkel gefunden...' Was soll denn das?" rief Tomoe mit rotem Kopf.

Durch die drastische Verringerung der Anzahl chinesischer Schriftzeichen für den täglichen Gebrauch machen Japaner heute viele Fehler beim Schreiben, lassen Zeichen ganz weg oder vertauschen sie. Selbst Takamori und Tomoe mit ihrem gelehrten Großvater bildeten keine Ausnahme. Auch sie kannten sich nicht besonders gut aus. Doch über die Menge an Fehlern in Harukos Brief waren sie entsetzt.

Hätte sie lediglich Schriftzeichen weggelassen oder vertauscht, wäre es noch nicht so schlimm gewesen. Doch es gab Stellen, an denen der Sinn, auch nachdem sie die Zeichen erkannt hatten, so im dunkeln blieb, daß ihre Mühsal der von Archäologen glich, die antike Hieroglyphen zu lesen versuchten.

„Ich geb's auf!" erklärte Tomoe schließlich.

„Gib mir den Brief." Jetzt nahm ihn Takamori, der immer neugieriger wurde, in die Hand und begann, darüber zu brüten.

„Ah, jetzt verstehe ich."

„Was verstehst du?"

„Das heißt nicht ‚Schenkel'. Sie hat es mit dem Zeichen für ‚Zeit' verwechselt... ‚Endlich habe ich die Zeit gefunden.' Was für ein Schnitzer!"

„Weiß der Himmel! Ein übler Schnitzer!"

Takamori saß über den Brief gebeugt mit gekreuzten Beinen auf dem Bett. Es war ein ruhiger Sonntagvormittag. Ihr Haus lag im Wohngebiet Kyodo im Stadtteil Setagaya, ziemlich weit vom Stadtzentrum entfernt. Jeden Frühling kehrten die Vögel in ihren Garten zurück, und auch jetzt konnte man sie durch das Fenster im zweiten Stock zwitschern hören. Abgesehen von der Stimme der Dienerin Matchan, die sich an der Küchentür mit jemandem unterhielt, war das Haus vollkommen still.

Helles Sonnenlicht fiel auf Takamoris Gesicht. Tomoe, die ihren Bruder beim Studium des Briefes genau beobachtete, sah, wie er plötzlich aufgeregt wurde.

„Was ist los?"

Takamori hob die Augen von dem Brief und sagte vernehmlich. „Großer Gott! Das ist ja furchtbar! Dieser Kerl aus Frankreich kommt!"

„Was?"

„Kein Witz. Und nicht nur das, er ist ein Nachfahre Napoleons."

Ein kleiner Vogel, der auf dem Dach gesessen hatte, flog

zwitschernd davon. Matchans Stimme war nicht mehr zu hören.

„Wovon redest du?"

„Ich mache wirklich keinen Scherz. Er kommt tatsächlich. Er ist schon nicht mehr in Singapur. In zwanzig Tagen ist er in Yokohama."

„Wovon um alles in der Welt redest du?"

„Du erinnerst dich doch, nicht?... vor acht Jahren, als ich diese ausländischen Brieffreunde hatte?"

Tomoe erinnerte sich vage. Takamori hatte als Schüler an einige Jungen im Ausland geschrieben, weil er etwas Englisch lernen und gleichzeitig seine Sammlung exotischer Briefmarken ergänzen wollte.

„Aber wer ist Hona Haruko?"

„Es heißt nicht Hona Haruko. Hier, sieh mal!" Takamori zeigte ihr den Brief und deutete auf die letzte Zeile verkorkster Schriftzeichen, die als Schildkrötenparade die Seite überquerten.

„Mein Name, wenn man ihn japanisch schreibt, heißt Honaharuko Gasuton." Ein Strich zuviel in dem Zeichen für ‚schreiben' hatte das Wort in ‚Mittag' verwandelt, begriff Tomoe schnell, aber das ‚Gasuton' erkannte sie nicht gleich, so unglücklich waren die Schriftzeichen gewählt, die den Klang des Namens darstellen sollten.

„Gaston Bonaparte. Sein Familienname ist Bonaparte und sein Vorname Gaston. Anscheinend denkt er, daß Männernamen auch auf ‚ko' enden."

Takamori war schon durch den vorangegangenen Schlagabtausch mit seiner Schwester nicht besonders gut gelaunt, und das gab ihm den Rest.

„Er schreibt, daß er an einem Institut für Fernöstliche Sprachen zwei Jahre lang Japanisch gelernt hat. Warum will er nur nach Japan kommen? Aber ich weiß noch, daß er sich schon damals vor über acht Jahren, als wir uns schrieben, sehr für Japan interessierte. Sein Onkel hat einige Zeit in

Kobe verbracht und hat wohl nach seiner Rückkehr seinen Neffen mit dem japanischen Fieber angesteckt."

„Kommt er als Tourist? Oder geschäftlich?"

„Das schreibt er nicht. Ich weiß nicht, warum er kommt."

Takamori sah Tomoe an und sagte mit gespielter Ernsthaftigkeit: „Vielleicht sucht er eine Frau. Gab es da nicht einen ältlichen südamerikanischen Millionär, der vor Jahren mit einer ähnlichen Mission nach Japan kam? Tomoe, das könnte deine große Chance sein!"

„Sei nicht vulgär!"

„Aber er stammt von dem großen Helden Napoleon ab. Ich fand es früher schon merkwürdig, daß er so hieß, und als ich ihn fragte, gab er die Verwandtschaft zu."

„Wer war Napoleon überhaupt? Er war der erste Faschist, stimmt's?"

„Was sollen wir nur mit ihm anfangen?"

„Auf jeden Fall müssen wir es mit Mutter besprechen. Du kannst nicht einfach einen völlig fremden Menschen ins Haus bringen – und dazu noch einen Ausländer!"

Ein Nachfahre Napoleons kam nach Japan! Und wollte in ihrem Haus wohnen! Wie ein Blitz aus heiterem Frühlingshimmel fuhr diese Nachricht in die Beschaulichkeit der Familie Higaki.

Tomoes schnelle Schritte, die sich die Treppe hinab entfernten, klangen wie Maschinengewehrfeuer. Ihr Bruder, der sich hastig angezogen hatte, folgte ihr, die Schärpe seines Kimonos hinter sich über den Boden schleifend.

„Mutter, etwas Schreckliches ist passiert!"

Shizu, ihre Mutter, stand in einem Raum mit Blick auf den Garten und polierte sorgfältig den Ebenholztisch, der zu Lebzeiten ihres Vaters zu dessen Lieblingsgegenständen gehört hatte.

„Was bedeutet diese ganze Aufregung?" fragte sie, während sie durch ihre Brillengläser hindurch den Blick auf

Takamori richtete, in dessen Gesicht sich immer noch kindliche Züge fanden.

Sechs Jahre waren vergangen, seit ihr Mann, der Arzt und Professor für Medizin war, an einer Hirnblutung gestorben war. Tomoe hatte zu dieser Zeit noch das Wirtschaftsgymnasium besucht, und Takamori bereitete sich gerade im College, durch das er sich vier Jahre lang leidlich durchgemogelt hatte, auf das Examen vor.

Jetzt wie damals, als ihr Mann noch lebte, reinigte Shizu sein Arbeitszimmer jeden Tag selbst; sie wischte die Regale ab, fegte den Staub von den Büchern und polierte den Ebenholztisch. Weder der Dienerin noch Tomoe wollte sie diese Arbeit anvertrauen.

„Deine Schärpe“, mahnte sie Takamori.

„Was?“

„Deine Schärpe ist nicht zugebunden.“

Takamori wickelte die Schärpe um sich und band sie zu, während er seiner Mutter aufgeregt von dem Brief aus Singapur erzählte. „Wenn du mich fragst, ich finde, wir sollten unser Bestes geben, damit er sich hier zu Hause fühlt, Mutter. Schließlich ist er ein alter Brieffreund, und er verläßt sich auf mich. Geben wir ihm die Chance zu sehen, wie eine japanische Familie lebt. Er kann eingelegten Rettich und Sojabohnenpaste mit uns essen. Es wird sicher gutgehen.“

„Es kommt so unerwartet.“

„Aber Mutter – ‚Sogar der Jäger verschont den Vogel, der bei ihm Zuflucht sucht‘“, drängte Takamori, der sich gerade noch rechtzeitig an ein altes, wenn auch nicht ganz passendes Sprichwort erinnert hatte.

„Bei Vögeln mag das ja angehen, aber wie sollen wir uns um ihn kümmern? Zunächst einmal – was ist mit der Toilette? Wir haben immer noch kein Wasserklosett. Einem Ausländer gefällt die japanische Art bestimmt nicht.“

Shizu gab ihrem Sohn und ihrer Tochter fast immer

nach, aber wenn es darum ging, einen ausländischen Gast zu beherbergen, zeigte sie beträchtliche Widerstände.

„Außerdem", fuhr sie fort, „mit einem Mädchen in Tomoes Alter im Haus..."

„Mutter, ich verbürge mich für ihn. Er ist schließlich ein Nachkomme Napoleons. Auf jemanden wie Tomoe wird er keinen zweiten Blick verschwenden."

2 Der Held tritt auf

In ihrem Büro bei der Disanto-Handelsgesellschaft, die im Marunouchi-Gebäude gegenüber dem Bahnhof von Tokio ihren Sitz hatte, fiel es Tomoe ungewöhnlich schwer, sich auf die Arbeit zu konzentrieren. Üblicherweise schaffte sie siebzig Wörter in der Minute, aber heute lag ihr Durchschnitt nur bei vierzig bis fünfzig.

„Signorina Higaki, ist etwas mit Ihnen?" fragte der Chef, Signor Disanto, besorgt, nachdem er gesehen hatte, wie ihr Blick mehrere Male geistesabwesend zum Fenster wanderte. „Fühlen Sie sich nicht wohl?"

„Es geht mir gut", versicherte sie ihm verlegen und begann wieder auf die Tasten zu hämmern. Aber sie kam nicht vorwärts. Ihre Gedanken kehrten ständig zu den Ereignissen des vorangegangenen Tages zurück.

In drei Wochen würde ein junger Franzose in Yokohama ankommen. Die größte Bürde der Vorbereitungen für seine Ankunft lastete auf ihrer Mutter, aber auch sie würde sich beteiligen müssen. Takamori – wie nicht anders zu erwarten – entzog sich jeder Verantwortung und fand, ihr Gast könne eingelegten Rettich und miso-Suppe essen wie der Rest der Familie. Er war absolut keine Hilfe.

Dann muß ich wohl dran glauben, dachte sie. Takamori ist in solchen Situationen wirklich nutzlos.

Der Ärger über ihren Bruder hinderte sie jedoch nicht daran, auch mit sich selbst zu hadern, weil sie sich einverstanden erklärt hatte, einen jungen Fremden in ihr Haus aufzunehmen, den keiner von ihnen je gesehen hatte.

„Herr Osako", rief Tomoe einem jungen Mann zu, der im selben Büro arbeitete. „Ich möchte Sie etwas fragen."

„Ja, worum geht es?"

Takuhiko Osako, ein Mann mit einer blankgeputzten, randlosen Brille, kam an ihren Schreibtisch und hielt sich ein Taschentuch vor den Mund. Er war ein Enkel des Barons Osako, der zum Vorkriegs-Adel gehörte, und arbeitete schon zwei Jahre länger im Betrieb als Tomoe. Er war dünn wie ein Aal und legte auf sein Aussehen so großen Wert, daß Tomoe wünschte, ihr Bruder würde ihm in bezug auf Kleidung etwas mehr nacheifern. Wenn sie ihm die Dokumente reichte, die sie fertig getippt hatte, nahm er sie mit einer femininen Grazie entgegen, die mit Worten nicht zu beschreiben war. Insgeheim verachtete sie ihn, aber das hatte sie nicht daran gehindert, einige Male mit ihm tanzen zu gehen, denn er war ein großartiger Tänzer.

„Herr Osako, da Sie der Enkel eines Adligen sind, müssen Sie mir eine Antwort geben können."

„Eines Adligen. Aber nicht doch ..." Er zierte sich wie ein Mädchen. „Worum geht es?"

„Gibt es heute noch Nachkommen Napoleons?"

„Das nehme ich an."

„Wovon sie wohl heutzutage leben?"

„Das weiß ich wirklich nicht. Aber woher dieses plötzliche Interesse an Napoleon?"

„Ach, nichts."

Sie schloß die Augen und versuchte, sich an die Napoleon-Büste in ihrem Geschichtsbuch zu erinnern. Der berühmte Held trug eine weiße Weste und hatte eine Hand über der gewölbten Brust zwischen die Knöpfe geschoben.

Wer weiß, vielleicht sieht Takamoris Brieffreund genauso aus, mutmaßte sie. Napoleon soll ein kleiner häßlicher Mann gewesen sein.

Nach drei Stunden Arbeit in die Mittagspause entlassen, strömten die Angestellten des Marunouchi-Bezirks auf die weitläufigen Rasenflächen vor dem Kaiserlichen Palast, um sich einige Minuten zu erholen. Eine Gruppe hatte sich auf dem Rasen, der sich gerade grün färbte, ausgestreckt und blätterte Zeitschriften durch. Ein paar Mädchen spielten Volleyball, ihre fröhlichen Stimmen begleiteten den Ball bei jedem Wurf, während andere ihnen zuschauten. Am Rand des Burggrabens saß unter den knospenden Weiden ein junger Mann mit seiner Freundin; sie sahen den anmutigen Schwänen auf dem Wasser zu.

„Es war toll! Die ‚Lions' kamen ganz groß raus. Zuerst war Kinoshita dran im rechten Feld. Der Pitcher kriegte Panik, und bevor er sich wieder beruhigt hatte, hatten Wada und Aoki auch Home Runs. Das hättest du sehen sollen! He, hörst du mir überhaupt zu?"

Mit großer Begeisterung erzählte Iijima, der mit Takamori arbeitete, von dem Baseballspiel zwischen den „Giants" und den „Lions", das er am Tag zuvor, dem Sonntag, im Korakuen-Stadion gesehen hatte. Aber Takamori, der neben ihm lag und die halbgeschlossenen Augen auf einen Punkt im fernen Himmel gerichtet hatte, hörte nur halb zu.

„Was ist los? Geht's dir nicht gut?"

„Alles in Ordnung."

„Du hast doch nicht vor, den Club der Junggesellen zu verlassen und zu heiraten?"

„Nein, nein, nichts dergleichen."

Iijima verschränkte die Arme um die Knie und sah zu den Volleyball spielenden Mädchen hinüber. Er mußte gegen die helle Sonne blinzeln.

Jedes Jahr bei Frühlingsanfang kamen die jungen Frauen aus dem Büro Takamori und seinen unverheirateten Freunden attraktiver vor als sonst. Wenn es wärmer wurde und sie erst ohne Mäntel, dann ohne Jacken und schließlich in kurzärmeligen Kleidern, die ihre weißen Arme freiließen, im Büro erschienen, sahen sie aus wie frisch erblühte Blumen. Gewöhnlich verbrachten Takamori und Iijima, den er noch von der Universität her kannte, ihre Mittagspausen damit, mal diese, mal jene Blume zu begutachten. Heute jedoch war alles anders.

In Takamoris Tasche befand sich eine Kopie des Stammbaums von Napoleon, während seiner Arbeitszeit aus einem biographischen Lexikon abgeschrieben, das er aus der Bankbibliothek entliehen hatte. Napoleons Mutter und Vater hatten eine ganze Horde Kinder gehabt. Napoleon selbst hatte einen älteren Bruder, Joseph, und drei jüngere Brüder sowie drei jüngere Schwestern: insgesamt waren es acht Kinder. Neben Joseph und Napoleon gab es Lucien, Louis, Jérôme, Élise, Pauline und Caroline.

Dieser Gaston Bonaparte, der in drei Wochen ankommen sollte – von wem stammte er wohl ab? Von Napoleon oder von einem seiner Brüder? Es war nicht herauszubekommen.

„Ein Ausländer? Was Sie nicht sagen!"

Shosuke, der Fischhändler, stand an der Küchentür und klopfte sich mit der flachen Hand auf den steifen Hals. Neben sich hatte er eine Tafel, auf der alle Fischsorten geschrieben standen, die er frisch anzubieten hatte.

„Und was machen Sie dann? Wenn es ein Ausländer ist, können Sie mit ihm nicht japanisch reden. Sie werden wohl ein paar Worte Englisch lernen müssen."

„Was soll das heißen? Ich kann genug Englisch, um mich verständlich zu machen." In ihrem Unmut klapperte Matchan laut mit dem Geschirr im Spülbecken.

„Wie auch immer, was soll's denn heute sein?"

„Was haben Sie?"
„Wie wäre es mit frischem Sawara?"
„Wieviel kostet er?"
„Vierzig Yen das Stück."
„Das ist ganz schön teuer."
Matchan kam zur Küchentür und stemmte die Arme in die Hüften. Sie sah Shosuke streng an.
„Wir haben einen ausländischen Gast. Ich nehme an, daß wir jetzt mehr Fleisch kaufen werden. Geben Sie sich also Mühe, und bieten Sie uns guten Service."
„Ist das eine Drohung?"
Shosuke wickelte das Handtuch von seinem Kopf und tupfte sich den Schweiß vom Gesicht.
„Sie sind eine schwierige Kundin."
„Aber es leuchtet doch ein, oder? Wissen Sie nicht, daß Ausländer nur Fleisch essen?"
„Gut, gut, Sie haben gewonnen. Ich geb's Ihnen zu fünfunddreißig Yen." Er leckte seinen Bleistift an und trug die Bestellung in sein Buch ein. „Wie kommt es, daß ein Ausländer bei Ihnen wohnt?"
„Hab ich Ihnen das nicht gesagt? Er ist ein alter Freund von Takamori."
„So? Dann wohnt er natürlich hier. Wenn ich's recht bedenke, hat nicht drüben bei Mori auch ein Fremder ein Zimmer gemietet... Sie wissen doch, dort bei der Polizeistation. Unterrichtet er nicht Englisch oder so was?"
„Unserer ist ganz anders", erklärte Matchan entschieden, von seinen Andeutungen verstimmt. „Unserer ist ein Nachkomme Napoleons. Erwähnen Sie ihn bloß nicht im selben Atemzug mit Moris Ausländer."
„Napoleon?"
„Soll das heißen, daß Sie Napoleon nicht kennen? Was sind Sie für ein Banause!"
„Hätten Sie Lust, mit mir am Sonntag ins Kino zu gehen?"

„Hätte ich nicht. Ich gehe mit keinem aus, ehe ich ans Heiraten denke. Wenn Sie mit Ihrem Kram fertig sind, dann machen Sie sich lieber auf den Weg."

Es war April. Der Tag, an dem Gaston Bonaparte erwartet wurde, war gekommen.

„Endlich!" hörte man selbst Shizu am Abend vor seiner Ankunft seufzen. Wenn das so klang, als käme ihr eigenes Kind von einer langen Reise zurück, dann lag das daran, daß sie die ganze Woche über fieberhaft die Ankunft des Gastes vorbereitet hatte, Decken geflickt, neue Leintücher gekauft, ein passendes Menü ausgetüftelt.

„Tomoe, hast du neue Kopfkissenbezüge mitgebracht?"

„Ja, aber Mutter, ich glaube nicht, daß soviel Mühe nötig ist. Erstens haben wir nicht die geringste Ahnung, warum er nach Japan kommt. Auch wenn er Takamoris Brieffreund ist, kann er nicht von uns erwarten, daß wir ihn während seines ganzen Aufenthalts bei uns unterbringen. Ich finde, es ist eine schlechte Angewohnheit der Japaner, ein solches Theater um Ausländer zu veranstalten."

„Ja schon, aber er kommt doch von so weit her..."

„Ich wüßte gerne, was für ein Mensch er ist, dieser Gaston."

Tomoe drehte das Radio ab, in dem amerikanische Country-Musik lief, und versuchte sich vorzustellen, wie dieser Fremde aussah – was sie in den letzten drei Wochen oft getan hatte. Aber keines der Bilder konnte sie zufriedenstellen. Ohne daß Mutter und Bruder es wußten, hatte sie in der Maruzen-Buchhandlung in Nihonbashi nach Bildern von Napoleon gesucht. Es gab einige Bücher über ihn, aber alle Porträts, die sie fand, zeigten einen arroganten kleinen Mann, der sie an die Geier im Zoo von Ueno erinnerte. Er war wirklich nicht sehr ansprechend, fand sie. Sie verließ den Laden, ohne ein Buch zu kaufen.

Beim Durchblättern alter Filmzeitschriften stieß sie auf

Photos von Charles Boyer und Daniel Gélin in der Rolle Napoleons. Sie wagte nicht zu hoffen, daß Gaston so gut aussehen würde wie Gélin, deshalb versuchte sie eine innere Collage aus Elementen von Gélin und dem Geier, aber am Ende war sie nicht klüger als zuvor.

„Wo nur Takamori bleibt?" wunderte sich Shizu mit einem besorgten Blick zur Wanduhr. Es war schon fast elf Uhr abends, aber Takamori war immer noch nicht zu Hause. Vermutlich war er wie üblich mit Freunden aus dem Büro in irgendeiner Bar hängengeblieben.

„Er hat überhaupt kein Verantwortungsgefühl... Noch nicht zu Hause, und morgen kommt sein Gast!"

„Er wird schon wissen, daß es morgen soweit ist."

„Natürlich. Er wollte heute zu der Schiffsgesellschaft gehen und eine Bordkarte holen."

Wer einen ankommenden Passagier abholen will, darf gewöhnlich das Schiff nicht betreten, es sei denn, er hat sich vorher eine Bordkarte der Schiffsgesellschaft besorgt.

„Ich hoffe, wir haben morgen gutes Wetter."

„Im Radio haben sie gutes Wetter angesagt."

Es war nach Mitternacht, als Takamori eintrudelte.

„Das Schiff läuft früh morgens um sechs ein. Was machst du, wenn du zu müde zum Aufstehen bist?" stichelte Tomoe, aber Takamori stand unbeeindruckt wie immer am Waschbecken und gurgelte so laut, daß es durch das ganze Haus schallte.

„Keine Sorge", brachte er schließlich heraus. „Mit Zoll und Gesundheitskontrolle wird's mindestens zehn, bis sie an Land kommen. Nur keine Eile." Typisch, dachte Tomoe, diese leichtfertige Antwort.

Dann kam der Tag der Ankunft, ein Sonntag. Shizu und Tomoe waren schon wach, als das erste graue Morgenlicht durch die Fenster kroch und die Spatzen auf dem Dach ihr Lied anstimmten.

Die *Vietnam* war für sechs Uhr im Hafen angekündigt.

Takamori hatte gesagt, es würde bis zehn dauern, bis Zoll und Gesundheitskontrolle fertig wären. Aber er war in diesen Dingen immer so sorglos, daß sie nicht wußten, wie weit sie seinem Urteil trauen durften. Er schlief noch.

Sieben Uhr. Tomoe konnte sich nicht länger zügeln. Sie stieg in den zweiten Stock hinauf und rüttelte ihren Bruder mit großer Anstrengung wach. Er rieb sich die verquollenen Augen und langte nach den Zigaretten am Bett. Doch Tomoe hielt seinen Arm fest und zerrte ihn, indem sie ihn wie eine Katze am Kragen packte, die Treppe hinunter.

„Um welche Zeit wird Gaston hier ankommen?"

Takamori antwortete seiner Mutter nicht. Er mampfte sein Frühstück und versuchte, ein Gähnen zu unterdrükken.

„He, Tomoe", krächzte er plötzlich, „du zahlst die Fahrt nach Yokohama, ja?"

Acht Uhr. Tomoe zog ein blaues Wollkostüm mit schmalen weißen Streifen an und setzte einen schneeweißen Hut auf.

„Du siehst wirklich gut aus." Takamoris leicht durchschaubare Schmeichelei zielte nur darauf ab, seiner Schwester das Fahrgeld nach Yokohama zu entlocken.

Tomoe legte ihm ein Hemd heraus, reichte ihm eine Krawatte, zog ihm die Anzugjacke über und schob ihn praktisch zur Tür hinaus. Inzwischen war es schon nach halb neun.

Von Kyodo nahmen sie den Bus nach Shibuya, wo sie in die Bahn nach Yokohama umstiegen; es war eine Fahrt von etwa vierzig Minuten.

Tomoe blickte nervös auf ihre Uhr. „Ich kann mir nicht denken, daß wir pünktlich sein werden. Wir sind erst um halb elf da."

Als sich der Zug Yokohama näherte, kamen in der Ferne der Hafen und die Schiffe in Sicht. Das Meer war blau und der Himmel klar.

„Was meinst du, welches Schiff es ist?"

„Das kann man von hier nicht sehen. Ausländische Schiffe machen am Amerikanischen Pier fest."

„Wie lange braucht man vom Bahnhof zum Pier?"

„Tja, vielleicht eine halbe Stunde mit dem Bus, glaube ich. Sie fahren entsetzlich langsam. Ich habe kein Geld, von mir aus können wir gehen."

Sie wollte sich nicht ausgerechnet heute mit ihm streiten. Obwohl es ihr nicht paßte, winkte sie vor dem Bahnhof ein Taxi zu sich. Takamori ließ sich in die Polster sinken und stöhnte wohlig: „So ein Taxi ist äußerst behaglich, findest du nicht?"

Als sie am Hafen anlangten, blies ihnen von Osten eine salzige Brise entgegen. Das Taxi bog an dem neuerbauten Seiden-Center ab und fuhr zum Amerikanischen Pier, wo die ausländischen Schiffe anlegten.

„Oh nein! Die Passagiere sind schon an Land!" rief Tomoe und sprang aus dem Taxi. Doch bei näherer Betrachtung war das grüne Schiff, das Tomoe für die *Vietnam* gehalten hatte, ein holländischer Tanker, die *Jepsen-Marx*. Dahinter nahm ein japanischer Neuntonner, die *Santosumaru*, auf dem die Flagge mit der aufgehenden Sonne schlaff am Mast baumelte, Fracht auf. Das waren die einzigen beiden Schiffe.

„Bist du sicher, daß dies die richtige Landungsbrücke ist?"

„Ja, logisch. Das haben sie mir gestern bei der Gesellschaft gesagt."

Tomoe war zwei- oder dreimal in Yokohama gewesen, um Kommilitonen zu verabschieden, die an amerikanischen Universitäten weiterstudierten. Die Schiffe hatten immer an diesem Pier abgelegt, es konnte kein Versehen sein. Dennoch war sie beunruhigt.

„Hier ist keine *Vietnam*."

„Sieh mal dort!" Takamori deutete auf das weit entfernte Ende des Kais, wo die ölige See begann. Vierzig oder fünfzig

Männer und Frauen standen dort und blickten aufs Meer hinaus. Musikfetzen drangen bis zu der Stelle, an der Takamori und Tomoe standen.

„Soll dort die *Vietnam* anlegen?“ fragte Tomoe einen vorübereilenden Gepäckträger, um sicherzugehen.

„Ja, Fräulein.“

„Sie ist recht spät dran, nicht?“

„Die Gesundheitskontrolle hat offenbar lange gedauert.“

Als sie auf die Menschengruppe am Ende des Kais zugingen, hörte sie wieder den Klang von Blasinstrumenten, und als sie näher kamen, sahen sie, daß die Polizeikapelle in blauen Uniformen mit weißen Tressen aufspielte. Die Männer bildeten zwei Reihen und stimmten den Colonel-Bogie-Marsch an.

„Eine Menge Leute!“ Selbst Takamori schien überrascht. Dann fiel sein Auge auf eine Gestalt jenseits der Wartenden. „Tomoe, schau… da drüben!“

Eine junge Dame, offensichtlich eine Schauspielerin, die sehr elegant angezogen war und einen Blumenstrauß hielt, posierte vor mehreren Photographen. Um sie drängten sich einige Männer, die ganz nach Zeitungsreportern aussahen.

„Glaubst du, sie sind wegen Gaston gekommen?“

„Sei nicht albern.“ Trotzdem schlug auch Tomoes Herz jetzt schneller.

„Warum denn nicht? Schließlich ist er ein Nachkomme Napoleons. Es wäre gar nicht so merkwürdig, wenn Reporter und eine Blaskapelle ihn willkommen heißen würden.“

Tomoe hielt das für höchst unwahrscheinlich. Doch immerhin war es nicht ganz von der Hand zu weisen. Zum hunderttausendsten Mal fragte sie sich: Wie wird er sein?

Plötzlich erklang hinter den Wellenbrechern das Signalhorn eines Schiffes.

„Es kommt!“

Der riesige, weißglänzende französische Frachter, die *Vietnam*, wurde von zwei Lotsenschiffen in den Hafen geleitet. Über die Schornsteine glitten anmutige Möwen, die kaum ihre weißen Flügel bewegten.

Die Kapelle, die pausiert hatte, geriet wieder in Bewegung und spielte den Colonel-Bogie-Marsch mit mehr Einsatz als zuvor.

Schließlich war das Schiff nahe genug, daß man die Gesichter der Passagiere erkennen konnte, die wie kleine Vögel die Reling säumten. Zwischen den ausländischen Touristen standen ein paar japanische Jugendliche, die sich über die Reling lehnten und den Menschen auf dem Kai mit ihren Hüten zuwinkten. In einer Ecke steckten einige Nonnen die Köpfe zusammen. Aus einem Bullauge dicht über dem Wasserspiegel hing ein rothaariger Matrose. Die Passagiere blickten voll freudiger Erregung zum Ufer.

Als das Schiff geräuschlos anlegte, gerieten die Wartenden auf dem Kai fröhlich in Bewegung. Über den nicht mehr benötigten Lotsenschiffen setzten die immer noch klagenden Möwen ihr Ballett fort.

„Dekochan!"

„Hierher!" Neben Takamori kreischte eine Gruppe junger Mädchen unvermittelt auf.

Die Reporter mit ihren Kameras rannten los. Erst da dämmerte es Takamori, daß all die Aufregung dem berühmten Filmstar Hideko Takamine (ihren Fans als Dekochan bekannt) galt, die mit ihrem Mann auf diesem Schiff zurückkehrte. Die Dame, die so graziös winkte und lieblich lächelte, war keine andere als Hideko Takamine, an deren Gesicht er sich aus dem Kino erinnerte.

„Es ist Deko. Dekochan ist an Bord", rief er und stieß Tomoe mit dem Ellenbogen an.

Tomoe wandte ihr Gesicht ab und antwortete nicht. Dann waren all diese Menschen, die Reporter und die Schauspielerin mit dem Blumenstrauß also nicht gekommen, um Gaston zu begrüßen, sondern einen berühmten Filmstar. Sie hatte es natürlich gleich gewußt, daß so etwas dahinter steckte. Und doch war sie ein wenig enttäuscht.

„Ich wüßte gerne, wo Gaston steckt."

„Wir wissen nicht einmal, wie er aussieht", antwortete Takamori, der seinen Blick nicht von der Schauspielerin losreißen konnte.

Als ein großer rollender Kran die Gangway brachte, begannen die Leute auf dem Kai, darauf zuzulaufen. Passagiere nahmen ihr Gepäck in die Hand, um von Bord zu gehen. Eingezwängt zwischen die Wartenden stellten sich auch Takamori und Tomoe am Ende der Gangway auf.

Als erster erschien ein kranker Passagier, der, von zwei Krankenschwestern begleitet, vorsichtig auf einer Trage heruntergebracht wurde. Ihm folgte ein großer, älterer Ausländer mit gerötetem Gesicht, der winkend herabeilte. Wegen seines Alters wußten sie: Das war nicht Gaston. Der nächste war ein japanischer Student in einem nagelneuen Anzug. Seine Familie nahm ihn mit dem Ruf „Kenchan, hierher!" sofort unter ihre Fittiche, und er zog mit ihnen los, um das Wiedersehen zu feiern. Dann kamen die katholischen Nonnen, ein japanischer Herr, ein ausländisches Paar...

Zwanzig Minuten lang strömten sie herunter, während Takamori und Tomoe mit wachsender Enttäuschung am Fuß der Gangway warteten. Die Reporter und die Schauspielerin mit dem Blumenstrauß waren auf das Schiff hinaufgegangen, um Hideko und ihren Mann zu begrüßen. Alle anderen Passagiere waren anscheinend bereits von Bord. Kein junger Ausländer weit und breit, den man für Gaston halten konnte.

Die Polizeikapelle hatte ihre Instrumente zusammengepackt und war abmarschiert. Die Begrüßenden und die Begrüßten, mit ihrem Händeschütteln und ihren Umarmungen, waren ebenfalls verschwunden. Der weiße Kai lag leer und verlassen da. Eine einsame Möwe stieß über den Wellen ihren Schrei aus.

„Komm, wir gehen an Bord und suchen ihn."

„Sollen wir?" Sogar Takamori war deprimiert. „Wir können ihn doch nicht übersehen haben, oder?"

Die beiden kletterten die Gangway hoch, zeigten dem japanischen Kontrolleur am Eigang ihre Bordkarte und betraten das Schiff. Das Innere ähnelte einem Hotel, mit funkelnden Kronleuchtern an der Decke und bunten Gemälden an den Wänden. Ausländische Passagiere unterhielten sich in angenehm fließendem Französisch mit den Schiffsoffizieren, die dunkelblaue Uniformen trugen.

Der Boden war so dick mit Teppichen belegt, daß Tomoes hohe Absätze tief in den Flor einsanken.

„Tomoe", begann Takamori und wischte sich den Schweiß von der Stirn, „ich muß zur Toilette. Ich kann's nicht länger halten."

„Du meine Güte... Da hast du dir einen passenden Ort ausgesucht."

Es reichte noch nicht, daß sie Gaston nicht finden konnten, Takamori mußte sich auch noch wie ein Kleinkind benehmen. Tomoe trat kühn an den Empfangstisch im Salon und wandte sich an einen Angestellten mit dem Gesicht des verstorbenen französischen Filmschauspielers Louis Jouvet.

„Parla lei Italiano?"

„Si, si signorina."

Er lächelte ihr herzlich zu und neigte sich leicht vor, was sie nur umso mehr an Louis Jouvet erinnerte.

„Wären Sie so freundlich, die Passagierliste für mich zu überprüfen? Ich suche einen Gaston Bonaparte."

„Aspetta, signorina."

„Tante grazie."

Als sie sich umdrehte, war Takamori in die Betrachtung der Wandgemälde vertieft; offenbar war ihm ihre Kühnheit peinlich.

Der Angestellte brauchte lange, um die Liste durchzugehen. Dann klappte er den Ordner geräuschvoll zu und hob mit einem leicht sarkastischen Lächeln vier Finger. „Quarta classe." Vierte Klasse.

Da sie nie auf einem ausländischen Schiff gereist waren, wußten Tomoe und Takamori nicht, daß eine solche Klasse existierte.

„Wo ist die vierte Klasse?"

Der Angestellte rief einen blauäugigen Matrosen, der in einer Ecke lehnte, und flüsterte ihm etwas zu, ohne Tomoe und ihren Bruder aus den Augen zu lassen. Auch der Matrose zuckte verächtlich die Schultern.

Er führte sie durch einen Korridor, von dem die Kabinen erster Klasse wie Honigwaben abgingen, auf ein weitläufiges Deck hinaus, auf dem unter der gleißenden Sonne ein Kran Frachtkisten aus einem Netz zog und sie aufstapelte.

„Hier!" Der Matrose deutete auf eine Öffnung zu ihren Füßen. Es war der viereckige Eingang zu den Laderäumen. Eine Leiter aus Metall verschwand in der Dunkelheit unter ihnen.

Tomoe schnappte nach Luft. Das also war die vierte Klasse!

Der Matrose ging in die Hocke und rief in die Laderäume hinunter: „Gaston Bonaparte!" Plötzlich tauchte von unten ein Kopf auf, als hätte er auf diese Aufforderung gewartet. Es war jedoch nicht Gaston Bonaparte, sondern der Schiffskoch, der eine weiße Schürze umgebunden hatte und ein Hackmesser in der Hand hielt.

Er war sehr dick, sein Bauch wölbte sich unter der Schürze, und er strich sich unentwegt über die Nase, die – vielleicht als Resultat von zuviel Wein – einer roten Knolle glich. Er sah Tomoe und Takamori an und sagte kopfschüttelnd: „Vous cherchez Gaston, n'est-ce pas?"

„Ja, ja."

Takamori verstand kein Wort Französisch, aber als er Gastons Namen hörte, antwortete er einfach mit „ja".

Der Mann forderte sie durch Gesten auf, die Leiter hinunterzusteigen.

„Gehst du da hinunter?" fragte Tomoe, die bei all ihrem Mut mit einemmal unschlüssig wurde. Durch die Öffnung schlug ihnen ein dumpfer, muffiger Geruch entgegen, eine Mischung aus Öl und Farbe, und dazu ein Gestank, der an Schweineställe und Kuhmist erinnerte. Als der Koch sah, daß die beiden zögerten, sprach er in schnellem Französisch auf sie ein.

„Ja, ja", sagte Takamori. Er hielt sich krampfhaft am Geländer fest und begann den Abstieg.

Französische Passagierschiffe haben, anders als japanische, keine dritte Klasse. Es gibt viele Abstufungen in der ersten Klasse, aber die Kabinen dort gleichen mehr oder weniger luxuriösen Hotelzimmern. Ihr Preis ist schwindelerregend. In der zweiten Klasse, auch Touristenklasse genannt, teilen sich zwei oder drei Passagiere eine Kabine. Bei einer Reise von Yokohama nach Marseille kosten diese etwas über 150 000 Yen.

Die meisten wissen nicht, daß es auch eine Möglichkeit gibt, für 50 000 Yen nach Frankreich zu kommen – wenn man nämlich vierter Klasse reist und in den Laderäumen logiert. Hier gibt es natürlich keinen Kabinenservice oder anderes Personal, und die Passagiere bedienen sich bei den Mahlzeiten selbst. Dort, wo der Platz nicht für die Fracht gebraucht wird, sind Schlafkojen auf engstem Raum aneinandergereiht. In diesen finden sich gewöhnlich halbnackte chinesische Kulis, die in Singapur oder Hongkong zusteigen und in anderen Teilen der Welt Arbeit suchen. Es herrscht ein ständiges Kommen und Gehen.

Takamori und Tomoe wußten dies natürlich nicht, als sie in die übelriechenden Gedärme des Schiffes eintauchten.

„Takamori, hier stinkt es!"

„Was das wohl ist?“

Obwohl draußen die Sonne schien, war es in den Laderäumen dunkel und totenstill. Winzige elektrische Birnen hingen nackt an der Decke und erhellten die Dunkelheit nicht wesentlich. In einer Ecke unter einem einzelnen Bullauge standen mehrere Kojen. In den Lichtstrahlen, die durch das Bullauge hereinströmten, tanzten Staubteilchen durch die Luft. Auf einer der Kojen saß ein sehr großer Mann mit einem Seesack. Er wirkte niedergeschlagen.

„Gaston Bonaparte?“ rief Takamori, als er noch einige Meter entfernt war.

Der Mann sprang auf. In voller Größe sah er aus wie ein Sumo-Ringer. „Oui… ja, ja, ja“, antwortete er.

Tomoe verschlug es die Sprache. ‚Pferd!‘ dachte sie und konnte sich gerade noch daran hindern, das Wort laut auszusprechen, das ihr spontan in den Sinn kam, als der Mann aufstand und auf sie zustrebte.

Die schwarze Silhouette, die von dem Licht aus dem Bullauge umrahmt wurde, schien vor Freude zu zittern, als sie Takamori die Hand schüttelte. Das Gesicht des Mannes war so sonnenverbrannt, daß man ihn leicht für einen Orientalen halten konnte, und es war sehr lang – wahrhaftig ein Pferdegesicht!

Und nicht nur das Gesicht. Auch die Nase war lang. Und als er seinen breiten Mund öffnete und beim Lachen das Zahnfleisch zeigte, war der Eindruck komplett.

Jung und romantisch, wie Tomoe trotz all ihres Zynismus war, hegte sie heimlich ein Traumbild von dem jungen Franzosen, der eine Zeitlang bei ihnen wohnen würde. Es war doch nicht zuviel verlangt, daß dieser Nachkomme Napoleons, wenn er schon nicht wie Charles Boyer aussah, so doch wenigstens elegant und von ansprechendem Äußeren wäre und eine Art männlichen Charme verbreitete. Aber Gaston war in jeder Hinsicht eine Niete.

Er hatte das Gesicht eines Einfaltspinsels, indem auch nicht die Spur von Intelligenz aufblitzte. Wenn man ihn mit einem ausländischen Filmschauspieler vergleichen müßte, kam einem allenfalls das monströse Kartoffelgesicht des französischen Komikers Fernandel in den Sinn. Es war vollkommen ummöglich für Tomoe, irgend etwas in ihm zu finden, was ihr Herz schneller schlagen ließ.

„Das ist meine Schwester." Sogar Takamori wirkte schockiert, als er sie vorstellte.

„Verstehen Sie mein Japanisch?" fragte Gaston sorgenvoll.

„Ja, natürlich, wir verstehen."

Ungeschickt streckte Gaston Tomoe seine Pranke hin und schüttelte heftig ihre Hand. Dieses unbeholfene Händeschütteln erinnerte sie schon wieder an ein Pferd. Fast hätte sie laut gelacht, als in ihr der bittere Gedanke aufstieg: „Man hat uns hereingelegt. Man hat uns grandios hereingelegt."

Ernüchterung, Enttäuschung, Bedauern – das alles und noch mehr stürzte auf sie ein. Die rosaroten Träume, die sie drei Wochen lang heimlich gehegt hatte, brachen zusammen. Ihre Lippen bebten vor Wut und Widerwillen. Es war alles Takamoris Schuld, alles...

Was sind wir Japaner doch für Narren. Hier machen wir den weiten Weg nach Yokohama, um einen Landstreicher mit dem Körper eines Pferdes willkommen zu heißen. Und nicht nur das – wir laden ihn auch noch in unser Haus ein. Und wie er angezogen ist! Schlimm genug, daß seine Hosen an den Knien ausgebeult sind, sie passen ihm nicht einmal, sie sind zehn Zentimeter zu kurz.

„Was machen wir denn jetzt?" flüsterte Tomoe ihrem Bruder so leise zu, daß Gaston sie nicht verstand. Wenn es nach ihr ging, würden sie ihn so schnell wie möglich loswerden.

Aber Takamori lachte nur: „Weißt du das nicht? Erst

zum Zoll, und dann suchen wir ein Taxi. Ich verlaß mich darauf, daß du zahlst, verstanden?"

Am liebsten hätte sie ihm an Ort und Stelle einen ordentlichen Tritt in den Hintern verpaßt.

„Gaston."

„Ja."

„Dann laß uns aufbrechen. Wo ist dein Gepäck?"

Gaston deutete auf den Seesack auf dem Bett.

„Ist das alles?"

Gaston nickte.

In den Geruch von Farbe und Öl mischte sich noch etwas anderes, viel Schlimmeres. Tomoe preßte ihr Taschentuch an die Nase und blickte über die Schulter zurück. Da sah sie eine Toilette mit weit offener Tür, die diesen ekelerregenden Geruch verbreitete.

Vor Jahren hatte Tomoe einmal einen Film gesehen, der *Das Sklavenschiff* hieß. Dreihundert afrikanische Sklaven waren aneinandergekettet und in genau solche Laderäume verfrachtet worden.

„Hat dir die Reise gefallen, Gaston?"

Gaston verstand Takamori nicht gleich beim ersten Mal, aber als dieser die Worte noch einmal langsamer wiederholte, begriff er den Sinn.

„Ja, es war sehr nett."

Sie stiegen die Leiter wieder hinauf, mit vorsichtigen Schritten, um nicht abzurutschen. Gaston, der an die Leiter gewöhnt war, plazierte seine langen Beine gekonnt auf die Sprossen und bewältigte den Aufstieg flink wie ein großer Affe. Er erreichte das Deck als erster und lugte mit seinem langen Gesicht zu ihnen hinunter.

„Schön!" Er schien sagen zu wollen, daß er Tomoe schön fand. Vertraulich bot er ihr seine Hand als Hilfestellung.

Tomoe war empört, aber sie konnte die Geste nicht völlig ignorieren. So gab sie ihm statt dessen ihre Handtasche. Er öffnete seinen großen Mund und lächelte hocherfreut.

Als sie das Oberdeck erreichten, blendete die Sonne ihre Augen, die sich an das Dunkel gewöhnt hatten. Der dicke Koch und der Matrose, der ihnen den Weg gezeigt hatte, standen mit verschränkten Armen in der Nähe. Als sie Gaston mit Tomoe sahen, pfiffen sie und riefen Gaston auf französisch eine anzügliche Bemerkung zu. Wieder lächelte er nur.

Auch ohne die Sprache zu kennen, konnte sich Tomoe ganz gut vorstellen, worüber sie witzelten. Nicht mal Manieren hat der Kerl, dachte sie. Mit geringschätziger Miene wandte sie sich dem blauen Meer zu und und tat so, als wären sowohl Gaston wie auch die Pfeifenden Luft für sie.

Der Kai lag vollkommen verlassen in der Mittagssonne. Die Ankommenden und all jene, die sie begrüßt hatten, waren schon längst über alle Berge. Als die drei von der Gangway traten, zog Gaston einen Stadtplan von Tokio aus der Tasche.

„Bitte zeigt mir ein gutes Gasthaus."

„Gasthaus?"

„Ja, Gasthaus... Hotel."

„Gaston, du wohnst bei uns", erklärte Takamori. Gaston begriff den Sinn zuerst nicht. Takamori wiederholte das Gesagte, und diesmal verstand er.

Sein langes Gesicht verzog sich, als würde er in Tränen ausbrechen. Er sah Takamori lange an, dann streckte er die Hand aus und sagte: „Danke... du bist sehr freundlich."

3 Rätsel

Die Higakis hatten eine Woche lang Zeit gehabt, sich mit ihrem sonderbaren Gast anzufreunden. Dabei hatte Gaston den gesamten Haushalt, mit Ausnahme von Takamori, vor den Kopf gestoßen. Besonders aufgebracht war Tomoe.

Ihre Nase, das Barometer ihrer Stimmungen, war blaß vor Wut, und sie funkelte Takamori an, als wolle sie ihm alle Schuld zuschreiben.

Um die Wahrheit zu sagen, ihr Zorn war nicht ganz ungerechtfertigt. Ihre Mißgeschicke mit Gaston hatten noch am Tag seiner Ankunft begonnen. Am Hafen hatten sie ein Taxi genommen, obwohl Tomoe nicht glücklich darüber war, daß sie zum zweiten Mal den hohen Preis für die Fahrt zum Bahnhof von Yokohama bezahlen mußte. Im Taxi benahm sich Gaston wie ein Dreijähriger. Er klebte am Fenster, fasziniert vom Anblick Yokohamas im Frühling. Takamori wies ihn auf die Sehenswürdigkeiten der Stadt hin, aber er preßte nur weiter die Nase an die Scheibe, zu überwältigt, um zu antworten. Gelegentlich öffnete er seinen großen Mund und lachte vor sich hin, dasselbe einfältige Lachen, das Tomoe so abgestoßen hatte, als er sie auf dem Schiff begrüßte. Tomoe konnte verstehen, daß er jetzt, da er gerade im Land seiner Träume angekommen war, von den belebten Straßen Yokohamas begeistert war, weil alles so anders aussah als in seiner Heimatstadt. Doch dieses Lachen war einfach nicht zu ertragen.

Aufgeregt drehte sich Gaston zu Tomoe um und zeigte auf eine Gruppe Kinder, die mit Stöcken Samurai spielten.

„Kinder san!"

Das Taxi bog um eine Ecke und schreckte einen struppigen Köter auf, der mit erhobenem Bein an einem Laternenpfosten stand. Der Köter trippelte davon.

„Hund san", sagte Gaston, der offenbar glaubte, daß die respektvolle Anrede ‚san' auch auf Hunde angewandt werden konnte.

Was konnte sie anderes tun, als vage bestätigend mit dem Kopf zu nicken?

„Hund san... gefährlich."

„Ja, es ist gefährlich für Hund san." Es war leichter, ihm nach dem Mund zu reden, als ihn auf das Mißverständnis hinzuweisen. Gaston schien Hunde zu mögen. Er folgte dem Köter mit den Augen, bis er außer Sicht war.

All das war nicht der Rede wert im Vergleich zu dem, was als nächstes geschah. Es war kurz nach zwölf, als sie am Bahnhof ankamen.

„Tomoe, laß uns eine Kleinigkeit essen, bevor wir den Zug nehmen", schlug Takamori vor, der sich ganz auf Tomoes finanzielle Ressourcen verließ. „Wie wäre es mit sushi?[3] Schließlich ist sushi das japanische Nationalgericht." Gaston mußte seine Worte verstanden haben, denn seine Augen leuchteten auf, und er nickte heftig mit dem Kopf.

Aller Augen waren auf sie gerichtet, als sie im sushi-Restaurant Platz nahmen. Tomoe blickte zur Seite, als sei sie mit den beiden Männern nur flüchtig bekannt. Gaston hörte sich Takamoris Erläuterung an, wie man sushi ißt, und zog dann plötzlich aus seinem Seesack ein weißes Tuch mit langen Bändern hervor.

„Ein Matrose von einem japanischen Schiff in Marseille, Tanaka san, hat mir das gegeben", verkündete Gaston stolz mit lauter Stimme. Dann begann er, unter den Blicken aller Anwesenden, die Bänder bedächtig im Nacken zusammenzubinden. „Um sushi zu essen, ich muß meine japanische Serviette benutzen", sagte er und lachte unschuldig.

Tomoe und Takamori waren die einzigen im Restaurant, die nicht in lautes Gelächter ausbrachen. Was Gaston sich umgebunden hatte, war ein japanischer fundoshi, ein Lendenschurz, den manche Japaner heute noch anstelle von Unterhosen tragen.

Im Zug nach Shibuya befragte Takamori Gaston mit gequältem Lächeln über sein fundoshi. Die Geschichte, die herauskam, war folgende. Zwei Tage vor seiner Abreise mit

3 Reiskuchen mit rohem Fisch belegt oder mit Seetang umwickelt. Manche japanische Restaurants servieren ausschließlich sushi.

der *Vietnam* hatte Gaston bemerkt, daß eines der Schiffe im Hafen unter japanischer Flagge fuhr. Bei genaueren Erkundigungen entpuppte es sich als japanischer Frachter mit dem Namen *Akashiro-maru*. Schon der Name allein regte seine Phantasie an, und natürlich wollte er es gerne aus der Nähe sehen.

Ein junger Matrose namens Tanaka führte ihn freundlich auf dem Schiff herum, nahm ihn dann in seine Kabine mit und bot ihm eingelegte Pflaumen, Seetang und japanischen Kuchen an. Aus dem Bullauge der Kabine flatterte ein langes weißes Tuch mit Bändern. Es war frisch gewaschen und zum Trocknen aufgehängt.

„Was ist das?" fragte Gaston mit seiner unersättlichen Neugier auf alles Japanische.

Der junge Matrose, der ihm aus Verlegenheit die Wahrheit nicht sagen wollte, aber irgendeine Erklärung finden mußte, stotterte schließlich: „Das ... ist eine japanische Serviette." Zwischen einem fundoshi und der westlichen Serviette bestand in der Tat eine gewisse Ähnlichkeit.

Da er von seinem Besuch auf dem Schiff ein Souvenir mitnehmen wollte, schlug Gaston einen Tausch vor: er würde Tanaka seine Krawatte geben und dafür dessen fundoshi erhalten. So in die Ecke gedrängt, konnte Tanaka nicht anders als dem Tausch zuzustimmen, obwohl er sich dabei wahrscheinlich schuldig fühlte und Gaston innerlich für den Schwindel um Verzeihung bat.

Als alle Umstände geklärt waren, stellte sich heraus, daß Gaston keinerlei Schuld traf. Er hatte in seiner Unschuld geglaubt, was Tanaka ihm erzählt hatte, und im sushi-Restaurant hatte er aus dem unschuldigen Bedürfnis heraus gehandelt, Takamori und Tomoe seine Freude darüber zu demonstrieren, daß er in Japan war.

Doch man muß sich an Tomoes Stelle versetzen. In einem Restaurant voller Menschen plötzlich mit der öffentlichen Zurschaustellung eines so obszönen Gegenstandes (die Japaner würden das Wort fundoshi in Gesellschaft nie in den Mund nehmen) in Verbindung gebracht zu werden und das ganze Lokal auf ihre Kosten lachen zu hören – das war zuviel. Tomoe war in jenem Moment innerlich so geladen, daß ein Funke genügt hätte, um sie explodieren zu lassen.

Auch wenn er ein Ausländer ist, dachte sie, ein Dummkopf ist er auf jeden Fall..., ein unglaublicher Tölpel. Ich frage mich allen Ernstes, ob bei ihm nicht eine Schraube lokker ist.

Auf dem ganzen Heimweg stand sie im Zug und dann auch im Bus mit versteinertem Gesicht auf der Stelle und weigerte sich, mit Gaston oder Takamori zu sprechen.

„Sei vernünftig. Es war eben nicht zu vermeiden. Schließlich ist es sein erster Tag in Japan." Aber Tomoe preßte die Lippen aufeinander und antwortete nicht.

Was Gaston betraf, er saß mit seinem Seesack auf den Knien und sah aus dem Fenster, immer noch entzückt vom Anblick der frühlingshaften Städte.

Als sie zu Hause ankamen, starrten Shizu und Matchan den Franzosen entgeistert an. Tomoe überließ es den anderen beiden Frauen, ihn zu unterhalten, ging sofort auf ihr Zimmer und blieb dort. Über ihren Schreibtisch verteilt lagen die Filmzeitschriften, in denen sie nach Bildern der Napoleondarsteller gesucht hatte. Das melancholische Antlitz von Daniel Gélin, das ihr aus einer der Zeitschriften entgegenblickte, steigerte ihren Zorn.

„Und das ist dein Zimmer", hörte sie Takamori im Gang, der Gaston gerade im Haus herumführte. „Bitte fühle dich ganz zu Hause."

„Das ist nicht lustig", hätte sie am liebsten aus voller Kehle geschrien.

Da sie annahmen, Gaston würde nach der langen Reise müde sein und etwas schlafen wollen, hatten sie ihm sein Zimmer gezeigt und das Bett hergerichtet. Um drei Uhr ging Tomoe, deren Ärger etwas nachgelassen hatte, in die Küche hinunter, um Matchan zu bitten, Tee und Kuchen für den Gast zuzubereiten.

„Tomoe san." Matchan hatte etwas auf dem Herzen.

„Ja."

„Ist er wirklich mit Napoleon verwandt?"

„Es scheint so. Warum?"

„Er hat vor kurzem das Haus im Kimono verlassen."

Als Matchan eine halbe Stunde zuvor den Vordereingang fegte, war plötzlich Gaston aufgetaucht, den alle im Bett glaubten; er trug den Sommerkimono, den Takamori ihm als Schlafanzug geliehen hatte.

„Meine Schuhe..." Er hatte sich nach seinen Schuhen umgeschaut. Matchan hatte ihm die klobigen Treter, die eine Reparatur bitter nötig hatten, geholt.

„Danke." Er hatte sie hastig angezogen und war aus dem Haus gelaufen.

„Oh nein! Und dann? Warum hast du ihn nicht aufgehalten?"

Matchan hörte den Vorwurf aus Tomoes Stimme heraus und war gekränkt. „Woher sollte ich das denn wissen? Ich dachte, er würde im Garten einen Spaziergang machen."

Kimono und Schuhe! Was für eine Kombination! Wie peinlich, wenn die Nachbarn ihn sahen! Und doch, woher sollte Gaston wissen, daß Japaner niemals Schuhe zum Kimono anziehen?

„Ich geh ihn suchen. Bitte ruf Takamori." Tomoe schickte Matchan zu ihrem Bruder, der im zweiten Stock ein Nickerchen hielt, und er kam herunter.

„Wo fehlt's?"

„Überall! Du mußtest ja diesen Dummkopf unbedingt zu uns nach Hause einladen!"

Als Takamori sie zu Ende angehört hatte, lachte er laut auf. „Oh, das ist großartig!"

Tomoe lief auf die Straße, aber Gaston war nirgendwo zu

sehen. Wenn er sich zu den Geschäften verirrte, würde das die sushi-Szene noch übertreffen. Sie würden zum Gespött der ganzen Nachbarschaft werden. Als ob sie mit Takamori nicht schon genug am Hals hätte, war ihnen jetzt auch noch dieser Trottel aus Übersee ins Haus geschneit und erwies sich als noch schlimmer als ihr Bruder.

Sie hielt eine Gruppe schniefender kleiner Jungen an, die auf der Straße spielten. „Ihr habt nicht zufällig einen Ausländer hier vorbeikommen sehen?"

„Ein Amerikaner mit einem Kimono?"

„Er ist kein Amerikaner. Aber es ist schon der Richtige. Wohin ist er gegangen?"

In diesem Augenblick entdeckte sie Gaston, der in aller Ruhe auf sie zuschlenderte. Er bot einen lächerlichen Anblick: den großen, bulligen Körper in einen viel zu kleinen Kimono gewickelt und diese schrecklichen Treter an den Füßen. In seinem Schlepptau hatte er einen räudigen, halbverhungerten Hund, der hinkte. Als er Tomoe sah, erschien das bekannte einfältige Lächeln auf seinem Pferdegesicht.

„Armer Hund san. Er hat großen Hunger. Geben Sie ihm etwas zu essen?" Der Mann hatte Nerven!

Dann war es Abend, und man feierte Gastons Ankunft. Der Eßtisch, an dem sie knieten, war mit allen möglichen besonderen Speisen gedeckt. Der Ehrengast hatte wieder die Kleider angezogen, die er auf dem Schiff getragen hatte. Er saß aufrecht auf seinem Kissen und hatte die Knie unbeholfen vor sich hochgezogen. Takamori versuchte, ihm in den Schneidersitz zu helfen, aber Gastons Beine waren zu lang, und er war an die Stellung nicht gewöhnt.

„Oh, non, non. Ich kann nicht."

Als er all die unbekannten Speisen vor sich aufgereiht sah, wurde Gaston aufgeregt wie ein Kind und begann sie zu zählen, während er auf sie deutete: „Eine, zwei drei, vier, viele, viele Schüsseln."

Tomoe, die sein unschuldiges Entzücken sah, war fast bereit, ihren Groll zu vergessen. „Ist es das erste Mal, daß Sie japanisch essen, Gaston?"

„Ich hatte schon einmal japanisches Essen in Paris."

Es gab ein japanisches Restaurant in Paris, „Die Pfingstrose", das von einem Japaner geführt wurde, der eine junge Französin geheiratet hatte. Gaston war einmal mit Freunden dort gewesen.

„Was wurde Ihnen dort aufgetragen?" fragte Shizu. Sie sah Takamori zweifelnd an, ob Gaston sie überhaupt verstand.

„Mutter, benutze nicht so schwierige Wörter." Shizu hatte sich besonders höflich ausgedrückt. „Wenn du einfache Wörter nimmst und zwischen den Sätzen Pausen machst, versteht er dich." Takamoris Rat galt ihnen allen.

„Gaston, von jetzt an nennen wir dich Gas. Gaston ist zu schwierig."

„Ja. Ich verstehe."

„Gas, was hast du in der ‚Pfingstrose' gegessen?"

„Sukeyaki."

„Nicht sukeyaki. Es heißt sukiyaki[4]."

Eine Weile hatte sich Matchan in einer Zimmerecke herumgedrückt und Gaston nicht aus den Augen gelassen. Tomoe gab ihr durch Gesten zu verstehen, daß sie aufhören solle, ihn anzustarren, aber sie war so versunken, daß sie sogar ihre Pflichten bei Tisch vernachlässigte.

Gaston bot wirklich einen erstaunlichen Anblick. Seine Eßstäbchen fuhren zittrig in eine der Schüsseln, griffen einen Bissen wie mit einer Zange und führten ihn im Zickzack auf seinen Mund zu. Dann beugte sich das Pferdegesicht aufmerksam nach vorne, traf die Eßstäbchen auf halbem Weg, der Mund klappte auf und – plop! – verschwand

4 Gericht aus dünn geschnittenem Rindfleisch und einer Vielzahl verschiedener Gemüsesorten.

der Bissen darin. Stückchen von rohem Fisch, Spinat – alles wurde in diesem Stil verschlungen. Seine Tischmanieren unterschieden sich in nichts von denen eines Nilpferds, das Tomoe einmal in einem Disneyfilm gesehen hatte.

„Gas, du stammst doch von Napoleon ab, nicht?" wagte Takamori schließlich zu fragen.

Gastons Abstammung ging auf ein Kind aus der Verbindung zwischen Napoleon und Maria Walewska zurück.

Er scheint die Wahrheit zu sagen, dachte Tomoe, die Gastons Gesicht betrachtete. Dieses Pferdegesicht mit den Tischmanieren eines Nilpferds! Ich kann nicht glauben, daß er mit diesem kühnen Helden verwandt ist, dem die gefährliche Alpenüberquerung gelang und der Italien einnahm! Ihr kam mit einemmal der Gedanke, daß er ein Hochstapler sein könnte. Sie wußte nichts über die Mendelschen Vererbungsgesetze oder über Lysenko, aber es erschien ihr merkwürdig, daß der erste und der letzte einer Abstammungslinie sich in jeder Hinsicht so unähnlich waren. Wenn sie wirklich verwandt waren – welche Tragödie!

Abgesehen vom Aussehen, war auch in seinem ganzen Erscheinungsbild und Verhalten die Verwandtschaft mit Napoleon so schwer aufzuspüren wie die eines Fisches mit einem Baum. Hätte sich die Welt seit Napoleons Zeiten nicht verändert, hieße sein Nachkomme heute Graf Gaston de Bonaparte. Tomoe versuchte ihn sich im Schloß von Versailles vorzustellen, umgeben von funkelnden Kronleuchtern, wie er prächtig gekleideten Hofdamen die Hand küßte und mit ihnen durch den Ballsaal tanzte.

Lachhaft! Schon allein die Vorstellung, wie dieses Pferdegesicht sich anmutig im Walzerschritt drehte, machte alle romantischen Träumereien zunichte. Ihr Argwohn kehrte zurück. Und wenn sein idiotisches Lächeln nur eine Maske war, hinter der er etwas gegen sie im Schilde führte? Mit diesem Verdacht richtete sie ihren Blick wieder auf ihn. Er aß nicht mehr und schaute abwesend aus dem Fenster.

„Gaston, wollen Sie nicht noch etwas essen?"

Er antwortete nicht.

„Gaston."

Diesmal wandte er sich zu Tomoe um und lächelte traurig.

„Was ist denn, Gas?" fragte Takamori besorgt und stellte die Whiskeyflasche hin, aus der er sich gerade nachgegossen hatte.

„Hund san", erwiderte Gaston und zeigte auf seinen Teller, „will essen."

„Hund san?"

Was Gaston meinte, wurde Tomoe blitzartig klar, als sie sich daran erinnerte, wie Gaston in Kimono und alten Schuhen einen mageren, schmutzigen Köter im Gefolge gehabt hatte.

„Ach ja, der streunende Köter."

Der alte Hund trieb sich immer in der Nachbarschaft herum. Manchmal schlich er sich in die Küche oder stieß einen Mülleimer um und zog damit Matchans Zorn auf sich.

Gaston stand auf und öffnete das Fenster. Man hörte den Hund draußen husten. Offenbar waren Hunde für Asthma ebenso anfällig wie Menschen. Gaston nahm etwas von seinem eigenen Teller und warf es dem Hund zu, während Tomoe und Matchan angeekelt wegsahen.

„Von heute Hund san euer Freund. Wie ich euer Freund", erklärte Gaston und sah mit glücklichem Lächeln in die Runde.

Als Gaston in jener Nacht in sein Zimmer gegangen war, seufzte Tomoe müde. Sie fühlte sich körperlich und seelisch völlig erschöpft.

„Ich hoffe, du bist zufrieden... daß du diesen Narren in unser Haus gebracht hast", sagte sie immer noch grollend zu Takamori.

Er schüttelte den Kopf und antwortete: „Es ist noch zu

früh, um zu sagen, ob er ein Dummkopf ist oder nicht. Vielleicht überrascht er dich noch."

„Wenn er kein Narr ist, dann ist er ein Schwindler, der uns übers Ohr hauen will."

Takamori, der immerhin für Gastons Besuch verantwortlich war, schwang sich zu einer beredten Verteidigung auf, aber seine Schwester blieb skeptisch. Gastons Pferdegesicht und seine Langsamkeit konnte sie ja noch dem Schicksal anlasten und zugeben, daß man nicht viel dagegen unternehmen konnte. Aber wenn sie ihm zuhörte und seine Handlungen beobachtete, mußte sie einfach zu dem Schluß kommen, daß er geistig auf der Stufe eines Kleinkinds stand.

„Das ist doch nur der äußere Schein. Und damit meine ich nicht nur Frankreich, sondern das gilt auch für Japan. Denk doch daran, was für ein unappetitlicher Haufen unsere aufgeputzten Intellektuellen und Kulturhyänen sind." Takamori sprach mit Überzeugung.

„Aber es gibt doch immer noch Abstufungen. Wie heute nachmittag, als er in Kimono und Wanderschuhen aus dem Haus ging... Das beweist einen Mangel an Vernunft, auch wenn er unsere japanischen Bräuche nicht kennt."

„Da hast du recht. Vielleicht ist er so tiefgründig, daß ihn derartige Trivialitäten nicht berühren. Außerdem, Tomoe, warst du nie imstande, den Wert eines Mannes zu erkennen. Nicht einmal mir kannst du zugestehen, daß ich meine Qualitäten habe."

Qualitäten? Jemand wie Takamori, der bis in die Puppen schlief? Der seine Schwester ständig um Geld anging?

Wenn er eine zweite Meinung zu diesem Thema wollte, mußte er nur auf das Geklapper in der Küche hören! Matchan ließ ihre schlechte Laune am Geschirr aus. Frauen sind äußerst sensibel. Wenn Matchan eine Laus über die Leber gelaufen war, ließ sie es die Töpfe spüren.

„Jedenfalls kann sich Napoleons Verwandtschaft mit so einem Exemplar in der Familie niemandem gegenüber mehr als Hoheiten aufspielen", sagte Tomoe gereizt. „Sie haben vollständig das Gesicht verloren. Warum ist er überhaupt nach Japan gekommen?"

„Das habe ich ihn gefragt, aber er hat keine sehr deutliche Antwort gegeben. Er ist ein Rätsel, nicht wahr?"

Am nächsten Morgen machten sich Takamori und Tomoe auf den Weg zur Arbeit.

„Gas, was hast du heute vor? Würdest du dir gerne Tokio ansehen?"

Gaston begleitete sie zum Bahnhof von Kyodo. In der Hand hielt er einen Stadtplan von Tokio, auf dem Takamori sorgfältig die Sehenswürdigkeiten markiert hatte.

„Nach dem japanischen Parlament und den Ministerien gehst du zum Tokio-Tower. Er ist noch höher als der Eiffelturm, weißt du."

„Ja? Höher als der Eiffelturm?"

Mit neugierig aufgerissenen Augen verschwand Gaston in der Menge.

„Sieh ihn dir an", sagte Takamori, der Gaston hinterher schaute. „Er findet sich in den Straßen von Tokio bestens zurecht. Dumm ist er wirklich nicht."

„Ich bin nicht so sicher, daß er zurechtkommt."

„Natürlich wird er das."

Doch als Takamori und Tomoe am Abend nach Hause kamen und Gaston, der vor ihnen zurückgekehrt war, fragten, was er den Tag über gesehen hatte, stellte sich heraus, daß er nichts gesehen hatte. Die Route, die Takamori so sorgsam aufgezeichnet hatte – Parlament, Ministerien, Tokio-Tower und sogar das Nichigeki-Theater, von dem Takamori erzählt hatte, als Tomoe gerade einmal nicht zuhörte –, hatte er völlig ignoriert.

„Was hast du dann gesehen, Gaston?

„Einen Tempel", und er lächelte melancholisch. „Ich sah viele, viele Kinder und Tauben."

Er war am Marunouchi-Viertel und an der Ginza vorbeigelaufen, ohne irgend etwas zu besichtigen, und war anschließend in den Tempelbezirk gelangt, wo er den Tag damit verbracht hatte, Kindern und Tauben zuzusehen. Warum in aller Welt hatte er das weite Meer überquert und war nach Japan gekommen? Dieser Mann war wirklich ein Rätsel.

Dann ereignete sich ein Vorfall, der ihnen einen kleinen Einblick in Gastons Inneres verschaffte. Am Sonntag schlug Takamori vor, ihm das nächtliche Tokio vorzuführen.

„Wohin bringst du ihn? Zur Ginza[5]?"

„Nein, nicht die Ginza. Ich zeige ihm das wahre Tokio, das nicht einmal du kennst, Tomoe", erwiderte Takamori lachend. „Nur wir beide gehen, Gas."

Doch dann besann sich Takamori auf seine finanziellen Schwierigkeiten und korrigierte sich schnell: „Andererseits, Tomoe, könnte es auch für dich lehrreich sein, wenn du mitkommst." Er versuchte, sehr beiläufig zu klingen.

„Willst du Gaston die Kehrseite von Japan zeigen?"

„Sei nicht albern. Aber du kannst mitkommen und ein wachsames Auge auf uns haben, wenn du willst."

Nach dem Abendessen verließen Takamori und Tomoe das Haus mit einem glücklichen Gaston. Er trug immer noch den Anzug, der einige Nummern zu klein für ihn war. Sie stiegen in die Odakayu-Linie nach Shinjuku.

Gaston sah Shinjuku zum ersten Mal. Takamori rühmte sich, in diesem Teil der Stadt jedes Mauseloch zu kennen.

„Nichts gegen Mauselöcher, aber paß auf, daß du ihn nicht zu den Orten führst, die Japan Schande machen."

„Das mußt du mir nicht erst sagen."

Doch kaum waren sie aus dem Bahnhofsgebäude hinausgetreten und mit Gaston zwischen sich in eine Straße eingebogen, da geschah genau das, was Tomoe befürchtet hatte.

5 Bekanntestes (und teuerstes) Einkaufviertel von Tokio.

Gaston sah sich hingerissen nach allen Seiten um. Er reagierte auf alles – die Lichter, die winzigen Bars, die wie Streichholzschachteln aneinanderklebten, den würzigen Duft gebratener Hähnchen, die Stimmen der Schlepper, die sie in ihre Läden zu locken versuchten, das Klicken der Kugeln aus den Pachinko-Spielsälen[6].

„Takamori san, das ist eine große Überraschung."

„Ich dachte mir, daß es dir gefallen würde. Das ist die Kasbah von Tokio, Gas. Würdest du gerne etwas trinken?"

Bei diesen Worten zupfte Tomoe ihren Bruder an der Jacke und äußerte ihre Mißbilligung. Während sie mit ihm diskutierte, schlenderte ein junger Mann, der die Hände in den Taschen vergraben hatte, auf Gaston zu und flüsterte ihm anzüglich grinsend ein paar Worte ins Ohr.

Tomoe drehte sich um und sah den Mann, aber sie wußte nicht, wie sie ihn einschätzen sollte. Takamori, der ihn im gleichen Augenblick bemerkte, rief hastig: „Gas, Gas!"

„Einen Augenblick bitte", erwiderte Gaston. Sie sahen ihn mit dem jungen Mann, der die Hände immer noch in den Hosentaschen behielt, sprechen und lachen. „Dieser Mann möchte mir schöne Bilder von Japan zeigen."

„Schon gut, Gas. Komm mit." Takamori zog ihn am Ärmel. „Laß dich von diesem Gauner nicht einwickeln."

Erst nach einer kurzen Erklärung von Takamori begriff Tomoe, was geschehen war – der Bursche hatte versucht, Gaston pornographische Bilder zu verkaufen.

Gaston verstand immer noch nicht, aber Takamori und Tomoe zogen ihn mit sich fort. Sie waren erst ein paar Schritte gelaufen, als der Mann sie eingeholt hatte.

„Paß bloß auf, Freundchen, wen du hier beschimpfst. Willst du eine aufs Auge?"

Tomoe suchte ängstlich Schutz hinter ihrem Bruder und

6 Eine Art Flipper-Automat, an dem nicht horizontal, sondern vertikal gespielt wird.

klammerte sich an ihn. So stark sie sonst war, in solchen Situationen suchte sie bei ihrem Bruder Schutz.

„Versuchen Sie nicht wegzulaufen, Lady."

„Wir laufen nicht weg", sagte Takamori mit belegter Stimme, während er Tomoe abschirmte, „aber Sie wissen sicher nicht, wer dieser Fremde ist?"

„Was?"

„Sehen Sie ihn sich genau an. Erinnern Sie sich nicht? Haben Sie sein Bild nicht in der Zeitung gesehen?... Immer noch nicht? Das ist der brasilianische Boxchampion Gaston. Er kämpft nächste Woche gegen Yonekura. Diese Dame und ich sind Reporter beim *Daily Herald*." Rasch rief Takamori Gaston, der interessiert in einen Spielsaal hineinlugte und überhaupt nicht wahrnahm, welches Drama sich um ihn herum abspielte.

„Mister Gaston, bitte."

„Ja, ja."

„Bitte, Gaston."

„Ja, ja."

„Knock out this thug." Weder Gaston noch der junge Mann verstanden, was Takamori sagte. Der Gauner zögerte einen Moment, doch als Gaston sich endlich von der Spielhalle losriß und auf ihn zustapfte, wich er einige Schritte zurück und verschwand dann in einer dunklen Seitengasse.

Als alles vorüber war, begann Tomoe heftig zu zittern, und ihr Herz klopfte zum Zerbersten. „Takamori!"

Takamori wischte sich den Schweiß von der Stirn. „Wir müssen hier weg, Tomoe." Sie setzten sich hastig in Bewegung und stießen Gaston vor sich her. Die Menschen auf der Straße, die fast alle nicht mehr ganz nüchtern waren, bekamen einen merkwürdigen Gesichtsausdruck, wenn sie Gaston erblickten.

Noch auf der Kreuzung vor der Musashino-Festhalle zitterte Tomoe. „Da hast du uns ja noch mal aus der Patsche geholfen. Das war eine gute Geschichte!"

Takamori, der erkannte, daß seine Aktien bei Tomoe gestiegen waren, prahlte großspurig: „Ich hätte zehn von denen erledigen können!"

„Laß uns irgendwo ausruhen. Ich habe immer noch Herzklopfen."

Sie standen gerade vor dem Café „Couillon", aus dem die melodischen Klänge eines französischen Liedes nach draußen drangen. Das Café war in pseudo-französischem Stil eingerichtet und für seine „Pariser Atmosphäre" bekannt.

„Das wird dir sicher gefallen, Gaston."

„Es ist schrecklich", protestierte Takamori angewidert. „Alle, die sich etwas auf ihre französische Kultur einbilden, hängen hier herum. Sie gehen mir auf die Nerven."

Aber da kein anderer passender Ort in Sicht war, gingen sie hinein. Drinnen war es dämmrig wie in einem Aquarium. Selbst bei Tag wurde das Licht von dunklen Vorhängen ausgesperrt, so daß die trübe Beleuchtung der Lampen, die an den goldfarbenen Wänden hingen, den Gesichtern der jungen Gäste die fahle Blässe von Fischen verlieh.

Als Takamori sich jetzt umsah, fand er, daß auch die Gesichter selbst Fischköpfen nicht ganz unähnlich waren. So ähnelten beispielsweise die Augen der kulturbeflissenen jungen Männer mit den zusammengezogenen Brauen, die über tiefe philosophische Probleme nachzugrübeln schienen, denen einer Meeräsche. Und das Mädchen, das mit verzücktem Gesicht einem süßlichen Chanson lauschte, sah aus wie ein Gründling, den es bei den Fischhändlern im Dutzend billiger gibt. Der Mann mittleren Alters, der mit gedämpfter Stimme auf sie einredete, war so widerlich wie ein Schellfisch.

Takamori hatte nie verstanden, was die Leute an solchen Cafés fanden. Er war nicht der Typ dazu, über einem bitteren Kaffee zu seufzen, während er einem Chanson über die ‚Seele eines Poeten' zuhörte.

Das „Couillon" zog eine besondere Klientel junger Leute

an, die sich für alles Französische begeisterten. Vergleichbar den jungen ‚Russen' von Tokio, die sich wie russische Arbeiter kleideten und bestimmte Bars bevorzugten, in denen sie russische Volkslieder sangen, so besuchten diese Frankophilen Cafés wie das „Couillon", Baskenmütze auf dem Kopf, französische Bücher unter dem Arm und in den Ohren französische Chansons. Takamori fühlte sich fehl am Platze und wäre viel lieber in eine der nahe gelegenen Bars gegangen.

Doch da Tomoe die Rechnung beglich und sie gerade ein unangenehmes Abenteuer hinter sich hatten, blieb ihm nichts anderes übrig, als ihr und Gaston in das Café zu folgen.

Kaum hatten sie sich gesetzt, da bemerkte Tomoe Osako, ihren Kollegen aus dem Büro, an einem Nachbartisch. Sie rief ihm einen Gruß zu. Überrascht stellte er die Kaffeetasse ab, die er geziert in der Hand gehalten hatte, und trat an ihren Tisch. Er war angezogen wie ein Geck und ähnelte mehr denn je einem Aal.

„Takamori, das ist Herr Osako, der in meinem Büro arbeitet. Er ist der Enkel von Baron Osako."

„Dann sind Sie Takamori. Tomoe hat mir so viel von Ihnen erzählt." Sein Tonfall hätte eher zu einer Frau gepaßt.

„Und das ist..." Er hielt einen Moment inne. „Gaston Bonaparte. Er kommt aus Frankreich und wohnt bei uns."

Bei dem Wort ‚Frankreich' wurde Osakos Miene plötzlich gespannt. Und nicht nur seine. Die jungen Männer und Frauen an den Nachbartischen drehten sich alle zu ihnen um und sahen sie neugierig an.

„Dürfte ich wohl freundlicherweise an Ihrem Tisch Platz nehmen?"

„Gerne", antwortete Takamori und strich sich irritiert über die Wange. Ihm fiel auf, daß alle anderen Gäste ihrem Gespräch zuhörten. Er verspürte ein Kribbeln am ganzen Körper.

Ohne weitere Förmlichkeiten zog Osako einen Stuhl heran und richtete sofort das Wort an Gaston. „Es ist ein großes Privileg, mit einem echten Franzosen sprechen zu dürfen."

„Ja, ja." Gaston streckte seine große Hand aus und schüttelte Osakos.

„Jeder, der dieses Café besucht, liebt die französische Kunst."

In diesem Augenblick sah Takamori zufällig zur Tür. Dort, vor dem Café, stand der Bursche, der Gaston schmutzige Bilder verkaufen wollte. Er war nicht allein. Neben ihm stand ein untersetzter Mann mit einem auffälligen Sportjakkett, das er lässig über die Schulter geworfen hatte. Man konnte ihn durchaus für einen ehemaligen Boxer halten. Hin und wieder drückten sie ihre Gesichter an die Glastür, um Takamoris Tisch besser im Blick zu behalten.

Verzweifelt sah sich Takamori nach einem Hinterausgang um. Sein Mut sank, als er keinen entdeckte. Sie würden an der Vordertür Spießruten laufen müssen.

„Gefällt Ihnen Tokio? Es ist eine sehr schmutzige Stadt, nicht wahr? Paris dagegen ist eine wundervolle Stadt... die Kunstmetropole der Welt... die Kastanien und die Seine. Tokio ist so unerfreulich. Man kann es nicht im entferntesten mit Paris vergleichen, oder?"

Osako fuhr fort, Gaston und Tomoe seine Kritik an Tokio und Japan vorzutragen. Verachtung für das Land, in dem sie geboren waren, und die Stadt, in der sie leben, ist charakteristisch für diese Frankophilen. Es war unmöglich festzustellen, ob Gaston dem Gespräch folgte oder nicht. Er starrte Osako mit halbgeöffnetem Mund aus aufgerissenen Augen an.

Selbst Takamori, der gewöhnlich in solchen Dingen etwas begriffsstutzig war, erkannte, daß Osako eigentlich nicht zu Gaston, sondern zu seiner Schwester Tomoe sprach.

„Zudem äffen die Japaner heutzutage die amerikanische Kultur in allem nach. Äffen die amerikanische Kultur nach... Gaston, verstehen Sie das Wort ‚nachäffen'?"

„Nachäffen?" Gastons Stimme klang schläfrig.

Immer wenn Takamori jemanden wie Osako in einer Bar oder einem Café traf, machte er sich so schnell wie möglich aus dem Staub. Nicht weil er alles, was solche Leute sagten, für falsch hielt. Abstraktes Denken lag ihm ohnehin nicht sehr. Aber irgendwie schien es ihm nicht richtig, daß Osako vor einem Ausländer und einem Mädchen wie Tomoe sein eigenes Volk und seine eigene Stadt schlechtmachte.

Doch er konnte nicht weg. Die Schläger dort an der Tür hatten sie immer noch im Visier. Es war klar, daß sie auf sie warteten.

„Nachäffen!" wiederholte Osako, der Takamoris Gedanken nicht lesen konnte, mit schriller Stimme. „Tomoe, was heißt ‚nachäffen' auf französisch?"

„Das weiß ich wirklich nicht."

„Äffen... das kommt von Affe." Osako wandte sich Gaston zu und spielte ihm einen Affen vor.

„Ah! Affe!" sagte Gaston laut und schüttelte den Kopf. „Sie sind ein Affe. Ich verstehe."

Tomoe kicherte. Osako rührte pikiert in seiner Teetasse. Er hatte nichts mehr zu sagen.

Vielleicht spürte Gaston, daß seine Worte Osako beleidigt hatten. Er warf Takamori einen ratlosen Blick zu. Verlegen schlug Tomoe vor zu gehen. Ohne auf eine Antwort zu warten, nahm sie ihre Handtasche und stand auf.

„Ich werde mich auch auf den Weg machen." Auch Osako erhob sich.

Takamori warf einen verstohlenen Blick zur Tür. Der Mann in dem Jackett bemerkte seinen Blick und versteckte sich hastig im Schatten.

Osako und Tomoe, die von der Gefahr nichts ahnten,

standen nebeneinander am Tisch. Takamori versuchte sich hinter Gaston zu verstecken.

„Tomoe, lassen Sie mich bezahlen."

„Nein, ganz gewiß nicht."

Beide griffen nach der Rechnung. Takamori war es gleichgültig, welcher von beiden bezahlte, solange sein eigener Geldbeutel nicht in Mitleidenschaft gezogen wurde. Er spähte noch einmal hinter Gastons Rücken hervor zur Tür. Jetzt war niemand mehr zu sehen. Die Männer hatten sich vermutlich versteckt.

„Tomoe, eine Sekunde." Takamori bekam seine Schwester gerade noch zu fassen, ehe sie vor den beiden anderen die Tür öffnete. Nicht auszudenken, wenn sie als erste hinausging und plötzlich attackiert würde.

„Stimmt irgend etwas nicht, Takamori?" Ihre Stimme klang, vielleicht wegen Osakos Anwesenheit, leicht affektiert.

„Ich muß dir etwas Wichtiges sagen."

Tomoe sah ihn mißtrauisch an und ließ Osako und Gaston vor.

„Nach Ihnen, Monsieur." Lächelnd hielt Osako die Tür auf und nahm Gaston vertraulich am Arm.

„Was ist denn?" Tomoe sah zu Takamori hoch.

„Warte hier einen Moment."

„Was ist denn passiert?"

Genau wie Takamori erwartet hatte – kaum waren Osako und Gaston auf der Straße, tauchten zwei dunkle Gestalten auf und nahmen sie in die Zange.

„Oh, da ist wieder der Mann!" rief Tomoe und packte Takamori am Arm.

„Genau!"

„Was sollen wir tun?"

Der zweite, der wie ein Preisboxer aussah, äugte zu Takamori und Tomoe hinüber. Auch Osako sah sie mit bleichem, verzagtem Gesicht an. Der Gauner flüsterte ihm ein paar Worte zu und wandte sich zum Gehen. Osako, der sich immer noch verängstigt zu ihnen umblickte, folgte ihm. Gaston bildete freundlich lächelnd den Schluß.

„Ich rufe die Polizei", sagte Tomoe.

„Das ist sinnlos. Wir haben keine Ahnung, wohin sie ihn bringen."

Tomoe verstummte. Ihre Wangen wurden blaß vor Zorn, und ihre Nase zuckte. Takamori wußte aus langer Erfahrung, daß nicht einmal Gewaltandrohung sie aufhalten konnte, wenn sie so aussah.

„Ich gehe mit ihnen!" ließ sie ihn wissen. „Komm. Wir dürfen sie nicht aus den Augen verlieren." Als Takamori nicht sofort antwortete, fügte sie hinzu: „Du hast Angst, stimmt's? Feigling!"

„Also gut, dann gehen wir eben." Das konnte Takamori nicht auf sich sitzen lassen. Außerdem waren sie zu dritt und der Feind nur zu zweit. Allerdings konnte man diesen Weichling Osako vergessen. Doch da war ja noch Gaston. Wenn er erst einmal verstand, worum es ging, würde er sich der Lage bestimmt gewachsen zeigen.

Die zwei Gauner ließen Takamori und Tomoe herankommen.

„So, jetzt haut ab!" Wenigstens klang Takamori hartgesotten.

Osako schien neuen Mut zu fassen. Mit seiner nervösen, hohen Stimme flehte er sie an, keine Gewalt anzuwenden.

Zwei weitere Gauner, die sie vorher nicht bemerkt hatten, erschienen plötzlich wie aus dem Nichts und stellten sich rechts und links neben Takamori und Tomoe auf. Einer von ihnen sah aus wie ein Geisteskranker. Sein Mund stand halb offen, und er befingerte ein kleines Plastikspielzeug.

Die Passanten auf der Straße ahnten nichts von ihrer Zwangslage. Ein Stück die Straße hinunter befanden sich die billigen Bars, in denen sich diese Shinjuku-Schläger gerne herumtrieben. Es gab eine dunkle Ecke hinter dem Bahnhof von Shinjuku, wo die pausenlos vorüberfahrenden Züge jedes andere Geräusch übertönten und wo es immer nach Urin roch. Takamori erkannte, daß sie genau dorthin manövriert werden sollten.

Plötzlich blieb Tomoe stehen und rief zwei Studenten, die gerade vorübergingen, zu: „Bitte helft uns! Diese Kerle belästigen uns!"

Die Studenten sahen sie verblüfft an, doch schnell nahm bei ihnen die Furcht überhand, als der Mann mit dem auffälligen Jackett sich drohend vor ihnen aufbaute.

„Entschuldigt, Jungs", zischte der Anführer lächelnd, „meine Freundin hat ein bißchen zuviel gebechert."

Die zwei Studenten waren so erschrocken, daß sie wie angewurzelt stehen blieben. Ebenso leise, doch viel schärfer als vorher, gab ihnen der Anführer den Rat: „Solltet ihr nicht besser weitergehen?"

Angehende Intellektuelle sind in solchen Situationen nie hilfreich. Die Studenten konnten sich leicht ausrechnen, daß es sich für sie nicht auszahlen würde, wenn sie sich in diese Sache verwickeln ließen, und mit angstverzerrten Gesichtern schlichen sie davon.

Sogar der Anführer fühlte sich zu einem Kommentar bewogen: „Feige Hunde... kein Mumm in den Knochen."

Genau diesen Moment, in dem die Gauner abgelenkt waren, nutzte Osako, der nur von einem der Schläger bewacht wurde, um mit einem ohrenbetäubend schrillen Schrei loszulaufen.

„Dieser Bastard!" brüllte Osakos Wächter, aber als er ihn zu stoppen versuchte, war Osako schon zu weit weg. Er rempelte Passanten an, stieß junge Mädchen um und rannte ohne jede Scham und ohne Rücksicht auf Verluste wie ein Pfeil geradeaus, bis er außer Sicht war.

Endlich verstanden die Leute auf der Straße, was da vor sich ging. Sie blieben kurz stehen und sahen zu der Gruppe hin. Aber sie waren genau so unentschlossen wie die Studenten. Nicht einer rührte einen Finger, um ihnen zu helfen.

„Gas, Tomoe, *jetzt!*" rief Takamori, während er sich mit ganzer Kraft gegen den Schwachsinnigen mit dem Spielzeug warf, der Tomoe bewachte. Er packte Tomoe an der Hand und rannte los. Sie mischten sich unter die Menschenmenge. Tomoe war einer Ohnmacht nah. An die nächsten Minuten erinnerte sie sich später nicht, aber als sie wieder zu sich kam, bemerkte sie, daß Gaston nicht bei ihnen war. Ihre Hand lag immer noch in Takamoris, aber jetzt standen sie auf der Hauptstraße, die durch Neonreklamen fast taghell erleuchtet war.

Tomoe blieb stehen und lehnte sich an einen Laternenpfahl. Ihr Gesicht war totenblaß, und sie keuchte. Am Bahnhof von Shinjuku gab es einen Polizeiposten. Takamori führte seine Schwester, die ihre Sprache immer noch nicht wiedergefunden hatte, dorthin und verlangte, ohne Zeit für Erklärungen zu verlieren: „Bitte kommen Sie mit. Ein ausländischer Freund von mir ist in der Gewalt von Verbrechern."

„Wo?", fragte der Polizist nüchtern. Für ihn handelte es sich um eine Routineangelegenheit.

Wie war es Gaston in der Zwischenzeit ergangen? Als er Osako schreiend davonlaufen sah und dann hörte, wie Takamori ihn und Tomoe rief und dann auch wegrannte, verstand er endlich, was für Männer das waren. Wie ein Roboter schleppte er sich auf die japanischen Zuschauer zu, die aus sicherer Entfernung das Spektakel mit einer Mischung von Furcht und Neugier betrachtet hatten.

„He! Warte mal!" rief der Kerl mit dem Spielzeug ihm hinterher. „Kaufst du jetzt diese Bilder?"

Gaston schwieg.

„Kaufst du die Bilder, oder kaufst du sie nicht?"

Gaston blieb stehen und schüttelte lächelnd den Kopf. „Meine Freunde..."

„Deine Freunde sind mir verdammt egal. Ich rede mit dir... He, hast du 'ne Schraube locker, oder was?"

Der Anführer ging langsam auf ihn zu, und die Zuschauer wichen zurück. Der Mann richtete seine farblosen Augen auf Gaston und musterte ihn von Kopf bis Fuß. Dann drehte er sich mit wütendem Gesicht zu seinen Handlangern um.

„Wovon zum Teufel redet ihr? Das ist kein Boxchampion. Seht euch die Hände von dem Mistkerl an. Die haben nie einen Boxring gesehen. Okay, Nishino, mach ihn fertig."

Nishino, der erste der Gauner, der Gaston und seine Freunde angesprochen hatte, spazierte mit den Händen in den Hosentaschen auf ihn zu.

Auch Kriminelle haben ihre Wertmaßstäbe. Einen berühmten Ringer zu verprügeln ist zum Beispiel viel ruhmreicher, als einen Oberschüler zu drangsalieren. Nishinos Status in der Bande würde eine Stufe steigen, wenn er diesen riesenhaften Kerl mit dem Körper einer Kuh zusammenschlug. Und einen weiteren Bonuspunkt gab es dadurch, daß der Mann Ausländer war.

„Ihr verdammten Amerikaner! Ihr trampelt über ganz Japan weg, als ob es euch gehört!" Nishino zog zwei weiß umwickelte Hände aus den Taschen und nahm eine Karatestellung ein.

„Lebt alle wohl!" rief Gaston mit einem Lächeln, das auf seinem Gesicht festgeklebt schien. „Lebt wohl!"

Nishino sprang in die Luft und traf ihn mit beiden Händen und beiden Beinen im Bauch und an den Knien. Mit einem lauten Wehklagen knickte Gastons großer Körper in der Mitte ein.

„Oh, non, non... Tu m'as fait mal."

„Blauäugiges Schwein!"

Der überwältigende Schmerz beraubte ihn seiner Sprachkenntnisse. Er stand vornübergebeugt und ächzte vor Qual.

Nishino ging ein zweites Mal auf ihn los und dann ein drittes Mal. Die Menge beobachtete das Schauspiel mit gemischten Gefühlen. Sie empfanden ein heftiges Mitgefühl für Gaston und eine heimliche Freude – die Art von Freude, die Japaner vor langer Zeit empfanden, als der kleine japanische Ringer Rikidozan die viel größeren Sharp-Brüder besiegte. Keiner versuchte, dem Fremden beizustehen.

Schließlich hob Gaston langsam den Arm und sah Nishino lange ins Gesicht. Die Zuschauer dachten: „Jetzt ist er wütend und greift an." Doch anstatt sich zu voller Höhe aufzurichten und auf seinen Angreifer loszugehen, benutzte Gaston den Arm nur, um ihn über sein Kartoffelgesicht zu legen. Einige Zeit stand er bewegungslos mit bedecktem Gesicht. Die Menge wartete mit angehaltenem Atem darauf, daß sich dieser merkwürdige Fremde bewegte. Nishino, der schon die nächste Attacke vorbereitete, sah ihn, wie die anderen Gauner, verwundert an.

„Oh, non, non." Gaston nahm den Arm vom Gesicht. Tränen strömten wie Perlen aus seinen Augen. „Oh, non, non. Du darfst nicht... Warum willst du mir weh tun?"

Kühe, heißt es, vergießen Tränen, wenn sie ohne Grund geschlagen werden. Auf Gastons Gesicht lag dieselbe düstere Melancholie, die man bei den mißhandelten Tieren findet.

„Seht mal! Er ist eine Heulsuse!" sagte der Schläger mit dem Spielzeug abschätzig.

„Wir sind... alle... Freunde", stieß Gaston mühsam hervor. „Alle... Freunde!... Warum? Warum? Warum? Warum?" Er wiederholte das Wort immer wieder.

Die Japaner, die die Szene beobachteten, wichen seinem flehentlichen Blick aus und zerstreuten sich in alle Richtungen. Auch der Anführer der Bande drehte sich plötzlich um und ging weg. Unvermittelt stieg in Angreifern wie Zuschauern ein Gefühl von Scham auf.

Nachdem alle verschwunden waren, blieb Gaston bewegungslos auf der Stelle stehen. Hier fanden ihn Takamori und der Polizist.

„Gas!" rief Takamori und griff nach seiner Hand. Ein scheues, kindliches Lächeln erschien auf Gastons Zügen. Takamori sah, daß seine Hosen zerrissen und blutbefleckt waren.

Sie kehrten zur Polizeistation zurück und beantworteten die Fragen des Polizisten. Eine Stunde später fuhren sie nach Hause.

„Tut es weh, Gas?"

„Nein, es geht."

Takamori sagte auf dem Heimweg fast nichts. Er hatte ein schlechtes Gewissen. Warum hatte er Gaston allein gelassen und war weggelaufen?

Tomoe blickte vom Taxifenster aus auf die Neonreklamen und dachte: So zu weinen... ein großer Mann wie er. Hat er keine Selbstachtung? Sich einfach zusammenschlagen lassen, ohne sich zu wehren... mit diesem riesenhaften Körper! Doch gleichzeitig spürte sie zum ersten Mal eine Art Zärtlichkeit für diesen Mann, die Zärtlichkeit einer Mutter für ihr verkrüppeltes Kind.

Ich hätte Gaston nicht bei Nacht nach Shinjuku bringen sollen, dachte Takamori. Seine Sorglosigkeit war verflogen, und er fühlte sich verantwortlich und schuldig für Gastons schlimmes Erlebnis.

„Gas, nimm das alles nicht zu schwer. Nicht alle Japaner sind wie die, die du heute abend getroffen hast."

Gaston sah starr vor sich hin und schüttelte den Kopf. Er schien seinen Gedanken nachzuhängen. Takamori konnte ihn verstehen. Quer über den Erdball in das Japan seiner Träume zu kommen und dann fast noch am ersten Tag von Japanern verprügelt und getreten zu werden!

„Tomoe, das war wirklich eine Katastrophe, nicht?"

Tomoe, die fühlte, wie niedergeschlagen ihr Bruder war, versuchte ihn aufzumuntern. „Kopf hoch. Es ist alles vorbei. Wenn wir zu Hause sind, backe ich für dich und Gaston etwas Leckeres."

Als sie ihr Haus erreichten, war Gaston wieder der Alte, liebenswürdig und lächelnd. Er legte den Finger auf die Lippen und sagte zu den beiden anderen: „Wir sagen eurer Mutter und Matchan nichts. Laßt es uns als Geheimnis bewahren. Ich bin hingefallen und habe mir die Hosen zerrissen. Okay?"

Takamori und Tomoe verstanden, daß Gaston ihre Mutter und Matchan nicht aufregen wollte. Tomoe dachte: Er ist vielleicht ein Feigling und hat keine Selbstachtung, aber er hat wirklich ein gutes Herz. Sie glaubte endlich seine guten Seiten entdeckt zu haben und betrachtete ihn mit neuen Augen.

Tomoes Schokoladengebäck, das ihnen helfen sollte, die Ereignisse des Abends zu vergessen, kam bei Gaston sehr gut an. Fröhlich schaufelte er Stücke in seinen großen Mund, der Tomoe trotz ihrer neuen freundschaftlichen Gefühle immer noch an das Maul eines Nilpferds erinnerte.

Dann wurde Gaston plötzlich sehr ernst. Er hörte auf zu essen und wandte sich Takamori zu.

„Ich muß etwas Wichtiges mit dir besprechen."

„Was denn, Gas?"

Gaston zögerte. Er sah Shizu und Tomoe an, als ob er sich in ihrer Gegenwart nicht frei äußern könnte. Takamori verstand sofort und fragte: „Gas, sollen wir nach oben gehen?"

„Ja, ja."

Hinter Takamori stieg Gaston langsam die Treppe hoch. Tomoe blieb allein im Eßzimmer zurück und stellte, während sie wartete, das Radio an. Sie war ärgerlich, daß Gaston, der plötzlich so ernst geworden war, sie nicht dabeihaben wollte. Außerdem war sie neugierig, was er zu sagen hatte.

Das Radio spielte ‚Tabu', eines ihrer Lieblingslieder. Takamori und Gaston kamen immer noch nicht herunter. Soll ich hochgehen und an der Tür lauschen? (Sie war schließlich eine Frau, und als Frau liebte sie es, die Geheimnisse anderer zu erfahren.)

Schließlich hörte sie die Schritte ihres Bruders auf der Treppe. Als er ins Licht trat, sah sie, daß er sehr ernst aussah, was für ihn ganz ungewöhnlich war.

„Was ist, Takamori?" fragte sie leise mit funkelnden Augen.

„Gas sagt, er verläßt uns", antwortete Takamori, die Hände in seine Schärpe gesteckt.

4 Ganz allein

„Er sagt, er verläßt uns?"

„Ja." Takamori blinzelte, um die Tränen zurückzuhalten.

„Dann fühlt er sich bei uns nicht wohl. Nach allem, was wir für ihn getan haben! Ich finde, das ist schäbig."

„Nein, so ist es nicht."

„Dann muß er über das, was in Shinjuku passiert ist, schockiert sein. Er hat wahrscheinlich jetzt genug von Japan."

Tomoe dachte bei sich, daß Takamori und sie zwar die Verantwortung für das Geschehene trugen, aber ihr Gast hätte ruhig mehr Courage beweisen und sich wehren können. Schließlich gibt es Millionen Japaner, und verdorbene Früchte findet man an jedem Baum. Sich von ein paar schlechten Japanern so beeindrucken lassen – das war nicht männlich. Tomoes Nase zuckte mißvergnügt.

„Zuerst dachte ich auch, daß es daran liegt. Aber Gaston sagt, das ist nicht der Grund, warum er uns verläßt."

„Nicht? Was dann?"

„Er will viele Japaner kennenlernen, sagt er. Er möchte die Gelegenheit haben, alle möglichen Menschen zu treffen."

Takamori setzte sich neben seine Schwester. Er schlang die Arme um die angewinkelten Beine und stützte den Kopf auf die Knie. Eine Weile starrte er gedankenverloren auf einen Punkt am Boden.

„Gas ist wirklich ein sonderbarer Mensch, nicht?" beendete er schließlich seine Träumerei. „Er ist irgendwie anders. Er ist anders als die gewöhnlichen Reisenden und Touristen. Er interessiert sich überhaupt nicht für den Tokio-Tower oder den Großen Buddha von Kamakura. Seit er hier ist, tut er nichts anderes als herumlaufen und sich mit Hunden und Kindern anfreunden. Ich finde ihn faszinierend, aber ich habe nicht die geringste Ahnung, was in ihm vorgeht."

„Aber er muß doch einen Grund dafür haben, daß er nach Japan gekommen ist."

„Ich habe ihn gefragt, aber er gibt keine eindeutige Antwort. Trotzdem bin ich mir sicher, daß er etwas ganz Bestimmtes vorhat. Er will irgend etwas erledigen."

„Er wird doch kein Schmuggler sein? Oder ein Agent, der militärische Geheimnisse ausspionieren soll? Das kann man doch wohl ausschließen, oder?"

Die Zeitungen brachten häufig Berichte über Ausländer, die wegen Schmuggels verhaftet worden waren. Sie kamen aus Hafenstädten wie Hongkong und Singapur und wurden von Tokios internationalem Gepräge angelockt. In der Disanto-Handelsgesellschaft, wo Tomoe arbeitete, sprach man häufig darüber.

„Bist du verrückt?" Takamori verdrehte die Augen zur Decke und seufzte, als er an Gaston im oberen Stockwerk dachte. Ihm fiel Bashos berühmter Haiku über die Einsamkeit des Menschen im Herbst ein, und er paßte ihn den gegenwärtigen Umständen an:

Es ist nun Frühling
Mein Nachbar – wie lebt er wohl?
Das wüßte ich gern.

Sie hörten die Treppenstufen unter Gastons schwerem Schritt knarren. Einen Moment später öffnete ihr Gast die Tür und streckte schüchtern sein Pferdegesicht um die Ecke. „Entschuldigung."

„Gas, komm und setz dich zu uns."

Gaston betrat den Raum. Mit einem verzagten Blick zu Tomoe klappte er ungelenk seine langen Beine unter sich zusammen und setzte sich.

„Tomoe san. Ich sprach mit Ihrem Bruder. Wirklich, danke für Ihre Freundlichkeit. Aber ich sage zu Tomoe san, au revoir."

Takamori und Tomoe drängten ihn zu bleiben. Gaston hörte höflich mit gesenktem Kopf zu und antwortete dann: „Danke, danke, aber ich..." Er wiederholte sich wie ein Papagei und sprach nie zu Ende.

„Gas, du sagst, du willst viele Japaner kennenlernen. Aber das kannst du tun, und dennoch bei uns wohnen", brachte Takamori als Argument vor.

„Das ist wahr, Gaston", unterstützte Tomoe ihren Bruder. „Welche Art von Menschen würden Sie gerne treffen? Wir werden alles tun, was in unserer Macht steht. Nicht wahr, Takamori?"

Gastons Hände lagen auf seinen langen Knien. So hatten ihn Takamori und Tomoe noch nie gesehen. Gewöhnlich war er so flink, wenn es darum ging, mit dem Kopf zu nikken und seine Zustimmung zu zeigen. Heute abend regte er sich nicht. Schließlich gab Takamori auf. „Dann kann man nichts machen. Tomoe, wir müssen Gas tun lassen, was er für richtig hält... Aber, Gas, bitte komm zu uns zurück, wann immer du willst. Solange du in Japan bist, hast du hier ein Zuhause." Er sprach mit echtem Gefühl.

Als alles entschieden war, stand Gaston auf. Er ging in sein Zimmer und holte vier kleine Päckchen, die in französisches Zeitungspapier eingewickelt waren. Eines gab er Takamori, ein zweites Tomoe.

„Hier, Takamori san. Hier, Tomoe san."

Er bat sie, die anderen beiden Päckchen ihrer Mutter, die schon ins Bett gegangen war, und Matchan zu geben.

„Gaston", rief Tomoe erstaunt aus, „Sie wollen uns doch nicht heute nacht verlassen?"

„Doch, heute... jetzt."

Das war ungeheuerlich!

„Gas, das ist unmöglich! Sie wissen doch gar nicht, wo Sie übernachten sollen!"

„Keine Angst. Keine Angst. Auf dem Schiff habe ich sogar auf Deck geschlafen." Sein Mund verzog sich zu einem breiten Grinsen.

„Ich rufe Mutter und Matchan", sagte Tomoe.

Als Shizu von Gastons Entschluß hörte, eilte sie zu ihm und versuchte, ihn mit allen Mitteln umzustimmen. Aber es war vergebens, er ließ sich nicht überreden.

„Ich bin ein Feigling. Vielleicht ist morgen mein Mut nicht genug. Will wieder in Takamoris Haus sein. Aber heute bin ich ganz sicher." Dann entschuldigte er sich überschwenglich bei Takamori und Tomoe für all die Mühe, die er ihnen bereitet hatte.

„Takamori, wenigstens könntest du ihm einen Platz zum Übernachten besorgen", schlug Shizu höchst beunruhigt vor.

Aber Takamori sah, daß Gaston fest entschlossen war, allein aufzubrechen. „Nein, ich glaube, man muß ihm seinen Willen lassen."

Kurz darauf stand Gaston mit seinem Seesack in den Händen an der Haustür, wo sich alle Mitglieder des Haushalts zum Abschied aufgestellt hatten. Es war so plötzlich und unerwartet gekommen, daß Matchan in ihrer Verwirrung vergessen hatte, ihm die Schuhe zu holen, und daran erinnert werden mußte. Sie starrte ihn nur verdutzt an.

Gaston winkte auch Matchan zu. „Matchan, auf Wiedersehen. Danke." Mit einem Gesicht, als würde er gleich in Tränen ausbrechen, dankte er allen der Reihe nach.

„Auf Wiedersehen, Gas. Komm unbedingt wieder."

Auf der dunklen Straße vollführte sein mächtiger Körper noch einmal eine schwerfällige Drehung, und er winkte ihnen unbeholfen zu. Als er sich entfernte, kam ein Hund angelaufen und begleitete ihn.

„Da ist wieder dieser Hund!" rief Tomoe. Der alte Köter, mit dem sich Gaston angefreundet hatte, war urplötzlich von irgendwoher aufgetaucht und humpelte hinter ihm her.

„Ich verstehe es nicht", murmelte Tomoe. „Ich verstehe es einfach nicht."

Die Sterne glitzerten. Manche wie Brillanten, andere nur schwach und undeutlich. Zum silbrig bestirnten Nachthimmel aufblickend fühlte sich Gaston, als seien ihm plötzlich Flügel gewachsen, als riefe ihn etwas dort hinauf.

Von Kindheit an hatte Gaston sich für die Sterne begeistert. Auf der Überfahrt nach Japan hatte er die meisten Nächte auf Deck verbracht und in den Himmel geschaut. Da hatte es die Sterne der Morgendämmerung am milchigen Himmel über dem Mittelmeer gegeben, die kleinen Sternchen in der dunklen afrikanischen Nacht und die Sterne über dem Indischen Ozean, so unendlich viele wie diese.

Die Sterne ändern sich nie. Aber er... er hatte den weiten Weg nach Japan auf sich genommen. Und heute war er wieder einmal allein.

Wohin sollte er gehen? Er wußte es nicht. Er hatte keinen Ort zum Schlafen. Aber das war das Leben, das er sich selbst ausgesucht hatte.

„Hund san", sagte er zu dem alten Köter, der zu seinen Füßen hockte. „Hund san weiß auch nicht wo schlafen, wie ich.“ Als er weiterging, stakste der Hund hustend hinter ihm her.

„Non, non, Hund san. Auf Wiedersehen.“ Aber der Hund hob nur den Kopf und sah ihn an. In seinen Augen las er die Bitte, nicht ohne ihn fortzugehen. Gaston hockte sich neben ihn und streichelte ihm den Kopf. Er glaubte zu verstehen, was die Augen ihm sagen wollten. Der Hund hatte keinen Herrn, der sich um ihn kümmerte; er war häßlich und alt und hatte diesen schlimmen Husten. Er war ganz allein auf der Welt, genau wie Gaston, allerdings war er noch jung und hatte einen großen, gesunden Körper. Aber er war ein Feigling, ein Einfaltspinsel, der von einem Fehlschlag zum nächsten stolperte. Den alten Hund hatte man zweifellos mit Steinen beworfen und von überall verjagt. Auch Gaston war schon als Kind von seinen Brüdern und Freunden ausgelacht und verspottet worden.

In Gastons Heimat Savoyen werden große Menschen, die man für etwas unbedarft hält, „Pappeln“ genannt. Das kommt daher, daß das Holz der Pappel für nichts anderes als Streichhölzer zu gebrauchen ist. Es ist kein gutes Bauholz, und es eignet sich weder für Pfeiler noch für Balken. Und so war Gaston für seine Freunde die „Pappel“ gewesen.

Aber Gaston hatte den Menschen immer vertrauen wollen. Nicht jeder auf der Welt, dachte er, war klug und stark wie Napoleon. Die Erde ist nicht nur für die Klugen und Starken da. Es muß auch für schwache und armselige Wesen – wie ihn und diesen alten Hund – eine Möglichkeit geben, ihren Beitrag zu leisten. In dieser Unzahl von Sternen gab es sicher auch einige wie sie beide… nicht nur selbstbewußt und hell strahlende Sterne, sondern auch trübere. Sogar für einen Schwächling wie ihn müßte es, wenn er ganz lebendig war, und das Licht, das in ihm existierte, ganz ausschöpfte, möglich sein, ein Stückchen von der Schönheit der Sterne zu ergattern.

„Also gut, komm mit, Hund san.“ Gaston stand auf und ging weiter. Der Hund folgte ihm hustend.

Die Füchse haben ihren Bau und die Vögel in der Luft ihre Nester. Die Augen auf die funkelnden Sterne geheftet, bog Gaston um eine Ecke und machte sich auf den Weg nach Osten. Er konnte keinen Bus nehmen, weil Hunde darin nicht erlaubt waren, und den Luxus eines Taxis konnte er sich nicht leisten. Gaston, der so wenig hatte, dessen er sich rühmen konnte, war immerhin ein wenig stolz darauf, daß er lange Strecken zu Fuß zurücklegen konnte. Doch zunächst galt es, einen Platz zum Übernachten zu finden. Wie er Takamori schon erklärt hatte, hatte er viele Nächte auf Deck der *Vietnam* verbracht. Eine Bank im Bahnhof oder die Stufen vor einer Kirche waren ihm ebenso recht; dort konnte er dann in Ruhe den Tagesanbruch erwarten.

Es tat gut, wieder allein zu sein. Er fühlte sich deshalb Takamori und Tomoe gegenüber ein wenig schuldig, denn sie hatten ihn, einen völlig Fremden, freundlich aufgenommen, und dennoch erfuhr er in seiner Einsamkeit und Freiheit eine Freude wie schon lange nicht mehr. Er hatte oft davon geträumt, durch die exotischen Straßen von Tokio zu streifen, ohne jemandem lästig zu fallen. Doch was war das für eine große Stadt!

Er fand sich auf einer belebten Straße wieder, auf der zahllose Neonreklamen flackerten. Nach seinem Stadtplan mußte das Shibuya sein, doch als er sich erkundigte, stellte sich heraus, daß er sich in Sangenchaya befand und damit immer noch in den Außenbezirken von Tokio. Verglichen mit Paris, das man von Osten nach Westen in zwei Stunden durchqueren konnte, glich Tokio einer endlosen Wüste ohne rechte Orientierungsmöglichkeiten. Obwohl es zehn Uhr abends war, herrschten hier ein Lärm und eine Betriebsamkeit wie am Montparnasse am hellichten Tag. So viele Menschen auf so engem Raum!

Dicht aneinandergebaute Holzhäuser in der Form einer riesigen Honigwabe; Männer in Holzpantoffeln; Mütter, die ihre Kinder auf dem Rücken trugen; Nudelverkäufer; Pachinko-Spielhallen – alles, was er sah, versetzte ihn in Erstaunen. Takamori hatte ihm gesagt: „In Tokio leben viele Menschen. Das Bevölkerungsproblem ist das Krebsgeschwür Japans." Jetzt verstand Gaston, was er meinte.

„Shibuya – wo?" fragte er das Mädchen, das im Zentrum von Sangenchaya in einem Tabakladen bediente.

Das Mädchen, das Matchan sehr ähnlich sah, antwortete: „Da drüben" und deutete nach Osten.

„Gibt es ein Gasthaus?"

„Gasthaus?"

„Ja, Hotel."

Warum sah sie Gaston so voller Sarkasmus und Verachtung an und lachte bloß, statt zu antworten?

Gaston und der Hund marschierten weiter in Richtung Osten. Sie kamen an Sanjuku und Ohashi vorbei. Gaston behielt den Finger auf dem Stadtplan, den Takamori ihm gegeben hatte, und lernte die Namen der Stadtteile auswendig, durch die sie kamen. Es waren schon zwei Stunden vergangen, seit sie Kyodo verlassen hatten.

„Hund san müde, ja?" rief Gaston dem Hund zu, der an einem Abfallhaufen schnüffelte. Sogar seine eigenen Beine waren schwer geworden.

Die Füchse haben ihren Bau und die Vögel in der Luft ihre Nester. Auch der Mensch muß einen Platz zum Ausruhen haben.

Von der Kuppe einer Anhöhe aus bot sich Gaston ein erstaunliches Bild. Wohin er auch sah, überall standen Hotels und Gasthäuser. Gebäude mit dem Wort HOTEL in roten Neonlettern, japanische Gasthäuser mit Laternen am Eingang, und Namen wie Koonakaku, Sekireiso, Hotel Frühling, Sampei-Gasthaus. Weder in Frankreich noch in anderen Ländern hatte Gaston je eine solche Ansammlung von Hotels gesehen. Das war ein weiterer Beweis für die großzügige Gastfreundschaft, mit der Japaner ihre ausländischen Gäste behandelten. Japan ist wirklich ein sehr herzliches Land, dachte er mit aufrichtiger Bewunderung.

Vor einem Hotel, über dem in Neonbuchstaben der Name HILLTOP-HOTEL blinkte, blieb Gaston stehen und hatte schon wieder Grund, den hervorragenden Service zu bewundern, den Japan seinen Touristen bot. Unter dem Namen des Hotels stand geschrieben:

Ganze Nacht	800 Yen
Eine Stunde	400 Yen

Nicht einmal das berühmte Ritz in Paris war so aufmerksam. Einem Hotelgast ist höchst unwohl, wenn er befürchtet, sein Zimmer könne mehr kosten, als er angenommen hat. Was gibt es Rücksichtsvolleres, als ihm schon im voraus die Kosten mitzuteilen! Und als besondere Freundlichkeit wurde sogar der Preis für eine kurze Ruhepause angegeben!

Voller Anerkennung für diese Umsicht öffnete Gaston, gefolgt von dem Hund, die Hoteltür und trat ein. Es war anders als die Hotels, die er bisher kannte: es gab weder eine Eingangshalle noch eine Rezeption. Er mußte zweimal rufen, bevor Schritte sich durch den langen Korridor näherten und eine junge Frau im Kimono eilig auf ihn zulief. Ihre Lippen waren leuchtend rot bemalt. Als sie Gaston sah, blieb sie bestürzt stehen.

„Haben Sie ein Schlafzimmer? 800 Yen?“ fragte Gaston. „800 Yen“ hatte er hinzugefügt, als er sich seiner mageren Geldmittel entsann.

Die Frau antwortete nicht.

„Haben Sie ein Schlafzimmer?“

„Sind Sie allein?“ fragte sie, während sie ihn mißtrauisch von Kopf bis Fuß betrachtete.

„Ja, allein... Nein, dieser Hund ist bei mir, aber er schläft draußen.“

Das Hausmädchen drehte sich um und rief mit lauter Stimme: „Tanida san, würden Sie einen Moment herkommen?“ Sie verschwand, aber Gaston hörte leises Geflüster.

„Da ist ein komischer Ausländer. Er sagte, er will ein Zimmer für sich allein? Was sollen wir tun?“

„Ein Einzelzimmer?“ antwortete eine Männerstimme.

„Ja, ein Einzelzimmer.“

„Das ist ein Problem. Ist er Amerikaner?“

„Das weiß ich nicht.“

„Hm ... na gut. Da kann man nichts machen. Führ ihn zu Marguerite.“

Gaston entnahm dem Ton ihres Gesprächs, daß er nicht willkommen war. Warum wollen sie keinen einzelnen Gast beherbergen? fragte er sich. Warum vermieten japanische Hotels nicht gerne Zimmer an Einzelreisende? C'est ça. C'est ça! Das Hilltop-Hotel, dämmerte es Gaston, war nicht dazu gedacht, ausländische Touristen unterzubringen. Es diente irgendeinem anderen feierlichen Zweck. Das war kein Ort für ihn. Er stand schon an der Tür, als das junge Mädchen zurückkehrte.

„Bitte kommen Sie herein“, sagte sie und legte ein Paar Pantoffeln vor ihn hin. Er war zu feige, um ihre Aufforderung nicht zu befolgen.

„Hund san auch ...“

„Dieser Bursche hat einen Hund“, rief sie Tanida mit angewidertem Gesicht nach hinten zu. „Er sagt, er hat einen Hund bei sich.“

In diesem Augenblick öffnete sich die Vordertür, und ein Mann und eine Frau traten ein. Der Mann war um die Fünfzig und erinnerte an General Tojo. Als die Frau Gaston sah, zog sie rasch ihren Schal über das Gesicht und versteckte sich hinter dem Mann. Die Empfangsdame begrüßte das Paar respektvoll, ganz anders als gerade eben Gaston.

Sie führte ihn den Korridor entlang, der von unheim lichem Schweigen erfüllt war. Irgendwo hörte er Wasser laufen. Wegen seiner Körpergröße und der niedrigen Decke mußte er den Kopf einziehen wie eine Schildkröte. Im Vorübergehen bemerkte er, daß die Zimmer alle Blumennamen hatten – Rose, Kirschblüte, Hyazinthe und so weiter – und daß vor allen Türen zwei Paar Pantoffeln standen. In diesem Hotel war Gaston, der unschuldig auf der Suche nach seinem Einzelzimmer den Korridor entlangtrottete, der einzige Mensch reinen Herzens. Er verstand nicht, warum alle Zimmer dunkel waren und was diese merkwürdige Stille zu bedeuten hatte.

Vor dem Zimmer mit dem Namen Marguerite blieb das junge Mädchen stehen und schloß die Tür auf. Der Raum verströmte einen merkwürdigen Geruch, nicht nach Plastik oder Farbe. Die Ausdünstungen des Mannes und der Frau, die gerade erst fortgegangen waren, hingen noch in der Luft.

„Herr Ausländer, hier bezahlt man das Geld im voraus", erklärte das Mädchen, und sie wiederholte das Wort „Geld" auf japanisch und englisch, damit er es auf jeden Fall verstand.

Es gibt wahrscheinlich Paare, die so gewissenlos sind, daß sie mitten in der Nacht davonschleichen, ohne zu bezahlen. Um das zu verhindern, fordern Hotels dieser Art von ihren Gästen die Bezahlung im voraus. Erstaunt gab Gaston der jungen Frau das Geld. Sie warf ihm noch einen verächtlichen Blick zu und zog sich zurück.

Gaston setzte sich vorsichtig auf die Bettkante. Morgen würde er sich nach einer anderen Unterkunft umschauen müssen, einem Ort, an dem er richtig ausschlafen konnte.

„Mitchan, Mitchan", hörte er plötzlich eine Männerstimme jenseits der Wand. „Ich muß zur Toilette."

„Sei still und laß mich schlafen."

„Ich stehe jetzt auf."

„Kannst du mich nicht schlafen lassen!... Wenn du mußt, kannst du das Waschbecken benutzen."

Gaston war entgeistert. Er hielt den Atem an und lauschte. Was er hörte, war das unverkennbare Geräusch von plätscherndem Wasser. Offenbar tat der Mann, was ‚Mitchan' ihm geraten hatte – er urinierte in das Waschbekken in der Zimmerecke.

Schockiert sprang Gaston auf. Er war erbost, daß dieser Mann sich in dasselbe Waschbecken erleichterte, in dem andere Gäste sich das Gesicht wuschen. Er hustete laut, damit man ihn nebenan hörte.

Das Plätschern hörte abrupt auf, doch dann steigerte es sich zu lautem Rauschen. Der Mann hatte den Wasserhahn aufgedreht, um das andere Geräusch zu übertönen.

Gaston war schon viel gereist und hatte einiges gesehen, aber das hier schockierte ihn so, daß er überhaupt keine Lust mehr verspürte, sich Gesicht und Hände zu waschen, und sich erschöpft auf das Bett setzte. Doch da er den ganzen Weg von Kyodo nach Shibuya gelaufen war, wurde er schnell müde, und ihm fielen die Augen zu.

‚Takamori san, Tomoe san, bonne nuit.'

Bevor er sich endgültig schlafen legte, mußte er noch auf die Toilette. Er trat vorsichtig auf den Korridor. Dort bot sich ihm ein merkwürdiger Anblick.

Eine Japanerin hatte gerade das Fenster am Ende des Korridors aufgestoßen und machte Anstalten, hinauszuspringen. Es war die Frau, die mit dem Mann gekommen war, der wie General Tojo aussah. Als sie Gaston bemerkte, drückte sie sich furchtsam in eine Ecke. Sie hatte ein sperriges Kleiderbündel bei sich, aber Gaston konnte sich nicht vorstellen, was sich darin befand. Um den Hals trug sie einen schmutzigen Verband. Sie war klein und mager. Gaston fand die Gesichter japanischer Frauen so ausdruckslos wie No-Masken, und diese Frau bildete keine Ausnahme. Es war ihm rätselhaft, was sie vorhatte.

Einige Sekunden sah die Frau den monströsen, pferdeähnlichen Ausländer angsterfüllt an. Dann faßte sie Mut.

„Wer sind Sie?“ In ihrer Stimme schwangen Wut und Verzweiflung.

Gaston wußte nicht, warum sie auf ihn so wütend war. Er bot ihr sein übliches breites Lächeln.

Das bestärkte sie offenbar, denn ihre nächsten Worte waren: „Ich hasse Ame-ko.“ Ame-ko war das Schimpfwort für Amerikaner. „Gehen Sie mir aus dem Weg!“

In diesem Moment vernahm man aus einem Zimmer nahe der Treppe eine laute Männerstimme: „He! Schnell! Jemand soll kommen!“

Die Frau zuckte zusammen und blickte gehetzt um sich wie eine in die Enge getriebene Ratte, dann packte sie ihr Bündel und rannte den Korridor hinunter. Doch als sie das Licht im Zimmer des Hausmädchens bemerkte, sah sie Gaston verzweifelt an und rief: „Wo ist Ihr Zimmer? Schnell! Bringen Sie mich in Ihr Zimmer!“

Bevor Gaston antworten konnte, erspähte sie seine Tür, die er einen Spalt offengelassen hatte, und schoß wie der Blitz hinein. Gaston folgte ihr.

„Bitte, helfen Sie mir! Bitte!“ Sie wiederholte ihre Bitte immer wieder, während die Stimmen auf dem Korridor näherkamen. Gaston sah ratlos in ihre schreckgeweiteten Augen.

„Helfen Sie mir, helfen Sie mir!“ flehte sie. Sie legte die Hände zusammen wie vor einem Buddha. Ihre Finger waren lang und dünn wie Nadeln.

Im Korridor sprachen das Zimmermädchen und der Mann laut miteinander. Gaston hörte sie beide das Wort shoben benutzen. Er wußte, das bedeutete ‚urinieren‘, und er schloß aus dem Gespräch, daß darin das Vergehen der Frau bestand. Ach, so war das! Ein Lächeln breitete sich auf seinem Gesicht aus, und er schüttelte verständnisvoll den Kopf. Wie der Mann im Nebenzimmer hatte sie zur Toilette gehen müssen, aber sie hatte es nicht mehr geschafft und das Bett naß gemacht. Für eine Frau mußte das sehr peinlich sein. Er erinnerte sich, daß auch er als Kind ins Bett genäßt hatte und von seinen Brüdern deswegen gehänselt worden war. Gaston glaubte, erst jetzt die Verzweiflung der Frau wirklich zu verstehen.

„Hierher." Er legte den Finger auf die Lippen, um sie zum Schweigen zu bringen, und deutete auf das Fenster. Die Frau zog ihre Röcke hoch, wobei sie kurze, dicke Beine entblößte, die wie japanische Rettiche aussahen, und kletterte mit der Behendigkeit eines Affen auf den Fenstersims. Das Bündel unter den Arm geklemmt, sprang sie hinunter. Gaston hörte einen Schmerzensschrei; beim Fallen mußte sie sich verletzt haben. Der Schrei hallte durch die Dunkelheit.

Auch die beiden auf dem Korridor hatten den Schrei gehört. Gastons Tür flog auf, und General Tojo und das Hausmädchen stürzten herein. Als sie sahen, daß die Frau bereits entkommen war, baute sich General Tojo wutentbrannt vor Gaston auf.

„Warum zum Teufel haben Sie die Frau entkommen lassen?"

„Shoben... Sie tun es auch. Sie sind im Unrecht, mit ihr zu schimpfen, weil sie shoben macht", sagte Gaston tadelnd.

Bei diesen Worten bekam General Tojo einen Tobsuchtsanfall. Sein Gesicht wurde feuerrot vor Zorn.

„Raus hier."

Obwohl es zwei Uhr morgens war, wurde Gaston wie eine Katze am Kragen gepackt und aus dem Hotel hinausgeworfen.

Wie schwierig und wie vermessen es für einen einfältigen Menschen wie ihn doch war, anderen zu Hilfe zu kommen. Bevor er das Hotel verlassen hatte, war er von General Tojo unbarmherzig zurechtgestutzt worden.

„Warum stecken Sie Ihre Nase überhaupt in anderer Leute Angelegenheiten, wenn Sie kein Japanisch verstehen?" Das Wort shoben, erfuhr Gaston erst jetzt, hatte zwei

Bedeutungen. Leider kannte er nur die physiologische Bedeutung, die im Wörterbuch stand. Mit ärgerlichen Gesten und Flüchen erklärte ihm General Tojo die andere: wenn Prostituierte ihren Kunden die Brieftasche stehlen und, unter dem Vorwand, zur Toilette zu gehen, mitten in der Nacht damit durchbrennen – auch das nennt man shoben, und es wird mit denselben Zeichen geschrieben.

General Tojo wandte sich an den Hotelbesitzer. „Diese Hure hat meine Kleider gestohlen. Mir ist es gleich, ob dieser Idiot ein Ausländer ist. Er wird für meine Kleider bezahlen. Sorgen Sie dafür, daß er es tut!"

Gaston konnte der japanischen Unterhaltung nicht folgen. Aber er verstand ohne Schwierigkeiten, was der Mann wollte. Der Hotelbesitzer half Gaston schließlich aus der Klemme, aber er bat ihn, das Hotel zu verlassen.

„Es tut mir leid, Herr Ausländer, aber ich muß Sie bitten zu gehen. In einem Hotel wie diesem können wir uns keine Gäste leisten, die die Spielregeln nicht kennen." Widerstrebend gab er Gaston seine 800 Yen zurück. „Chizuko, wirf diesen Köter auch hinaus. Sein Husten hält sowieso alle wach." Und so wurden Gaston und der Hund gemeinsam vor die Tür gesetzt.

Die Sterne funkelten immer noch am Nachthimmel. Der alte Hund trottete ergeben in Gastons langem Schatten. An der Straße lagen noch andere Hotels, die geöffnet waren – das Koruyuriso, das Koonakaku, das Aoba-Hotel –, aber Gaston fehlte der Mut, eines davon zu betreten.

So viele Hotels in Tokio, und kein ruhiges Plätzchen, wohin Gaston sein Haupt betten konnte! Nicht einmal ihm entging die Widersprüchlichkeit seines geliebten Japan.

Er wanderte weiter nach Osten. Es war jetzt nach zwei Uhr morgens, alle Geschäfte waren geschlossen, nur die Laternen standen am Wegrand wie alte Männer und verbreiteten ein trübes Licht.

Was ich auch tue, alles geht schief, grübelte Gaston. Er war sich seiner Mängel überdeutlich bewußt. Nicht nur heute nacht war es so. Das Pech verfolgte ihn seit seiner Kindheit. Wie konnte jemand wie er überhaupt Gutes oder Schönes für andere tun?

Shibuya ist um zwei Uhr morgens totenstill. Die Cafés, die Kinos und Läden sind geschlossen und mit Rolläden verbarrikadiert. Gaston war zum ersten Mal in Shibuya, aber er erkannte sofort, daß es ein viel lebhafterer Stadtteil war als Sangenchaya, durch das er vorher gekommen war.

In den Seitengäßchen hörte man lauten Gesang, wahrscheinlich von den Männern, die aus den Bars, in denen sie die Nacht durchzecht hatten, nach Hause zurückkehrten. In den Ohren eines Ausländers wie Gaston schienen ihre Gesänge von einer Art orientalischer Melancholie durchweht. Sie erinnerten ihn an die traurigen arabischen Lieder, die er einst in Aden gehört hatte. Er war deprimiert. Seine Beine waren schwer vom vielen Laufen. Sein ganzer Körper sehnte sich nach Schlaf. Aber er sorgte sich mehr um den alten Hund als um sich selbst. Der arme Kerl hatte einen langen Tag gehabt. Er blieb stehen und sah sich um, ob sich nicht doch noch irgendwo eine Zuflucht bot. Doch die einzigen Lichter waren die der Straßenlaternen und die Schaufensterbeleuchtung längst geschlossener Geschäfte.

Dann hörte er eine kehlige Stimme: „Hallo, junger Mann, die Nacht ist noch lang. Wie wär's mit uns?"

Die Stimme kam aus einer dunklen Öffnung zwischen einem Kino und dem angrenzenden Geschäft. Als er hinsah, tauchte aus dem Spalt, der der Eingang zu einer Höhle hätte sein können, das geisterhafte Gesicht einer Frau auf. Es war die Frau mit dem Verband um den Hals.

„Du meine Güte!" rief sie verblüfft. „Der Ame-ko aus dem Hotel."

Gaston zwinkerte traurig. Obwohl er wegen dieser Frau mitten in der Nacht hinausgeworfen worden war, verspürte er keinen Groll. Der schlichte Gaston war einfach nicht in der Lage, irgend jemandem gegenüber Groll oder Haß zu empfinden. Schon in der Kindheit war ihm das nie gelungen, und wenn seine Kameraden ihm noch so üble Streiche spielten oder ihn noch so grausam behandelten. Schnell war er wieder bereit, der Gutwilligkeit und Freundschaft anderer zu vertrauen, oder das wenigstens zu wollen. Und so deutete nichts darauf hin, daß er verstimmt war oder sich auch nur an den Vorfall im Hotel erinnerte.

„Was ist passiert? Wohnten Sie nicht in diesem Hotel? Ihnen verdanke ich, daß ich davongekommen bin. Aber ich habe mir beim Fallen den Hintern angeschlagen. Tut immer noch ein bißchen weh." Sie deutete lachend auf ihre Hüfte und zeigte dabei ihr rotes Zahnfleisch. „Aber was ist mit Ihnen?"

„Die Hotelleute haben mich weggeschickt." Das übliche Lächeln erschien auf seinem Gesicht, während er sich müde die Augen rieb.

„Oh? Man hat Sie hinausgeworfen?" Die Frau blickte überrascht zu Gaston hoch. Sie war immer noch auf der Hut. „Aber wenn wir hier stehenbleiben, erscheint gleich ein Polizist. Gehen wir hinein."

Gaston machte ein, zwei Schritte, und dann, als sei es ihm gerade eingefallen, sagte er: „Essen..."

„Essen... für den Hund... mich", und er deutete kummervoll auf seinen Magen. Die Frau sah ihn eine Weile prüfend an und forderte ihn dann, als habe er den Test bestanden, zum Mitkommen auf. Sie verschwand in dem höhlenartigen Spalt mit der Geschwindigkeit einer Ratte. Gaston hatte gehört, daß östliche Städte von labyrinthartigen Gängen voller Rätsel und Geheimnissen durchzogen sind, so wie man es in ‚Tausendundeiner Nacht' liest, aber er hatte nie erwartet, Derartiges in Tokio zu finden. Er duckte sich, so gut er konnte, und folgte der Frau, die ins Dunkel entschwunden war.

„Wo bleiben Sie denn?" hörte er die Frau irgendwo unter sich rufen. „Da ist eine Treppe."

Als sich seine Augen schließlich an die Dunkelheit gewöhnt hatten, erkannte er eine steinerne Treppe direkt vor sich. Auf einer Seite erhob sich die hohe Wand des Kinos. Das war ein Notausgang bei Feuer oder Erdbeben.

Am Ende der Treppe angelangt, erwartete ihn die Frau mit einer Taschenlampe. Gaston wischte sich mit seiner großen Hand den Schweiß von der Stirn. Auf dem Boden zu seinen Füßen lag das Kleiderbündel, an das er sich erinnerte.

„Machen Sie kein Geräusch", ermahnte ihn die Frau leise und knipste die Taschenlampe aus. „Ich gehe los und besorge Ihnen was zu essen." Sie stieg die Treppe wieder hoch, ebenso schnell wie vorher, und war im Nu verschwunden.

Mit heftigem Herzklopfen setzte sich Gaston zusammengekrümmt auf den Zementboden, legte die Arme auf die Knie und wartete atemlos. Der alte Hund leckte ihm sanft die Hände.

Gaston sah zum Himmel empor, an dem immer noch unzählige Sterne glitzerten. Hier zu sein, kam ihm wie ein Traum vor – in einem fernen Land, auf eine Frau wartend, die er gerade erst getroffen hatte und die ihm Essen holte. Dann fielen ihm Takamori und Tomoe ein. Was denkt Tomoe san wohl von mir, fragte er sich. Er lächelte, als er an ihre kleine Stupsnase dachte. Bruder und Schwester wunderten sich bestimmt, daß er die Meere überquert hatte und ins ferne Japan gereist war. Aber er konnte ihnen sein Vorhaben noch nicht erzählen, noch nicht. Vielleicht würde er es eines Tages erklären können. Doch zuerst mußte er noch viel mehr Japaner kennenlernen und eine Entscheidung treffen.

„Ist er allein?"

„Er hat einen Hund bei sich."

Oben an der Treppe erklang eine Frauenstimme. Diesmal schienen zwei oder drei weitere Frauen mitzukommen. Der

Strahl einer Taschenlampe erleuchtete die Treppe, und Gaston sah weiße Beine, die in schlammbespritzten Schuhen und zerkratzten Holzpantinen steckten.

„Bist du verrückt? Einen Ame-ko herzubringen!"

„Das ist in Ordnung. Der Mann ist in Ordnung."

Plötzlich war alles still. Drei Frauen richteten ihre Taschenlampen auf Gaston, der immer noch auf dem Boden hockte. Es war, als betrachteten sie eine herrenlose Katze.

5 Der Eremit des Ostens

„Ist das der Bursche?" piepste eine der Frauen und leuchtete Gaston ins Gesicht, so daß er blinzeln mußte. Ihre Kleidung war bunt zusammengewürfelt: Sie trug einen verblichenen Pullover, Männerhosen und hochhackige rote Schuhe. Die dritte Frau, fett und rund wie ein Ei, trug ein schäbiges Kostüm und Holzpantoffeln. Sie hockte sich dicht neben Gaston und lächelte zu ihm hoch. Zwischen ihren dicken Knien sah man die schmutzigen Unterhosen, und Gaston wandte verwirrt die Augen ab.

„Der Kerl ist nicht zufällig aus dem Gefängnis ausgebrochen?" Gaston sah ihr nach einem entlaufenen Gefangenen aus. Die erste Frau beruhigte sie.

Man darf sich nicht wundern, daß Gaston in ihren Augen wie einer der Ausbrecher aussah, die sie aus amerikanischen Kriminalfilmen kannte. In Tokio trieb sich eine ganze Menge Ausländer herum, die von der Polizei wegen Drogen und Schmuggelei gesucht wurden.

„Sieh dir diesen Körperbau an, Kimie. Wäre nicht schlecht, so einen immer in der Nähe zu haben, was?"

Sie unterhielten sich in einem Gassenjargon, den Gaston auf der Sprachschule nicht gelernt hatte. Er verstand kaum ein Wort, aber er wußte, worüber sie sprachen. Was ihn mehr irritierte als ihr Gespräch, war die eiförmige Frau, die mit den Fingern an seinem Oberschenkel entlangstrich.

Gaston, in jeder Situation ein Gentleman, merkte plötzlich, daß er seinen Hut noch auf dem Kopf hatte. Eilig nahm er ihn ab und entschuldigte sich für seine schlechten Manieren: „Verzeihen Sie mir."

„Oh, er spricht Japanisch", wunderte sich die Frau mit den roten Schuhen. Die Frau, die Kimie genannt wurde, lachte schrill.

„Mach nicht so einen Lärm", warnte die erste Frau, die Gaston unter ihre Fittiche genommen hatte. Sie faltete eine Zeitung auseinander und legte sie vor ihm auf den Boden, dann stellte sie einen angeschlagenen Teller mit Essen vor ihn hin. Er identifizierte das runde Gelbe als Eigelb, aber was war das, was wie verschimmelte Brotkanten aussah, die man auf ein Holzstäbchen gespießt hatte?

„Das ist o-den[7]. Haben Sie noch nie o-den gegessen?"

„Wie kann er? Er ist Ausländer", sagte Kimie. Sie sah zu, wie Gaston ein Eigelb nahm und in den Mund steckte. „Oh, er hat's gegessen!"

„Tatsächlich." Die drei Frauen beäugten ihn interessiert wie einen Affen im Zoo, der versucht, sich elektrisch zu rasieren.

Gaston gab ein Stück von o-den dem Hund, der neben ihm kauerte.

„Ist das Ihr Hund? Hat er einen Namen?"

„Ja, Napoleon." Gaston wußte nicht, warum er das gesagt hatte, aber hier und jetzt war beschlossen, daß der Hund nach seinem illustren Vorfahren heißen sollte.

„Ich... Hund... keinen Platz zum Schlafen", sagte er matt lächelnd.

„Er sagt, er weiß nicht, wo er pennen soll."

7 Gericht aus frittiertem Fisch, Tintenfisch, gekochtem Ei, Rettich und Sojasauce, als Eintopf oder am Spieß serviert.

Die Frauen beratschlagten. Es hörte sich an wie Vogelgezwitscher.

Dieser einfache Mann, der ihnen da in die Hände gefallen war, kam ihnen vor wie ein Haustier, um das man sich kümmern mußte. Er war interessant und hatte ihre Neugier erregt. Die einzigen Ausländer, die sie bisher getroffen hatten, waren großspurige Amerikaner gewesen, von denen sich der bescheidene und gutherzige Gaston wohltuend abhob.

„Haben Sie kein Geld?"

Gaston zog seine Brieftasche heraus und zeigte sie ihnen. Als er in Yokohama beim Zoll sein Geld in Yen umgetauscht hatte, hatte der Angestellte ungläubig gefragt: „Ist das alles?" Es waren nicht mehr als dreitausend Yen. Gaston hatte natürlich noch sein Rückfahrbillett. Aber ansonsten war die Brieftasche leer.

„Wenn er dreitausend Yen hat, kann er überall ein Zimmer finden, oder nicht?" nörgelte die Frau mit den roten Schuhen.

„Sei nicht blöd. Und was soll er morgen machen? Er muß morgen auch essen." Die Frau mit dem Verband war nicht nur die Älteste der drei, sondern anscheinend auch die Intelligenteste. Sie sah Gaston an. „Stecken Sie das weg, und passen Sie gut darauf auf." Sie nahm ihm die Brieftasche aus der Hand und steckte sie ihm in die Jackentasche, wie es eine Mutter bei ihrem Kind tut, das auf einen Schulausflug geht.

Gaston verstand nicht, warum diese Prostituierten so nett zu ihm waren. Dieselbe Frau, die ihren Kunden im Hilltop-Hotel bis auf die Kleider ausgeraubt hatte, erwies sich jetzt als eine so sanfte, warmherzige Person.

„Ginge es nicht bei Dachi?"

„Bei diesem Mistkerl? Der hätte ihm die dreitausend Yen spätestens morgen früh abgegaunert."

„Und beim sensei[8]?" schlug Kimie, die dicke Frau, vor.

8 Ehrentitel, bedeutet eigentlich ‚Lehrer'.

„Das ist eine Idee!“ Die drei dachten einen Augenblick schweigend nach. „Wie ist es? Würden Sie zu sensei gehen?“

„Ja, zu sensei.“

„Er ist ein komischer alter Mann, aber wenn wir ihn bitten, läßt er Sie über Nacht bleiben. Vielleicht hat er sogar Arbeit für Sie.“

Nach diesem einstimmigen Entschluß standen die Frauen auf und eskortierten Gaston und Napoleon die Treppe hoch, als wäre er ein berühmter Samurai. Die Straße war menschenleer.

„Bitte nehmen Sie das.“ Gaston zog einen Geldschein aus seiner Brieftasche und versuchte, ihn einer der Frauen in die Hand zu drücken.

„Wofür ist das?“

„Geld für das Essen.“

„Seien Sie kein Dummkopf. Haben Sie mich nicht heute Nacht vor der Verhaftung gerettet? Ein bißchen o den bin ich Ihnen doch mindestens schuldig.“

Gaston wußte nicht, wohin sie gingen. Sie überquerten die Eisenbahnschienen und kamen zu einem schmalen Fluß, dessen faulig schwarzes Wasser nach Abfall roch. Entlang des Flusses standen eine Reihe billiger Bars, die wie Filmkulissen wirkten . So früh am Morgen war keine geöffnet.

Die Frauen, die sich hier natürlich auskannten, plauderten unablässig, während sie durch ein netzartiges Labyrinth von Gassen eilten, das Gaston völlig verwirrte. Ob sie rechts oder links abbogen – für ihn sahen alle Gassen gleich aus, und er hätte auch nicht gemerkt, wenn sie im Kreis gelaufen wären. Aber schließlich blieben sie vor einer Bar stehen, die wie alle anderen geschlossen war.

„Warten Sie hier“, sagte die Frau mit dem Verband. Sie ging den beiden anderen voran die Stufen hoch. Ihre Schuhe klapperten auf der hölzernen Treppe und hallten durch die stille Nacht.

„Sensei!“ hörte er sie rufen. Sie versuchten, jemandem

aufzuwecken. In einem Fenster im Obergeschoß ging das Licht an. Außer Napoleons leisem Winseln vernahm man weit und breit keinen Laut. Gaston überlegte, wie spät es wohl sein mochte. Wenn er ehrlich war – er hatte Angst. Was für ein Mann dieser sensei wohl war, den er gleich treffen würde? Und wie würde er ihn, einen unbekannten Ausländer, behandeln? Diese Frauen waren ja sehr nett, aber seine Erfahrung in Shinjuku hatte ihn gelehrt, daß sein Japanisch sehr schlecht war; wenn er nicht sehr aufpaßte, würde er die Situation vielleicht wieder falsch einschätzen.

Dennoch war er fest entschlossen, dem Mann – ganz gleich, wie er sein würde – nicht zu mißtrauen. Er würde ihm vertrauen, selbst wenn er betrogen würde. Das war eine der Aufgaben, die er sich für Japan gestellt hatte. Er hatte die Welt, in der Argwohn und Zweifel vorherrschten, weit hinter sich gelassen. Dort, jenseits der Meere lag die Kultur, die sich weigerte, in das Herz des Gegenübers zu schauen und seinen guten Willen zu erkennen. Er war überzeugt, daß das wichtigste heutzutage das Vertrauen zu den Menschen war. Der schlichte Gaston hatte es auf sich genommen, als ersten Schritt seines Abenteuers dieses Vertrauen zu verwirklichen.

„He, Sie!" rief eine der Frauen von der Treppe herab.

„Gut. Ich komme hoch."

Die Treppe war so eng, daß er sich gerade noch zwischen den Wänden hindurchquetschen konnte. Einige Male schlug er sich an der niedrigen Decke den Kopf an. Schließlich legte er die Hand über die Stirn, um sich zu schützen.

In dem kleinen Raum am oberen Ende der Treppe roch es muffig. Auf einer zerschlissenen Decke, aus der die Baumwollfüllung herausquoll, saß ein alter, streichholzdünner Mann. Er lehnte an der Wand und hatte die Beine vor sich ausgestreckt. Er trug Hosen, aber anstelle eines Hemdes hatte er sich einen roten Frauenpullover übergezogen.

„Dann machen wir uns mal wieder auf den Weg", sagte

eine der Frauen. Der alte Mann antwortete nicht. Er goß eine schwarze Flüssigkeit aus der Teekanne in seine Tasse und schlürfte sie langsam. Auch nachdem die Frauen fort waren, sagte er nichts, sondern trank weiter, den durchdringenden Blick auf Gaston geheftet.

Schließlich sprach er. „Sie sind kein Amerikaner, richtig? Woher kommen Sie?... Nein, Sie brauchen nicht zu antworten. Ich werde es erraten. Zeigen Sie mir Ihr Gesicht."

Gaston tat, wie ihm geheißen, und schob sein langes Pferdegesicht dicht vor den sensei. Der alte Mann studierte es lange.

„Das ist interessant!"

„Ja, ja."

„Dieser Punkt über der Nase dürfte darauf deuten, daß Sie einen großen Helden in Ihrem Stammbaum haben." Gaston setzte zu einer Antwort an, aber der alte Mann ließ ihn nicht zu Wort kommen. „Ich bin Hellseher. Ich möchte in dem Gesicht des Mannes lesen, der bei mir die Nacht verbringen wird... Ja, Sie müssen einen großen Vorfahren haben."

Gaston verstand nur die Hälfte, aber er ließ seine Phantasie spielen und erriet das meiste. „Napoleon", erklärte er leise.

Die Teetasse fiel dem alten Mann klappernd aus der Hand und rollte auf die rotbraune Matte. „Napoleon! Das erklärt alles! Ich habe mich also nicht geirrt. Sehen Sie, ich kann den Charakter eines Menschen aus seinem Gesicht lesen... Ich habe vergessen, mich vorzustellen. Mein Name ist Chotei Kawaii. Ich bin ein östlicher Hellseher."

„Mein Name ist Gas." Gaston benutzte den Spitznamen, den Takamori ihm gegeben hatte.

„Gas? Gas? Hoffentlich nicht das Gas, das hier herauskommt!" sagte der Mann, ohne zu lächeln, und deutete auf seinen ausgezehrten Rumpf. „Das ist ein interessanter Name, aber Ihr Gesicht ist wirklich ungewöhnlich."

„Ja, ja."

„Sie haben eine Physiognomie, die man heutzutage nur selten antrifft." Dann senkte der alte Mann die Stimme und fragte: „Sie haben etwas Großes vor, nicht wahr?"

„Etwas Großes?"

„Sie planen etwas. Das sehe ich zwischen Ihren Augenbrauen. Warum sind Sie nach Japan gekommen?"

Gaston verstand das Japanisch des Alten nicht gut genug, um zu antworten. Und der alte Mann zog die Frage sofort wieder zurück. „Nein, die Frage ist unhöflich. Schlafen wir jetzt lieber. Wir können morgen reden." Er legte sich der Länge nach auf die Decke, als hätte er schon alles andere vergessen.

„Auf dem Regal liegen Decken. Nehmen Sie sich, so viele Sie wollen." Im Handumdrehen war er eingenickt und schnarchte.

Gaston schaltete das Licht aus und deckte sich zu. Der alte Mann neben ihm bewegte sich überhaupt nicht. Gaston fühlte, wie etwas seine Beine heraufkroch und einen Juckreiz verursachte. Wahrscheinlich Flöhe. Was in aller Welt war dieser Mann, fragte sich Gaston. War er ein Eremit, wie er sie auf alten Tuschzeichnungen gesehen hatte?

Als Gaston am nächsten Morgen aufwachte, war der Eremit schon damit beschäftigt, in der Kochstelle ein Feuer zu entfachen. Er trug immer noch den roten Frauenpullover.

„Wenn Sie wach sind, können Sie sich draußen waschen."

Gaston ging hinaus. Er stieg die enge Treppe hinunter und fand unten Napoleon, der den Kopf auf die Pfoten gelegt hatte. Der Hund sah wehmütig zu ihm auf.

Eine Frau, vielleicht eine Kellnerin aus einer der Bars, stand vor der öffentlichen Toilette auf der anderen Straßenseite, aber bei Gastons Anblick erschrak sie und lief weg. Der Wasserhahn, der zum Waschen benutzt wurde, befand sich direkt an der Wand der Toilette.

Als Gaston in das Zimmer zurückkam, legte der Alte gebratene Sardinen auf einen Teller. „Ich weiß nicht, ob Sie so etwas essen", sagte er. Aber Gaston, der völlig ausgehungert war, erschienen die Sardinen wie eine Delikatesse. Er vergaß nicht, die Fischköpfe für Napoleon an den Tellerrand zu schieben.

„Wofür ist das?" fragte der alte Mann, der seine Eßstäbchen niedergelegt hatte.

„Das ist für Hund san." Verlegen erzählte Gaston dem Alten, daß er einen Hund mitgebracht hatte.

„Dann mögen Sie also Hunde?" Wieder sah er Gaston sehr aufmerksam ins Gesicht. „Sie sind ein sehr ungewöhnlicher Ausländer, nicht?"

„Ja, ja."

„Die Leute finden mich auch ziemlich merkwürdig. Ob Sie es glauben oder nicht, ich war früher Schullehrer." Er sah melancholisch vor sich hin. „Jetzt wohne ich an so einem Ort und lebe vom Wahrsagen. Und ich schreibe den Frauen ihre Liebesbriefe und höre mir ihre Klagen an. Japan, so wie es heute ist, widert mich an. Sagen Sie mir, wie sieht Japan für Sie aus, Fremder?"

Gaston lächelte nur traurig, wie üblich, wenn er nicht verstand.

„Sogar ein alter Mann wie ich, der in diesem Loch lebt, kann Ihnen sagen, was heute in Japan fehlt... Vertrauen – Vertrauen in die Menschen. Die Politiker und Intellektuellen sind mißtrauischer als Füchse und Dachse. Die Politiker mißtrauen allen Idealen, und die Intellektuellen mißtrauen dem Menschen selbst. Das ist ein trauriger Zustand."

Er goß sich eine Tasse schwarzen balsamartigen Tee ein und fuhr mit wachsendem Eifer fort. „Die einzigen, die sich gegenseitig noch vertrauen, sind Leute wie wir. Diese Frauen, die Sie letzte Nacht hergebracht haben, zum Beispiel... Sie mögen ihren Körper verkaufen und stehlen, was ihnen in die Hände fällt, aber im Innersten sind sie gut und vertrauensvoll. Sie bringen anderen Menschen Wärme entgegen und haben ein reines Herz. Das sind Qualitäten, die man bei den Politikern und den Gebildeten nicht findet."

Gaston hatte die Hände auf die Knie gelegt und nickte, obwohl er nur ein Bruchteil dessen verstand, was den Alten, dessen Atem nach Sardinen roch, so leidenschaftlich bewegte.

„Reinheit des Herzens... junge Japaner können nichts damit anfangen. Sie glauben, es ist überflüssig, bringt sie nicht vorwärts in der Welt. Das ist die Tragödie eines armen Landes. Wir sind nicht materiell arm. Japan ist arm im Geiste." Als er das sagte, zuckte sein verdorrter Körper vor patriotischer Entrüstung.

Er entschuldigte sich bei Gaston, weil er sich hatte hinreißen lassen, und fragte: „Doch, Herr Gas, was sind Ihre Pläne?"

Gaston lächelte schwach und antwortete: „Ich habe keinen Platz zum Wohnen. Ich werde weiterwandern mit meinem Hund."

„So?" Der alte Mann kreuzte die Arme und dachte nach. „Wenn das der Fall ist, könnten Sie doch auch hierbleiben? Ich habe zu Ihrem langen Gesicht eine große Zuneigung gefaßt. Es ist das erste Mal, daß ein Ausländer mich besucht, aber auch das ist wahrscheinlich das karma aus meinem früheren Leben."

„Ich habe kein Geld. Ich würde gerne arbeiten, wenn ich Arbeit finde."

„Das ist kein Problem. Als Ausländer können Sie sicher eine Arbeit als Sandwich-Mann bekommen."

„Sandwich-Mann?"

„Ja. Es gibt viele Restaurants hier in Shibuya. Sie könnten herumlaufen und Plakate auf dem Bauch und dem Rücken tragen, auf denen für ein Restaurant geworben wird. Das nennen wir Japaner Sandwich-Mann. Oder Sie werden Wahrsager wie ich und sagen den anderen ihre Zukunft voraus. Ein Wahrsager aus dem Westen! Also das würde Aufsehen erregen!"

„Aber ich weiß nichts über das Wahrsagen."

„Es ist wirklich kein Kunststück. Es sähe sicher komisch aus, wenn Sie Wünschelruten benutzen würden wie ich, aber Sie könnten es mit Spielkarten versuchen."

„Aber das wäre doch Betrug."

„Ganz und gar nicht. Sie geben den Menschen, die voller Sorgen zu Ihnen kommen, Mut und neue Stärke. Das ist der Zweck meines Wahrsagens." Dann fuhr der Alte mit gesenkter Stimme fort, seinen Beruf zu rechtfertigen. „Bis zu einem gewissen Grad ist es natürlich notwendig, Lügen zu erzählen, aber es dient einem guten Zweck. Ich weihe Sie heute abend gleich ein."

Auf der Stelle begann der Alte, Gaston die ersten grundlegenden Prinzipien seines Berufs beizubringen.

Den Anfang bildete das Handlesen. Damit brachte der Wahrsager den Kunden dazu, ihm zu vertrauen. Es war ganz wichtig, gleich sein Vertrauen zu gewinnen.

„Zu einer Frau müssen Sie anders sprechen als zu einem Mann. Bei einer Frau, die Sie für eine Hausfrau halten, sehen Sie sich die Hand aufmerksam an und sagen einfühlsam so etwas wie: ‚Sie hatten viel Pech ... das Problem ist, daß Sie ein zu gutes Herz haben. Deshalb werden Sie immerfort ausgenutzt.' Wenn Sie ihr das sagen, können Sie sicher sein, daß sie Ihnen nie widersprechen wird, Herr Gas. Verstehen Sie?"

Als Gaston nicht antwortete, entblößte der Alte lächelnd seine gelben Zähne.

„Ein Ergebnis meiner Studien sagt, daß es nicht eine einzige Frau in Japan gibt, die nicht glaubt, daß sie immer den kürzeren zieht. Das ist nicht aus ihren Köpfen herauszubekommen."

Als nächstes erläuterte der alte Mann verschiedene Techniken des Handlesens. „Wenn nun der Kunde ein junges

Mädchen ist, muß man eine andere Technik anwenden. Am leichtesten erwirbt man Vertrauen, wenn man sagt: ‚Oho! Das ist wirklich außergewöhnlich! So eine Linie habe ich noch nie gesehen. Sie müssen äußerst sensibel sein. Sie haben eine sehr komplexe Persönlichkeit.' Damit liegen Sie nie falsch, denn jedes junge Mädchen ist überzeugt, daß sie sensibler ist als der Durchschnitt und daß sie eine sehr komplexe Persönlichkeit hat. Sie können noch einen Schritt weiter gehen und sagen: ‚Ihre große Sensibilität war schon die Quelle großen Leids.' Japanische Mädchen lieben das Wort ‚leiden'. Sie halten sich gerne für tragische Figuren. Acht von zehn nicken zustimmend, wenn Sie ihnen das erzählen.

Hin und wieder ist ein betrunkener Student oder ein Barmädchen pervers genug, zu leugnen, daß sie eine tragische Figur ist, und behauptet, daß für sie das Leben eine Komödie sei. Doch auch dann noch kann man sie herumkriegen, wenn man sagt: ‚Ihre Lippen mögen lächeln, doch in Ihrem Herzen weinen Sie. Mich können Sie nicht täuschen. Ich erkenne, was für eine wahrhaft sensible und komplizierte Person Sie sind.' Auf jeden Fall – wenn Sie durch Handlesen ihr Vertrauen gewonnen haben, hören Sie gespannt allem zu, was Sie Ihnen danach mitteilen.„

Auf diese Weise machte der alte Mann Gaston deutlich, daß Wahrsagen im wesentlichen darin bestand, das Herz des Kunden zu gewinnen. „Auch Sie, als Sie jung waren – nein, entschuldigen Sie, Sie sind ja noch jung –, haben schon einmal versucht, das Herz eines Mädchens zu gewinnen. Handlesen ist eine ganz ähnliche Kunst."

Gaston blinzelte. Er konnte gerade noch verstehen, was der Alte in seinem für ihn ungewohnten Japanisch sagte, aber Mädchen waren seinem langen Pferdegesicht immer nur mit Verachtung begegnet; er war noch nie geliebt worden. Sein Mangel an Selbstbewußtsein hatte ihn immer daran gehindert, selbst etwas zu unternehmen und sich um die Liebe einer Frau zu bemühen.

Doch was ihn mehr bekümmerte, war die Frage, wie er den so gutgemeinten Vorschlag des alten Mannes ablehnen sollte. Wie sollte er in seinem schlechten Japanisch die notwendige Beredsamkeit aufbringen?

Es war Abend geworden. Die Schatten der Nacht krochen langsam in das Zimmer im Obergeschoß.

„Sollen wir aufbrechen? Jetzt werde ich Ihnen das wahre Japan zeigen!"

Der alte Mann zog seinen roten Pullover und die Hosen aus und zog hakama und haori[9] an, sozusagen seine Berufskleidung. Als sie das Haus verließen, waren die Bars entlang der Straße schon beleuchtet. Die Kellnerinnen, die an den Türen standen, begrüßten den Alten und blickten Gaston erstaunt an. Napoleon erschien wie aus dem Nichts und wackelte ihnen hinterdrein.

„Er wohnt bei mir... Ach was, Dummkopf, er ist kein Amerikaner. Er ist Franzose... Franzose", erklärte der alte Mann allen stolz.

Doch als sie die Hauptstraße erreichten, sah er Gaston etwas betreten an und erklärte ihm die weniger angenehme Seite ihrer Arbeit. „Tokio ist in Zonen eingeteilt – ganz Japan ist das –, und jede Zone gehört einem Gangster, dem wir Schutzgeld bezahlen müssen. Sie sind Ausländer, aber wenn Sie mir helfen, müssen wir bei ihm vorbeigehen und Sie einführen."

Gaston konnte nicht recht folgen. Japanisch war schon schwer genug, und der Mann benutzte viele Wörter, die Gaston nie gelernt hatte. Zuerst nickte er immer nur, aus dem Wunsch heraus, seinen Begleiter nicht zu kränken, doch schließlich gab er es ganz auf. Der Alte bemerkte nicht, wie verständnislos Gaston dreinschaute, und sprach weiter.

„Und über den kleinen Gaunern gibt es noch die großen

9 hakama: klassisches japanisches Kleidungsstück, eine Art Hosenrock für Männer; haori: kimonoähnliche Jacke, die man zum hakama trägt.

Tiere. Vor einem Jahr hat die Hoshino-Bande alles beherrscht. Aber dann ist etwas vorgefallen, und seitdem müssen die Hoshinos sich zurückhalten. Solange sie die Hand auf allem hatten, kamen wir nicht zur Ruhe. Sie scheuen nicht einmal vor Mord zurück…"

„Mord?" Gaston stürzte sich auf das eine Wort, das er verstand.

„Ja, Mord. Sie hatten einen Killer namens Endo. Ich sollte es wissen. Ich war schließlich sein Lehrer." Der Wahrsager, der einmal Schullehrer gewesen war, blieb stehen und sah Gaston betrübt an. Dann packte ihn die Erinnerung, und er sprach schneller.

„Vor vielen Jahren, als ich in Chiba an einer Grundschule unterrichtete, kam ein Junge aus Tokio zu uns. Unsere Jungen hatten alle kurzgeschorene Haare, was damals bei Grundschülern üblich war. Doch dieser trug die Haare lang. Er zeigte einen sehr guten Charakter und lernte leicht. Er bekam sogar einen Studienplatz an der Universität. Zwanzig Jahre lang sah ich ihn dann nicht mehr, bis ich ihn zufällig traf. Ich war Wahrsager geworden – und er Gangster. Mag sein, daß der Krieg schuld war, jedenfalls hatte er allen Glauben an die Menschheit verloren, allen Glauben an die Welt… er war absoluter Nihilist. Da er auf dem College gewesen war und sich im Krieg als Scharfschütze ausgezeichnet hatte, fiel es ihm nicht schwer, in der Hoshino-Bande aufzusteigen."

Der alte Mann sprach leise weiter, aber Gaston hörte nicht mehr zu. Die Umgebung nahm ihn völlig gefangen – die bunt erleuchteten Geschäfte auf beiden Straßenseiten, die gleißenden Neonfassaden der Kinos, die üppigen Waren in den Schaufenstern, die Menschenmenge. Aus dem Eingang zur U-Bahn-Station ergoß sich eine Woge von Berufstätigen, die nach der Arbeit heimkehrten. Sie wurden von dem Strom der Passanten aufgesogen, bis eine neue Woge herausschwappte. In Paris, Singapur, Hongkong und hier in

Tokio lebte eine ungeheure Zahl von Menschen, und sie lebte mit keinem anderen Ziel, als sich möglichst lange am Leben zu erhalten.

In der Nähe des Bahnhofs warteten andere Wahrsager, junge und alte, die wie Chotei gekleidet waren, in dem schwachen Lichtkreis ihrer mit Kerzen erleuchteten Buden geduldig auf Kunden.

Hätte Gaston den Bahnhof zehn Minuten früher erreicht, hätte er Takamori in einer der Menschenwogen entdecken können. Doch Choteis Redeschwall hatte ihr Wiedersehen verhindert. Auf dem Heimweg von der Bank war Takamori mit seinem Freund Iijima in einer kleinen Imbißstube eingekehrt, die Otafuku hieß; dort trank er in diesem Augenblick gerade Bier und stopfte sich Erdnüsse in den Mund.

„Takamori san, Sie haben schon eine ganze Menge anschreiben lassen. Ich wünschte, Sie würden heute zahlen." Doch der Rüffel der Kellnerin störte ihn nicht – er war von Tomoe ganz andere Predigten gewöhnt.

Mit ohrenbetäubendem Lärm polterten Züge über Gastons Kopf hinweg. Jedesmal, wenn einer vorbeifuhr, tropfte eine eigenartige schwarze Flüssigkeit auf den Gehweg. Napoleon kratzte schnüffelnd an einem Abfalleimer.

Im Dunkel der Bude, die von der einzelnen Kerze nur schwach erhellt war, hatte der Alte sich einer sehr armselig gekleideten, buckligen Frau mittleren Alters zugeneigt und flüsterte ihr etwas zu. Die Frau betrachtete ab und zu ihre Hände und nickte leicht. Zweifellos praktizierte der alte Mann sein Metier genau so, wie er es Gaston vorher demonstriert hatte.

„Sie hatten kein leichtes Leben. Weil Sie sich für andere aufopfern, werden Sie immer wieder übervorteilt."

In zwei Stunden hatten sie nur zwei Kunden gehabt. Als erstes kam ein verlobtes Paar, und dann diese Frau. Nach jedem Gast ließ Chotei die 100 Yen in eine riesige Tasche aus Alligatorleder fallen.

„Herr Gas, können Sie shina-soba essen?"

„Shina-soba?"

„Ja. Das sind Nudeln auf chinesische Art. Sehr gut, glauben Sie mir."

Etwa um halb zehn hielt der Alte einen soba-Karren an und bezahlte Gaston sein Abendessen. Das shina-soba fand Gaston sehr exotisch, genau wie das gestrige o-den, aber sein Hunger war so groß, daß es ihm nicht anders als köstlich schmecken konnte. Er aß die Hälfte und gab den Rest – nicht ohne Bedauern – an Napoleon weiter.

Zwischen halb zehn und halb elf kam kein einziger Kunde. Gaston saß zehn Meter entfernt in der Eisenbahnunterführung. Einmal rief der Alte ihm zu: „Ich habe ja nichts dagegen, wenn Sie nur dasitzen und warten, aber wollen Sie nicht mit dem Kartenlesen einen Versuch wagen?"

Gaston hatte großes Mitgefühl mit diesem Alten und der Buckligen, die ihm ihre Hand hinhielt. Sie sah sehr verhärmt aus. Vielleicht hatte sie ein krankes Kind? War sie in eine Sackgasse geraten und wußte keinen Ausweg mehr? Jenseits der Unterführung sah er eine Million glitzernder Sterne, wie in der Nacht zuvor.

Es gibt so viele Menschen auf der Erde wie Sterne am Himmel! Gaston, der den weiten Weg nach Japan unternommen hatte, war sich dessen sehr bewußt. Er verstand auch, daß es ebensoviel Unheil und Plagen wie Gründe für Kummer gab. All diesen unglücklichen Menschen wünschte Gaston zu helfen. Beschränkt und unbeholfen wie er war, wollte er etwas für sie tun. Aber er, der Ausländer, konnte nichts anderes, als mit Napoleon im Schlepptau durch die Straßen zu ziehen.

Halb zwölf. Es waren deutlich weniger Menschen auf der Straße. Noch ein Zug donnerte über ihn hinweg und brachte das Stützwerk zum Erbeben. Wieder fielen ein paar Tropfen schwarzer Flüssigkeit zu Boden.

„Ich weiß nicht, warum das Geschäft heute so schlecht geht. Es ist wirklich betrüblich." Der Alte bat Gaston, die Stellung zu halten, während er austreten ging. Kaum hatte er die Bude verlassen, da trat ein großer Mann mit hochgeschlagenem Mantelkragen aus der Unterführung. Er schien krank zu sein, denn er hatte eine Hand über den Mund gelegt und hustete.

Plötzlich blieb er stehen, als er Gaston neben der einzelnen Kerze bemerkte. Er hatte ein erschreckend finsteres Gesicht. Seine Züge waren mehr als finster; sie schienen auf schwärzestes Unglück hinzudeuten. Die Wangen waren hohl, und er hatte Fieber. Seine Augen glitzerten unheilvoll.

Er pflanzte sich vor Gaston auf und fragte heiser: „Wer zum Teufel bist du?" Als Gaston nicht antwortete, fragte er noch einmal: „Woher kommst du?"

Unter dem durchdringenden Blick des Mannes wich Gaston an die hintere Wand der Bude zurück. Er empfand dieselbe Furcht wie beim Angriff der Schläger in Shinjuku.

„Ich... ich bin Ausländer", stammelte er.

Der Mann sah ihn von oben bis unten an, aber er nahm die Hände nicht aus den Taschen seines Regenmantels. Dann krümmte sich sein Körper plötzlich unter einem heftigen Hustenanfall. Gaston starrte ihn an.

„Was ist mit dem sensei passiert?" fragte der Mann, als der Anfall nachgelassen hatte.

„Er ging shobin."

„Shobin?"

„Nein. Shoben", antwortete Gaston mit zittriger Stimme. Er war so verängstigt, daß er die japanischen Wörter nicht richtig aussprach. Der Mann zog ein weißes Taschentuch aus der Tasche, spuckte bedächtig hinein und wischte sich den Mund ab. Von irgendwoher hörte Gaston eine Uhr schlagen: dreiviertel zwölf. Das Echo des Glockenschlages zog seine Kreise über den schwarzen Dächern der Gebäude bis in den sternenübersäten Himmel.

„Was machst du hier in der Bude?"

„Ich habe keinen Platz zum Schlafen... sensei freundlich... ich schlief in senseis Haus."

„Ein Landstreicher! Wie lange bist du schon bei ihm?"

Gaston antwortete, daß er erst eine Nacht dort verbracht hätte. Während er sprach, betete er, daß der alte Mann bald erscheinen möge. Aber die stockdunkle Unterführung blieb still. Alles, was er hörte, war das Kreischen eines Zuges.

„Dann hast du den sensei gestern zum ersten Mal getroffen?" Über das Gesicht des Mannes, das von der Kerze nur schwach erleuchtet wurde, glitt ein schwaches Lächeln. „Gehen Sie mir zur Hand, Ausländer."

Als Gaston nicht antwortete, fuhr er fort: „Ich bitte Sie um Ihre Hilfe. Ich habe eine Panne und muß den Reifen wechseln."

Gastons Japanisch war nicht gut genug, um zu verstehen, daß der Mann plötzlich sehr höflich mit ihm sprach.

„Helfen Sie mir. Ich bezahle Sie dafür."

Gastons furchtsames Gemüt war instinktiv auf der Hut vor diesem Mann. Wenn er mit ihm ging, konnte alles mögliche passieren. Dieses Wissen ließ ihn zurückschrekken. Doch dann wurde der Mann erneut von einem heftigen Hustenanfall geschüttelt.

Der Mann ist krank, dachte Gaston. Du mißtraust den Menschen immer noch, warf er sich vor, während er den Mann betrachtete, der anscheinend sehr litt. Warum bin ich denn bis Japan gefahren? Ist es mir immer noch unmöglich, den Menschen zu vertrauen?

„Ich gehe mit Ihnen." Und Gaston folgte dem Mann.

Sie gingen durch die Unterführung und bogen nach links in eine dunkle Gasse ein. Zu ihrer Linken erstreckte sich eine schier endlose, fahle Zementmauer. Neben der Mauer parkte ein schwarzes Auto, das in der Dunkelheit kaum zu erkennen war.

„Der Vorderreifen“, erklärte der Mann Gaston heiser. „Nehmen Sie die Werkzeuge aus dem Auto, Fremder.“

Gaston tat, wie ihm geheißen, und zwängte seinen großen Körper durch die halboffene Tür in das Innere des Wagens. Es roch nach Parfüm.

„Hinten, unter dem Rücksitz. Da muß eine schwarze Tasche liegen“, ergänzte der Mann, der draußen stand und die Hände immer noch nicht aus den Manteltaschen genommen hatte.

Gaston tastete nach der Tasche und fand zwischen Fenster und Rücksitz etwas, das in schwarzes Tuch eingewickelt war.

„Ist es das?“ fragte er.

„Ja, das ist es. Nicht zerbrechen.“ Der Mann glitt auf den Rücksitz. „Vorsichtig. Geben Sie's mir.“

Der Mann hatte angedeutet, daß es etwas Zerbrechliches war, aber der eingewickelte Gegenstand lag schwer in Gastons Hand. Wie Messing oder Eisen.

„Setzen!“ sagte eine Stimme direkt über seinem Kopf. Erst jetzt bemerkte Gaston, daß sich ein zweiter Mann auf den Vordersitzen ausgestreckt hatte.

„Endo, da hast du dir wirklich einen komischen Vogel ausgesucht.“ Der Mann auf dem Fahrersitz sprach leise auf den Mann im Regenmantel ein.

„Was ist mit dem alten Wahrsager?“

„Erklär ich später. Fahr los.“

Der Mann auf dem Fahrersitz schloß die Autotür und ließ ohne ein Wort zu Gaston den Motor an. Das Auto dröhnte dumpf und setzte sich in Bewegung.

„Ich kann nicht...“

„Ich kann nicht...“ Der Mann, der Endo genannt wurde, äffte Gaston nach. „Wir nehmen dich mit.“

„Hund san!“

„Was?“

„Napoleon san...“ Gaston sah aus dem Rückfenster. Im trüben Licht einer Laterne entdeckte er den mageren Köter, der, so schnell er konnte, dem Auto hinterherholperte. Gaston drückte sein Gesicht an die Scheibe. „Aaaah, Napoleon san...“

Doch Napoleon war zu alt und zu krank. Er sah nicht, wohin er lief, und rannte gegen Laternenpfosten. Schließlich mußte er die Jagd aufgeben und stand still. Gaston sah, wie er zu einem winzigen Fleck in der Dunkelheit verschwamm.

Zum ersten Mal im Leben stieg in Gaston eine ungeheure Wut auf. Sie fühlte sich an wie ein Klumpen Blut. Der Hund war der erste, dem er nach seiner Ankunft in Japan geholfen hatte. Er war mehr als ein Hund gewesen, er war zwei Tage lang sein Begleiter, hatte das Leben mit ihm geteilt. In den Augen dieses häßlichen Hundes hatte sich seine eigene Traurigkeit gespiegelt. Wie konnte der Hund ohne ihn weiterleben?

„Ich steige aus!“ Gaston drückte mit aller Kraft gegen Endos Schulter. Er war so schwer, daß Endo vor Schmerzen zusammenzuckte. Das schwarze Bündel fiel auf den Boden, und ein Gegenstand rollte heraus. Es war eine Pistole.

6 Nacht in Sanya

Der Mann im Regenmantel versuchte nicht, Gaston abzuschütteln oder die Pistole aufzuheben. Bevor er sich Gastons schwerer Hand entziehen konnte, wurde er wieder vom Husten geschüttelt. Er preßte die Faust an den Mund und keuchte erschöpft.

Hätte Gaston die Situation ausgenützt, hätte er die Pistole, die zu seinen Füßen lag, an sich bringen können. Aber als er sah, wie sich Endo in Schmerzen wand und unvermittelt die Qual eines weidwunden Tieres in seinen Augen aufglomm, war der sanftmütige Gaston töricht genug, die Hand zurückzuziehen.

Endo wischte sich den Mund mit einem weißen Taschentuch, dann faltete er es auseinander und untersuchte es im Licht seines Feuerzeugs. Rote Blutflecken vermischten sich mit dem Speichel. Endo starrte auf das Blut.

Der Mann ist krank, dachte Gaston. Er wandte sich vom Fenster ab und dachte mitleidig an Endos zusammengekrümmten Körper und das seltsame Licht, das in seinen Augen aufgeflackert war. Sein Zorn war völlig verraucht. Als Endo sich langsam vorbeugte und die Pistole aufhob, war Gaston unfähig, ihn daran zu hindern.

Inzwischen hatte der Fahrer scharfe Blicke nach hinten geworfen. Wenn Gaston versucht hätte, Endo auf den Sitz zu pressen, hätte er sofort angehalten.

„Alles in Ordnung, Endo?"

„Ja."

„Hast du keine Medizin mehr? Weil du deine Medizin nicht genommen hast, ist es so schlimm geworden. Sie haben sogar für Tb heute gute Medikamente. Du willst wohl nicht gesund werden?"

„Was ändert es schon, ob ich gesund werde oder nicht?" antwortete Endo. „Ein Killer wie ich kann sowieso nicht mit einem langen Leben rechnen."

Dann drehte er sich mit einem halben Lächeln zu Gaston um und hob die Hand mit der Pistole. Er richtete sie auf Gaston und beobachtete mit Genugtuung, wie sich das Gesicht des Fremden vor Angst verzerrte. Dann legte er den Finger an den Abzug und drückte langsam ab.

Nichts geschah. Nur ein leises Klicken, sonst nichts.

„Versuch nicht abzuhauen, Ausländer... Das nächste Mal ist sie geladen... - You speak English?"

Als Gaston nicht antwortete, wiederholte Endo die

Frage: „I say, you speak English?“ Gaston schüttelte kläglich den Kopf.

„Ich... ich... Franzose.“

„Tiens!“ Der Mann im Regenmantel drückte sein Erstaunen auf Französisch aus. „Tu es Français? Mon Dieu!“

„Endo, du sprichst Französisch?“ fragte der Fahrer, als sie um eine Kurve bogen. Sie befanden sich jetzt auf dem breiten Boulevard von Komaba nach Meguro.

„Ich hab's vor langer Zeit mal studiert.“

„Was willst du denn mit dem französischen Bastard anfangen?“

„Wir können ihn anstelle des Alten verwenden. Als Ausländer wird er uns bei der Flucht besonders nützlich sein“, erwiderte Endo, während er Patronen in das Magazin der Pistole schob. Die Geschäfte an der Straße waren vom Auto aus nur verwischte Lichter. Keiner der Passanten konnte ahnen, daß Gaston in dem schwarzen Auto saß.

Er hatte nur ein Glas trinken und sich dann auf den Heimweg machen wollen, aber wie üblich hatte er den Absprung nicht geschafft. Deshalb zog Takamori mit seinem Kollegen Iijima vom ‚Otafuku‘ weiter ins Hiroshichan, Hotta, und andere Bars. Unversehens schlug die Uhr auf dem Kaufhaus Tokio in Shibuya Mitternacht. Vor seinem geistigen Auge erschien das mißbilligende Gesicht seiner Schwester.

Bis vor kurzem hatte er sich bei einer späten Heimkehr durch die Küchentür hereinschleichen können, die Matchan aus Gefälligkeit unverriegelt gelassen hatte. Aber vor zwei Monaten war ein Dieb in das benachbarte Haus der Iwamis eingebrochen, und seitdem vergewisserte sich Tomoe immer, daß alle Eingänge, einschließlich der Küchentür und des Gartentörchens, um zehn Uhr abgeschlossen waren. Der Zaun war so niedrig, daß man ihn überklettern konnte, aber ins Haus selbst kam man nur, wenn man an der Tür klingelte. Und natürlich war es immer Tomoe, die ihm öffnete.

„Du hast Glück, daß du eine eigene Wohnung hast", sagte er zu Iijima.

„Sei nicht albern. Um mich kümmert sich keine Frau, wenn ich zurückkomme."

„Wenigstens hast du keine kratzbürstige Schwester, die auf dich losgeht."

Als er sich von Iijima losgerissen hatte, schlenderte Takamori langsam auf den Busbahnhof zu. Ihn beschäftigte die Frage, welche Ausrede er heute vorbringen sollte: ‚Im Büro wurde gefeiert, und ich mußte bleiben und mich um wichtige Leute kümmern'... oder: ‚Ich habe einen alten Freund von der Universität getroffen'... Ihm fielen noch andere ein. Das Dumme war nur, daß er sie alle schon benutzt hatte. Tomoe ließ sich nicht so leicht hinters Licht führen.

Dann gab es noch die Geschenkstrategie. Er konnte für hundert Yen Bananen kaufen und sie ihr in die Hand drükken, sobald sie die Tür öffnete. Er würde ins Haus platzen und sie fröhlich überrumpeln: ‚Eine Menge Vitamin C... sehr nahrhaft... ein kleiner Beweis brüderlicher Zuneigung.' Das funktionierte gelegentlich, aber heute hatte er so viel getrunken, daß ihm nicht einmal mehr hundert Yen blieben. Er hatte nur noch seinen Busfahrschein und eine leere Brieftasche.

Plötzlich sah er etwas, das ihn abrupt aus seinen Überlegungen riß – einen alten, ausgemergelten, hinkenden Hund, den er sofort erkannte, einen räudigen Köter, der nur aus Haut und Knochen bestand. „Das ist der Hund, mit dem sich Gaston angefreundet hat!"

Takamori hatte Iijima beim Trinken gerade von Gaston erzählt. Der Franzose war nur eine Woche bei ihnen gewesen, aber es kam ihnen allen so vor, als sei er vom Himmel gefallen. Mit einem Herzen, wie man es in dieser egoistischen Welt nur selten antrifft. Von untadeligem Charakter und nie nachlassender Liebenswürdigkeit.

„Nur zu wissen, daß es solche Menschen heute noch gibt,

hat mir einen neuen Horizont eröffnet", hatte Takamori erklärt.

Der streunende Hund humpelte vorbei und verschwand in einer dunklen Gasse.

„Dann muß Gaston in Shibuya gewesen sein!" Takamori vergaß seine Rechtfertigungen für Tomoe und rannte dem Hund hinterher. An der Ecke, hinter der der Hund verschwunden war, packte ein alter Wahrsager gerade seine Siebensachen zusammen.

Dünne Regenschnüre schlugen auf die Autofenster, und die Scheiben sahen aus, als hätten sie Risse.

„Endo, es fängt an zu regnen."

Endo hielt sein Gesicht an die Scheibe und antwortete nicht.

„Sollen wir nach Sanya fahren?"

„Was ist?"

„Sollen wir nach Sanya fahren... oder sollen wir bei Michiko vorbeischauen?" Endo antwortete nicht, und der Fahrer fuhr fort: „Michiko wird wahrscheinlich beobachtet. Ich weiß, daß du sie sehen willst, aber es ist ziemlich gefährlich."

„Ja."

„Wir sollten heute nacht lieber in Sanya untertauchen."

„Du hast sicher recht. Ich überlasse es dir."

Endo steckte die Pistole in die Tasche und nahm sich eine Zigarette. Zu Gaston gewandt fragte er: „Rauchst du, Fremder?"

Gaston schüttelte verzagt den Kopf. Im roten Schein von Endos Feuerzeug tauchte einen Moment lang sein Körper auf, der wie ein riesiger Bär in der Wagenecke kauerte, und sein halb in den Armen verborgenes Profil wurde sichtbar. Gaston schien trotz seiner geistigen Trägheit begriffen zu haben, in welcher Lage er sich befand.

Er schloß die Augen, und hinter seinen Augenlidern zog

eine Prozession von Bildern vorüber. Die Frauen, die ihm Essen gebracht hatten. Der alte Wahrsager mit dem Körper eines verdorrten Baumes. Die schwarze Flüssigkeit, die bei jedem Zug heruntertropfte. Und dann der erbärmliche Anblick von Napoleon, wie er panisch und kopflos dem Auto hinterherrannte.

Die regennassen nächtlichen Straßen glänzten schwarz. Mehrere Autos fuhren an ihnen vorbei. Gaston spähte verstohlen auf das Armaturenbrett. Die Leuchtnadel des Geschwindigkeitsmessers zeigte auf vierzig Kilometer.

„Wir sind geliefert!“ schrie der Fahrer plötzlich. „Die Polizei macht eine Kontrolle.“

Vor ihnen auf der Straße, die sich wie ein schwarzer Fluß durch die Nacht wand, bewegten sich vier oder fünf Männer mit Laternen.

„Polizei?“

„Sieht so aus.“

„Nicht bewegen“, fuhr Endo leise, aber eindringlich Gaston an, der seine Stellung geändert hatte. Er schob die Hand in den Regenmantel. Gaston fühlte einen harten Gegenstand an seinen Rippen. „Ne bouge pas... Ich schieße, wenn's nötig ist. Das meine ich ernst.“

Gaston stützte den Kopf in die großen Hände und sah Endo flehentlich an. „Ich... ich will zurück.“

„Los, Ausländer, du sollst lachen und so tun, als würdest du dich mit mir unterhalten... besonders, wenn sie ins Auto hereinschauen. Verstehst du? Lachen!“

„Ich will zurück!“

„Schon gut. Aber erst lachen! Parle n'importe quoi.“ Endo lächelte mit den Lippen, aber seine Hand drückte die Pistole weiter gegen Gastons Rippen.

Ein junger Polizist mit einer Laterne in der Hand näherte sich ihnen. Folgsam drückte der Fahrer auf das Bremspedal.

„Sacre flic... va au diable, n'est-ce pas, monsieur?“ Mit breitem Lachen täuschte Endo eine Unterhaltung mit Gaston vor. Er gab eine Flut unzusammenhängender französischer Worte von sich, die ein freundschaftliches Gespräch vortäuschen sollten.

Wenn er fliehen wollte, dann jetzt oder nie. Gaston starrte den Polizisten, der noch sehr jung aussah, verzweifelt an. Da die Pistole sich in seine Seite bohrte, konnte er nichts sagen, aber er versuchte seine Not durch die Augen zu vermitteln. Leider wirkte sein langes Pferdegesicht auf andere um so komischer, je ernster er aussehen wollte.

„Fils putain de crapaud."

„Entschuldigen Sie." Der Polizist tippte mit den Fingerspitzen an das Autofenster. „Wir führen eine Verkehrskontrolle durch."

„Quel pet rance." Endo führte die Komödie weiter, stets lächelnd. Als Gaston das Fenster hinunterkurbelte, wurde der Druck der Pistole stärker. „Caca merde pipi."

„Oh, ein Ausländer", sagte der Polizist, der sofort höflicher wurde.

„Hier!" Gaston drückte dem Polizisten verzweifelt ein weißes Tuch in die Hand. Der verblüffte Mann entfaltete es, und zwei weiße Bänder fielen herab. Es war der Lendenschurz, der Gaston vor einiger Zeit schon Ärger eingehandelt hatte.

Endo entschuldigte sich mit einem schiefen Lächeln. „Dieser Ausländer hat etwas zuviel getrunken. Er ist ein richtiger Clown... Können wir weiterfahren, Wachtmeister?"

„In Ordnung. Fahren Sie!" signalisierte der junge Mann. Der Wagen schob sich langsam durch den Regen. Bald lagen die gelben Laternen hinter ihnen.

„Hast du so was schon mal erlebt?!" rief der Fahrer nach hinten gewandt. „Der Kerl hat sie wohl nicht alle."

„Vielleicht. Aber wegen ihm sind wir durchgekommen. Ausländer, machst du immer solche verrückten Sachen?"

Im gleichen Augenblick erhielt Takamori von Chotei, dem Wahrsager, einen Bericht über Gastons Aktivitäten.

„Er ist verschwunden, während ich pinkeln ging. Seine Sachen sind noch hier."

Tatsächlich lag Gastons ganzer Besitz, sein alter Seesack, auf dem Boden.

„Ich habe eine Stunde auf ihn gewartet, aber er ist nicht wiedergekommen."

„Was glauben Sie, wo er jetzt ist?"

„Das weiß ich doch nicht."

„Können Sie ihn nicht mit der Wünschelrute finden? Verrät die Ihnen nicht des Rätsels Lösung?"

„Nein, leider nicht", gab der Alte beschämt zu.

Der Regen wurde immer dichter. Sie fuhren noch eine Stunde weiter. Für Gaston, der den Kopf in die Arme gelegt hatte, klang das rhythmische Brummen des Motors wie eine menschliche Stimme. Manchmal wie die Stimme von Tomoe, manchmal wie die von Takamori. Du mußt fliehen, Gas. Du mußt fliehen. Dann plötzlich redete Chotei eindringlich auf ihn ein. Nein, es war nicht Choteis Stimme, sondern die eines anderen, das Flüstern einer anderen Person, deren Gesicht er nicht erkannte. ‚Du hast immer noch kein Vertrauen?... Warst du nicht derjenige, der jedem vertrauen wollte?' Hinter seinen geschlossenen Augenlidern stieg das Bild der funkelnden Sterne auf, und dann das von Napoleon, der hinter ihm herhumpelte, bis er nicht mehr konnte.

„Wir sind da, Endo."

Endo stellte den Kragen seines Regenmantels hoch und öffnete die Autotür.

„Steig aus, Fremder."

Der Regen peitschte Gaston auf Gesicht und Hals. Er ergab sich seinem Schicksal und lieferte seinen tolpatschigen Körper dem schwarzen Regen dieses unbekannten Landes aus. Der Fahrer stellte das Autoradio an. Eine Sängerin gab eine sentimentale Ballade zum besten:

Sanfter Freund, sei nicht grausam,
Liebster, sei nicht herzlos...

„Dann mach ich mich jetzt auf den Weg." Der Fahrer schlug die Tür zu und winkte. Endo nickte als Antwort und bedeutete dann Gaston, ihm zu folgen. Durch den Regen drang ein stechender Geruch bis zu ihnen. Sie standen vor einer langen Reihe von Häusern, die wie Ställe aussahen; durch Schirme geschützt warteten Prostituierte auf Kunden.

„Wohin gehen wir? Hierhin?" fragte Gaston Endo erstaunt.

„Das ist Sanya. Sanya. Wir sind noch in Tokio, aber der Arm der Polizei reicht nicht so weit." Endo sprach mürrisch und hielt die Hände vors Gesicht, um den Regen abzuhalten. „Mach dir keine falschen Hoffnungen."

Bei einem Blick in die Runde fiel Gaston auf, daß die Häuser in Wirklichkeit Gasthäuser waren, aber ganz andere als in Shibuya. Sie waren schmutzig und verfallen, und hinter den zerbrochenen Fensterscheiben steckten Zettel, auf denen stand: „Eine Nacht – vierzig Yen." Es war unglaublich, daß man so billig übernachten konnte. Endo trat an eines der Häuser.

„Haben Sie ein separates Zimmer – ein Zimmer für zwei?"

„Wenn Sie Zudecken wollen, kostet es 300 Yen", antwortete ein Mann, dessen Gesicht man nicht sah.

„Gut." Endo schob drei Hundert-Yen-Scheine durch eine Luke in der Tür.

„Gehen Sie zur zweiten Etage hoch. Es ist die zweite Tür rechts. Nehmen Sie Ihre Schuhe mit, sonst werden sie gestohlen."

Gaston stieg hinter Endo die schmale Treppe hinauf. Der Tiergeruch, den er schon wahrgenommen hatte, war überall, in ihrem Zimmer ebenso wie im Gang. Abgetretene braune Fußmatten, vollgekritzelte Wände, aufgestapelte Decken – ansonsten war der winzige Raum leer. So stellte sich Gaston die Hölle vor. Sicher, Choteis Unterkunft war unordentlicher, aber wenigstens hatte sein Zimmer nicht so tot gewirkt.

„Laß deine Schuhe nicht vor der Tür stehen", warnte Endo. „Und roll deine Kleider zu einem Bündel zusammen und leg beim Schlafen den Kopf darauf. Sonst werden sie dir in der Nacht gestohlen, Fremder."

Endo lehnte sich gegen die Wand und begann, heiser hustend, die Pistole mit seinem Taschentuch zu polieren.

„Sollen wir ins Bett gehen?"

Nachdem sie ihr Bettzeug auf den Matten ausgerollt hatten, zog Endo Mantel, Hemd und Hosen aus und tat das, was er Gaston geraten hatte. Er faltete seine Kleider zusammen und versteckte sie unter dem Kopfkissen. Dann legte er sich hin. Vollständig angezogen hatte er groß und dünner ausgesehen. Jetzt im Unterhemd sah man seinen athletischen Körperbau. Man konnte sich kaum vorstellen, daß dieser Mann Blut spuckte. Er legte die Pistole mitten auf die Decke, wie es einer, der vom Schießen lebt, gewohnt ist. Sollte ein Gegner ihn im Schlaf überraschen, war das die beste Position. So bekam er sie am schnellsten zu fassen.

„Ausländer, gehst du ins Bett? Es ist zwei Uhr", sagte Endo leise. „Ich warne dich. Ich habe einen leichten Schlaf. Ich höre es, wenn du dich hinausschleichst."

Gaston lächelte zaghaft. Er zitterte immer noch vor Angst und Anspannung, aber eine innere Stimme befahl ihm dazubleiben.

Er knipste die 30-Watt-Birne aus und kroch ins Bett. Seine langen Beine ragten ein ganzes Stück unter der Decke hervor. Und schlimmer als das – die Decken verströmten einen merkwürdigen Geruch, nicht einfach Schweiß oder gewöhnliche Ausdünstungen, und nicht nur die Bettdecken waren davon betroffen, sondern auch die Wände und die Decke. Alles war von diesem eigenartigen Gestank durchdrungen.

Gaston schloß die Augen und hörte dem Regen zu, der an die Fensterläden trommelte. Von irgendwoher vernahm er das schrille Gelächter einer Frau, freudlos und angestrengt. Der Regen wurde immer stärker, er machte ein Geräusch wie Knallerbsen. Endo fing wieder an zu husten, und auch das klang irgendwie schwermütig.

„Krank?" fragte Gaston gedämpft. Als Endo nicht antwortete, fragte er noch einmal: „Sind Sie krank?"

„Ich habe Tb. Wie sagt man das auf französisch? Hab ich vergessen. Es ist lange her, seit ich Französisch studiert habe."

„Tuberculose."

„So heißt das? Tuberculose? Ein schreckliches Wort."

Er drehte sich im Bett um und sah Gaston an. „Du ... bist du wirklich ein Landstreicher? Warum bist du nach Japan gekommen?"

Gaston antwortete nicht.

„Das willst du nicht verraten? Auch gut. Mich geht's sowieso nichts an."

„Ihre Arbeit?"

„Arbeit?" Endo lachte häßlich. „Leute umbringen könnte man wohl als meine ‚Arbeit' bezeichnen."

„Leute umbringen?"

Endo entging das ängstliche Beben in Gastons Stimme nicht, und er schlug leicht mit den Fingern auf dessen Bettdecke.

„Du brauchst keine Angst zu haben. Wenn du nichts anstellst, bringe ich dich nicht um. Du sollst mir bei etwas helfen."

„Wobei?"

„Ich werde einen Mann töten. Diesmal nicht für Geld."

Mehr sagte Endo nicht. Er fing wieder an zu husten. Das Geräusch des Hustens verschmolz mit dem des Regens und schien endlos weiterzugehen.

Gaston konnte natürlich nicht wissen, daß dieses Sanya als der Dschungel – die Kasbah – von Tokio galt. Billige Holzhäuser, schönfärberisch als „Gasthäuser" bezeichnet, säumten die Straßen. Es gab ungefähr einhundertfünfzig davon.

Wie Gaston überrascht erfahren hatte, konnte man hier für nur vierzig Yen einen Platz in einem Schlafsaal bekommen, und für dreihundert Yen ein Zimmer. In manchen Häusern, die man 100-Yen-Hotels nannte, bekam man eine Schlafstelle für hundert Yen. Die Feldbetten waren in Reihen aufgestellt. In den gewöhnlichen Schlafsälen drängte sich ein buntes Sammelsurium von Männern auf engem Raum, die Zimmer dagegen wurden von Familien bewohnt.

Die Familien, die hier lebten, bestanden zum großen Teil aus den Angehörigen von Tagelöhnern, Landstreichern, Zuhältern und ehemaligen Strafgefangenen. Eine Gruppe von Arbeitern fuhr, obwohl die Männer immer nur für einen Tag eingestellt wurden, immer zur gleichen Arbeitsstelle; eine andere Gruppe wartete Morgen für Morgen auf einen Lastwagen, der sie immer dorthin brachte, wo sie gerade gebraucht wurden. Die Zuhälter lebten von den Einkünften der Frauen, die für sie arbeiteten. Doch die meisten Zuhälter waren von anderer Art als die im übrigen Tokio. Es gab in Sanya eine ganze Anzahl von Familien, die vom Land nach Tokio gekommen waren, um dort ihr Glück zu machen, und die statt dessen in Not geraten waren. Sie mieteten eines der 300-Yen-Zimmer und schafften es, sich darin einigermaßen häuslich einzurichten. Dreihundert Yen am Tag bedeuteten neuntausend Yen im Monat. Dafür hätten sie sicherlich woanders etwas Besseres gefunden. Doch da diese Menschen ihren Lohn immer tageweise bekamen, hatten sie nie neuntausend Yen auf der Hand. Es gab für sie keine andere Möglichkeit, als dreihundert Yen pro Tag zu bezahlen und sich in einem kahlen Raum zusammenzudrängen – Mann, Frau und Kinder.

In manchen dieser Familien spielte der Mann – mit dem Einverständnis seiner Frau – den Zuhälter und ließ seine Frau auf die Straße gehen, um Kunden anzulocken und auf ihr Zimmer zu bringen. In der Zwischenzeit mußten der arme Ehemann und die Kinder nach draußen gehen und geduldig warten, bis die Sache vorüber war.

Von etwa acht Uhr an standen Dutzende von Frauen in den dunklen Gassen zwischen den Gasthäusern. Seit das Gesetz gegen Prostitution in Kraft ist, findet man vermutlich in keinem anderen Teil von Tokio so viele Frauen, die sich verkaufen. Früher kamen ihre Kunden fast ausschließlich aus den Reihen der Tagelöhner, die im Stadtteil lebten, aber in letzter Zeit krochen Kunden, die in den übrigen Stadtteilen kein legales Ventil für ihre Lust mehr fanden, wie die Ameisen nach Sanya. Um Mitternacht hat sich die Anzahl der Frauen vervielfacht. Da die Frauen in Sanya unter keinem ‚Boß' organisiert sind, kann jede hier arbeiten. Man erzählt sich die Geschichte von einer Frau, die nach einem Streit mit ihrem Mann wütend das Haus verließ und in Asakusa ins Kino ging. Dann, als sie ihr ganzes Geld ausgegeben hatte, traf sie dort einen Kunden, ging mit ihm nach Sanya, und kehrte am nächsten Morgen nach Hause zurück.

Wenn nicht ein Mord oder ein anderes schweres Verbrechen geschieht, verschließt sogar die Polizei ihre Augen vor dieser Art von Prostitution, es sei denn, sie stolpert geradezu darüber. Doch Prostitution ist nicht das einzige, was hier vor sich geht. In diesen stallähnlichen Schuppen florieren auch Erpressung, Diebstahl und jede Art von Kriminalität ungehindert.

An Regentagen ist Sanya besonders gefährlich, denn an solchen Tagen gehen die Arbeiter nicht zur Arbeit und sind äußerst reizbar und bösartig. Die Nacht, in der Endo und

Gaston sich hier einquartierten, war gerade so eine unheilschwangere Nacht.

„Menschen umbringen.“ Endo hatte diese schrecklichen Worte ganz beiläufig ausgesprochen. Sie gingen Gaston nicht aus dem Kopf.

Er versuchte zu schlafen, aber der Schlaf mied ihn. In seinen Ohren dröhnte das Trommeln des schwarzen Regens auf dem Dach. Etwas kroch seine Beine hoch... ein Floh? Eine Laus? Ich träume, das muß ein entsetzlicher Alptraum sein, tröstete er sich. Er war immer noch in Tomoes Haus. Die schwere japanische Zudecke drückte auf seine Brust und verursachte diesen beängstigenden Traum. Nein, eigentlich befand er sich in Choteis Zimmer. Ja, der Mann, der neben ihm schwer atmete, war der Eremit des Ostens, dieser ausgemergelte, verdorrte Stecken von einem Mann.

Doch wer da neben ihm atmete, war weder Chotei noch Takamori, sondern ein Killer, der seinen Colt in Reichweite gelegt hatte. Gaston dämmerte immer wieder kurz ein, und immer wieder schlug er die Augen auf und sah verstohlen nach der Gestalt neben sich.

Endlich erhob sich die Morgendämmerung über Sanya.

„Wohin gehst du?“

Obwohl Gaston beim Aufstehen nur ein leises Rascheln verursacht hatte, sprang Endo auf und schrie ihn an. Dann verstand er und nickte. „Oh, auf die Toilette. Mach nur keinen Blödsinn!“

„Non. Non...“

„Fliehen ist sinnlos. Es gibt nur einen Ausgang aus diesem Gebäude. Ich höre von hier aus deine Schritte. Du kannst ja ausprobieren, was passiert. Ich weiß sofort, wenn du zur Tür willst.“

Gaston nickte und trat leise auf den Gang. Endo hatte nicht gelogen. Es gab nur eine Treppe zum ersten Stockwerk. Und die Toilette befand sich, nach dem Gestank zu urteilen, am anderen Ende des Ganges.

Gaston blinzelte beim Gehen. Er rieb sich sein Pferdegesicht mit beiden Händen und wischte sich die Tränen weg.

Auf beiden Seiten des Ganges waren Schiebetüren, deren Papierbespannung Risse hatte. Aus einem Zimmer hörte man lautes Schnarchen. Der beißende Geruch stieg Gaston auch hier in die Nase. Dann hörte Gaston plötzlich ein Flüstern, das ihm galt.

„He! He!"

Gaston blieb stehen und sah sich um, aber da war niemand.

„He! He!"

Diesmal begriff er, daß die Stimme durch den Riß in einer Tür drang, und er beugte sich hinunter.

„Wer?"

„Ich bin's. Erinnern Sie sich? Shibuya?"

Dann erkannte er die Stimme. Es war die Frau, die shoben gemacht hatte. Es war die Stimme der Frau, die ihm o-den zu essen gegeben hatte.

„Oh, Sie!"

„Nicht so laut!"

„Machen Sie hier auch shoben?"

„Seien Sie doch leiser!... Warum sind Sie vom sensei fortgegangen? Ich habe Sie gestern zufällig erkannt und bin ziemlich erschrocken."

Gaston schwieg.

„Wissen Sie, mit wem Sie zusammen sind? Das ist Endo von der Hoshino-Bande. Er hat Tb. Er ist ein Mann ohne Blut und Tränen. Er tötet Menschen, und eines Tages wird es ihn auch erwischen. Machen Sie, daß Sie wegkommen!"

Gaston war immer noch still.

„Verduften! Abhauen! Sie dürfen keine Minute verlieren. Fliehen Sie irgendwie. Rennen Sie auf die Straße hinaus, und rufen Sie schnell ein Taxi. Sie haben die dreitausend Yen doch noch, oder?"

Die Frau erinnerte sich an Gastons Brieftasche.

„Im Taxi sagen Sie dem Fahrer ‚Shibuya'. Und dort gehen Sie sofort zum sensei und erzählen ihm, daß Endo Sie entführt hat."

„Ja."

Gaston nickte. In diesem Augenblick mußte die Frau etwas gespürt haben, denn sie hörte plötzlich auf zu sprechen. Gaston hörte ein Räuspern hinter sich. Als er sich umdrehte, sah er Endo in Hosen und weißem Hemd hinter sich stehen.

„Ausländer..."

„Ja." Erschrocken richtete sich Gaston aus seiner gebeugten Haltung auf.

„Was ist denn?" fragte Endo mit sanfter Stimme, während er schläfrig gähnte. „Warst du nicht auf dem Weg zur Toilette?"

„Ja... Toilette..."

„Dann los. Va au shotte."

Hinter der Tür bewegte sich die Frau wie ein furchtsames Tier, das nach einem Fluchtweg sucht.

„Nun geh schon", wiederholte Endo.

Gaston hatte keine Wahl. Die Decke der Toilette war niedrig, die Becken hatten Sprünge und braune Flecken. Die Tür, die halb in den Angeln hing, ließ sich nicht schließen.

Gerade als er versuchte, sie zu schließen, hörte er, wie jemand geschlagen wurde und dann eine Frau schrie. Der Laut kam aus dem Zimmer der Frau, die ihn gerufen hatte.

„Ich... ich hab nichts getan."

Dann wurden die Schreie zu schmerzerfüllten Klagelauten. In Sanya sind solche Szenen nichts Besonderes. Die anderen Zimmer blieben still. Gaston stürzte aus der Toilette und erreichte in wenigen Sprüngen die Schiebetür. Wieder hörte er einen dumpfen Schlag.

Als Gaston die Tür aufschob, sah er Endo mit seinem Gürtel in der Hand über der Frau stehen, die sich auf dem Boden krümmte und ihr Gesicht mit dem Arm bedeckte.

Als sie den Arm wegnahm und den Kopf hob, sah Gaston, daß aus ihrem Mund Blut zum Kinn hinablief.

Endo lächelte kalt, als er Gaston sah. „Bist du fertig?" fragte er wohlwollend.

„Sie..." rief Gaston. „Diese Frau ist sehr freundlich. Warum Haben Sie sie geschlagen?... Sie sind schlecht! Sehr schlecht!"

„Schlecht, ja?" antwortete Endo leise, während er sich seinen Gürtel umband.

„Schlecht. Sie sind schlecht... Die arme Frau... schändlich."

„Ausländer, ich bin ein Mann, der tut, was er will. Ich habe kein Mitleid, mit niemandem."

„Warum nicht?"

„Weil ich nicht finde, daß Menschen Mitleid verdienen. Diesen sentimentalen Quatsch habe ich mir abgewöhnt. Deshalb bin ich Killer geworden."

„Warum vertrauen Sie den Menschen nicht?"

„Ich vertraue ihnen nicht, weil ich gelernt habe, ihnen nicht zu vertrauen."

7 Die Falle

Der Tag war für alle ein Feiertag. Noch um zehn Uhr lag Takamori in seiner üblichen Schildkrötenstellung im Bett und hatte die Decke über den Kopf gezogen. Als er so vor sich hin träumte, halb wach und halb schlafend, und sich ungeheuer euphorisch fühlte, hörte er ein winziges Knarren auf den Stufen und griff automatisch nach seiner Unterwäsche.

Unter einer hochgeklappten Ecke der Bettdecke hervor lauschte er nach weiteren Anzeichen für das Nahen seiner Schwester, bereit, in Aktion zu treten.

„Takamori.“ Tomoes Stimme auf der Treppe war ungewöhnlich sanft. „Takamori“, rief sie noch einmal.

„Ich bin auf. Aber ich versenke mich gerade in eine ruhige Morgenmeditation. Ich will den Zauber nicht brechen.“

„Komm herunter. Ich will, daß du dir die Morgenzeitung ansiehst.“

Er hörte sie die Treppe heraufkommen. Sekunden später stand sie im Zimmer. Sie hielt die Zeitung in der Hand.

„Was willst du? Ich habe über den Sinn von Leben und Tod meditiert. Ich will nicht, daß du und die Welt in meine Meditation einbrechen.“ Er murmelte unter der Decke hervor, so daß es klang, als habe er Baumwolle im Mund.

„Hör mit dem Blödsinn auf.“

„Wie Goethe sagt...“

„Da steht etwas in der Zeitung über einen Mann, der Gaston sein könnte.“

„Was?“

Takamori hatte mit dem alten Wahrsager vereinbart, daß er ihn benachrichtigen würde, sobald Gaston auftauchte.

„Wo?“ fragte er, während er ihr die Zeitung aus der Hand nahm.

„Hier.“ Tomoe zeigte auf einen Artikel unten auf der zweiten Seite. Dort stand die tägliche Kolumne über ungewöhnliche Vorkommnisse in der Stadt.

„Montag nacht überreichte ein Ausländer in einem Wagen, der von der Polizei in Meguro bei einer routinemäßigen Kontrolle angehalten wurde, dem Polizisten einen Lendenschurz.“ Der erste Satz des Artikels fiel Takamori sofort ins Auge.

Tomoe sah ihren Bruder an, der auf dem Bauch lag und den Bericht überflog. „Könnte das nicht Gaston sein?“

„Montag nacht, hm?“

„Vorgestern.“

Der Artikel gab an, daß der Ausländer in einem Ford mit zwei Japanern gefahren sei.

„Lendenschurz, heißt es. Weißt du noch, wie er uns in diesem sushi-Restaurant in Yokohama blamiert hat? Es muß Gaston sein."

„Ob er in Gefahr ist? Vielleicht wollte er uns durch diesen Lendenschurz aufmerksam machen."

Takamori sprang aus dem Bett. „Ich gehe sofort los."

„Wohin denn?"

„Zu dem alten Wahrsager. Ich habe dir doch vorgestern von ihm erzählt. Komm mit, wenn du willst."

Takamori, der sich gewöhnlich nicht so leicht aufregte, war beim Gedanken an Gaston plötzlich voller Energie. Tomoe staunte ihren Bruder an, als sähe sie ihn zum ersten Mal.

Takamori nutzte Busfahrten gewöhnlich dazu, die jungen Mädchen mit den Augen zu verschlingen, doch im Bus nach Shibuya waren seine Brauen nachdenklich zusammengezogen, und er wippte nervös mit den Knien.

„Takamori, du hast ihn wirklich gern, nicht?"

Takamori nickte. „Und du? Magst du ihn nicht auch?"

„Ich..." Sie zog die Augenbrauen in die Höhe und lächelte geringschätzig. „Sei nicht albern. Dieser Ausländer ist ein Träumer, ein kompletter Idiot. Ich hasse ihn."

„So, ein Träumer? Du bist immer noch nicht fähig, einen richtigen Mann zu erkennen", antwortete Takamori leise, offensichtlich enttäuscht von der Einstellung seiner Schwester. Er sah aus dem Fenster und stellte fest, daß es sehr bald Sommer sein würde.

In Shibuya schien die Sonne hell. In den Straßen um den Bahnhof wimmelte es von Menschen, als fände ein Fest statt. Ganze Familien waren unterwegs, um den Feiertag für Einkäufe in den großen Kaufhäusern zu nutzen, und junge Männer und Frauen trafen sich am Bahnhofseingang.

„Wo ist es... wo wohnt der Wahrsager?"

„Warte mal. Ich muß auf dem Plan nachsehen, den er mir gezeichnet hat."

Sie folgten den Anweisungen auf der Karte. An der Straße reihte sich eine Bar an die andere, und in jeder gingen Frauen ihren morgendlichen Pflichten nach – fegten mit ausgefransten Besen den Gehweg, warfen Essensreste in Mülleimer und so weiter.

„Wenn Sie den sensei suchen, der schläft noch im oberen Stock von dem Haus da drüben“, erwiderte eine Frau, die sie befragt hatten, ohne die Zahnbürste aus dem Mund zu nehmen. Sie deutete auf eine Bar fünf oder sechs Häuser entfernt.

Doch als sie vor dem Haus standen, begegneten sie bereits dem Wahrsager. Er kam gerade von der öffentlichen Toilette zurück und knöpfte sich die Hosen zu.

„Oh, Sie sind es.“ Chotei blinzelte Takamori und Tomoe an. Die Morgensonne blendete seine müden Augen.

„Das ist meine Schwester“, stellte Takamori ihm Tomoe vor. „Wir kommen wegen Gaston.“

„Und ich wollte Sie gerade anrufen.“ Chotei erzählte ihnen, was er erfahren hatte. Eine Frau, die er in Shibuya kannte, hatte unerwartete Neuigkeiten. Sie hatte gesehen, wie Gaston in ein Gasthaus gebracht worden war, das in Sanya, einem anrüchigen Teil von Tokio an der Grenze zu Asakusa, lag. Sie selbst hatte die Nacht ebenfalls im Iwate-Hotel verbracht.

„Bei Gaston war Endo, ein Mitglied der Hoshino-Bande. Er ist ein bekannter Killer. Zufällig ist er auch ein früherer Student von mir. Die Frau, die mir die Information gegeben hat, wurde von ihm ziemlich übel behandelt.“

„Ein Killer?... Endo?“ Takamori war entsetzt. Diesen Namen hatte er schon einmal gehört. Vor zwei Monaten, als die Hoshino-Bande einen bestimmten Geschäftsmann eingeschüchtert und mißhandelt hatte, war Endos Bild in den Zeitungen und Wochenblättern erschienen. Die düstere Verzweiflung in seinem Gesicht hatte sich in Takamoris Gedächtnis eingegraben.

Eine Stunde später erkundigte sich Takamori in Begleitung eines Polizisten im Iwate-Hotel nach Gaston.

„Wir haben alle möglichen Gäste hier", knurrte der Inhaber mürrisch hinter der Tür hervor. Er sprach mit Kansai-Dialekt. „Ausländer? Hier war ein sehr großer Ausländer, der heute morgen mit einem anderen Mann weggegangen ist. Ich weiß nicht, wohin sie wollten."

Er schien die Wahrheit zu sagen. Takamori stand allein in dem Gäßchen in Sanya und sah sich um. Eine schwarze Katze überquerte die Straße, auf die die heiße Sonne brannte. Wohin konnte der Mann Gaston gebracht haben? Die Umgebung lag in gespenstischem Schweigen.

Nur wenige Stunden, bevor Takamori das Gasthaus fand, war Gaston mit Endo aufgebrochen. Der Regen, der zwei Tage lang unablässig gefallen war, hatte endlich aufgehört. Der Himmel war noch bewölkt und der Boden schwarz und lehmig. Milchiger Dunst zog über die niedrigen Dächer der Gasthäuser. In anderen Gegenden der Stadt lagen die Häuser noch in nächtlichem Schweigen, auch wenn der Milchmann auf dem Fahrrad den Beginn eines neuen Tages ankündigte.

„Der Morgen beginnt früh in Sanya", erklärte Endo. Das sah Gaston selbst. Zuerst hatte er sich über diese ungewöhnlichen morgendlichen Aktivitäten gewundert. Aus den Gasthäusern zur Rechten und Linken strömten Männer in Arbeitskleidung, die Handtücher um den Hals gelegt hatten und zu zweit oder dritt fortgingen.

„Was machen diese Leute?"

„Sie bemühen sich um Arbeit für heute. An der Namida-Brücke gibt es ein Büro, das Arbeit für Tagelöhner vermittelt", erläuterte Endo hustend. Die Namida-Brücke, wörtlich ‚Brücke der Tränen', hieß so, weil in früherer Zeit die zum Tode verurteilten Verbrecher bis zu dieser Brücke von ihren Familien begleitet wurden, und von da aus allein zu ihrer Hinrichtung weitergehen mußten. Es ist ein Ort mit einer traurigen Geschichte.

„Hätte ich damals gelebt, hätte ich früher oder später auch an dieser Brücke Abschied nehmen müssen“, sagte Endo lächelnd. „Ich wünschte, alle die ‚ehrbaren‘ Leute in Tokio könnten sehen, was hier frühmorgens los ist. Die Arbeiter strömen zusammen wie Ameisen und warten vor dem Büro. Händler verkaufen ihnen Reispasteten für zwanzig Yen. Nicht einmal das können sich manche als Frühstück leisten. Aber wenigstens leben sie noch.“

In der Gasse zwischen zwei Gasthäusern lag ein Mann im Unterhemd wie tot im Schlamm.

„Ist er krank?“ fragte Gaston.

„Nein. Wahrscheinlich hat er wegen des Regens keine Arbeit bekommen und keine vierzig Yen für ein Bett gehabt, deshalb hat er Drogen genommen.“ Endo räusperte sich und spuckte auf die Straße. In der gelblichen Flüssigkeit sah man Spuren roten Blutes.

„Warum gehen Sie nicht zum Arzt?“

„Arzt?“ Endo lächelte sarkastisch. „Ich behandle mich selbst. Ausländer, kümmere dich lieber um deine eigenen Probleme. Aber du bist auch ein komischer Kauz, stimmt's? Gestern hattest du den ganzen Tag über Gelegenheit wegzulaufen, wenn du es gewollt hättest. Warum hast du's nicht getan?“

Gaston zuckte die Achseln. Sein Mund verzog sich zu einem gutmütigen Lächeln.

„Versteh mich nicht falsch. Ich werde dich trotzdem genau im Auge behalten. Ich hasse Gefühlsduselei. Du kannst dir sicher vorstellen, wozu ich dich brauche. Wie heißt du?“

„Gas.“

„Gas?“ Dann wurde Endos Stimme wieder kalt und hart. „Die Sache ist die, Gas, daß ich einen Mann abknallen werde. Dieser Mann...“ In Endos Augen glomm Haß auf.

Er sah Gaston lange an, als sei dieser der Gegenstand seines Hasses.

„Warst du je im Krieg?"

Gaston schüttelte den Kopf.

„Aber ich! Mein Bruder wurde im Krieg getötet."

Endo sprach weiter und schloß immer wieder die Augen, wenn die Erinnerung unerträglich wurde. Es begann wieder zu nieseln, aber er machte sich nicht einmal die Mühe, den Mantelkragen hochzuschlagen. Tagelöhner überholten sie einzeln auf dem Weg zu ihrer Arbeit. Gastons Anblick schien sie nicht zu befremden. Sie waren zu beschäftigt mit ihrer Aussicht, Arbeit zu finden, um darüber nachzudenken, warum sich dieser Ausländer nach Sanya verirrt hatte.

„Mein Bruder... wurde für Kriegsverbrechen hingerichtet."

„Kriegsverbrechen?"

„Wie sagt man in deiner Sprache? Guerre criminelle?"

„Ja, ja."

Als Endo seine Erklärung fortsetzte, in die er gelegentlich ein französisches Wort einflocht, hörte Gaston mit niedergeschlagenen Augen zu. Hin und wieder warf er seinem Begleiter einen verstohlenen Blick zu und fragte sich: Wie kam ein Mann, der sogar eine Fremdsprache studiert hatte, zu so einem erbärmlichen Beruf? Das verstand er nicht.

„Es geschah vor zwölf Jahren, am Ende des Krieges."

Endo hatte nach dem Gymnasium eine Ausbildung an einer Militärakademie begonnen. Als er nach Tokio zurückkehrte, war sein Elternhaus in Aoyama während eines Luftangriffs Anfang Mai niedergebrannt. Seine Eltern und seine jüngere Schwester hatten versucht, in die Gartenanlagen von Jingu zu fliehen, aber man hatte sie nie wieder gesehen. Ihre Leichname wurden nie gefunden.

Das einzige noch lebende Mitglied seiner Familie war sein älterer Bruder, der in der Armee diente und mit anderen Studenten auf einer winzigen Insel in der Südsee stationiert war. Glücklicherweise wurde der junge Endo von Verwandten aufgenommen, bei denen er während der letzten Schuljahre wohnte. Er hatte vor, später die Universität zu besuchen und nebenbei zu arbeiten.

Nach dem Krieg kehrten ganze Schiffsladungen Soldaten aus China und der Südsee in die Häfen zurück. Doch Endo hörte nichts von seinem Bruder. Seine Arbeit machte ihm zu schaffen, und er fühlte sich ohne einen nahen Angehörigen sehr einsam, deshalb setzte er alle Hoffnung auf die Rückkehr des Bruders. Doch soviel er auch suchte, das Gesicht seines Bruders konnte er unter den Soldaten der zurückkehrenden Schiffe nicht entdecken.

„Zwei Jahre später, als ich gerade mit dem Studium anfing, erfuhr ich schließlich, was mit ihm geschehen war."

Endo spuckte aus, dann wischte er sich den Mund langsam mit seinem weißen Taschentuch ab.

„Unter der Anklage, ein Kriegsverbrechen begangen zu haben, wurde er in Gewahrsam genommen und ins Gefängnis gesteckt. Es hieß, er hätte mehrere Eingeborene von der Insel ermordet."

„Hat er sie ermordet?"

„Nein." Zum ersten Mal, seit sie sich kannten, schien Endo den Tränen nahe. „Nein, die Anklage war falsch. Er hat mir in Briefen immer wieder seine Unschuld beteuert. Wenigstens ich sollte an seine Unschuld glauben."

Endo hatte als Student keine Möglichkeit gefunden, seinem Bruder zu helfen. Dieser hatte ihm zwar geschrieben, daß die Anklage falsch sei, aber die Einzelheiten hatte er aus irgendeinem Grund nie erwähnt. Wenn die Gerichte auf der Seite der Gerechtigkeit stehen, werden sie einen Unschuldigen nicht verurteilen. Das wollte Endo, der noch jung war, zu gerne glauben. Dennoch...

Als die Tage vergingen, sah Endo in den Briefen seines Bruders zwischen den Zeilen die Schatten der Verzweiflung wachsen. „Ich will nicht länger versuchen, mich zu rechtfertigen oder zu erklären. Jemand brachte mir eine Bibel, und ich habe darin gelesen. Ich will nicht mehr in dieser Welt leben, die so voller Lügen und Falschheit ist. Aber ich möchte mir vorstellen, daß wenigstens du an meine Unschuld glaubst."

Endo hatte sofort geantwortet. Wenn es irgend etwas gab, was er tun konnte, sollte er es ihn sofort wissen lassen, bat er seinen Bruder. Doch auf den Brief kam nie eine Antwort. Er wußte nicht einmal, ob er ihm noch ausgehändigt worden war. An einem heißen Abend im August, so erfuhr er später, war sein Bruder hingerichtet worden.

Statt eines Testaments war Endo die persönliche Habe des Bruders zugeschickt worden. Dazu gehörte die Bibel, die er im Gefängnis mit so großer Freude gelesen hatte. Gegen die Todesfurcht ankämpfend hatte sein Bruder sie immer wieder durchgelesen. Das bezeugte der abgegriffene Einband. Mein Bruder war unschuldig, dachte Endo. Wer war für seinen Tod verantwortlich?

Von diesem Tag an änderte sich Endos Leben schlagartig. Er besuchte die Demobilisierungsbüros und forschte nach den Namen der Soldaten, die von der Insel zurückgekehrt waren, auf der sein Bruder stationiert gewesen war. Er befragte einen nach dem anderen aus der Einheit seines Bruders.

Der Regen war stärker geworden. Endo redete weiter, aber mehr zu sich selbst als zu Gaston. Sein Gesicht glänzte vor Nässe.

„Ich brauchte ein halbes Jahr, aber schließlich habe ich die Tatsachen aufgedeckt. Was ich dir erzähle, ist die Wahrheit. Es leben noch Menschen, die eigentlich hingerichtet werden müßten. Sie sind nach Japan zurückgekehrt, ohne daß man ihnen Schwierigkeiten in den Weg gelegt hat, und leben mit verschlossenen Lippen: die Vorgesetzten meines Bruders! Sie haben all ihre Verbrechen meinem Bruder angehängt. Sie haben abgestritten, daß sie die Befehle gegeben haben. Die

Lage war so kompliziert, daß ihnen das leichtfiel. Aber in Japan waren sie dann doch so vorsichtig, ihre Namen zu ändern. Sie müssen Angst gehabt haben, daß alles herauskäme. Aus diesem Grund hat es so lange gedauert, sie aufzuspüren. Doch jetzt habe ich ihre Adressen."

„Ihre Adressen?"

„Es sind drei. Einer lebt in Tokio, die anderen beiden in anderen Teilen von Japan. Aber, Gas, wohin sie auch gehen, mir werden sie nicht entkommen... Tokio, dieses Tokio, in dem wir uns befinden! Aber sie entkommen mir nicht."

Endo steckte die Hand in die Manteltasche und blieb stehen. Er lächelte. Gaston wußte, daß er die Pistole fest umklammerte.

In ganz Sanya gab es billige Restaurants für die Menschen, die in den Gasthäusern lebten. Dort wurde Bohnenmehlsuppe für zehn Yen, eingelegtes Gemüse für fünf angeboten. Zigaretten konnte man einzeln kaufen, so viele man wollte.

Gaston war beim Essen nicht wählerisch. Er hatte bisher alles, was man ihm vorsetzte, schmackhaft gefunden. Oden, Sardinen, was es auch war – seit seiner Ankunft in Japan hatte er nichts abgelehnt. Auch jetzt, als er von Endo in eine billige Imbißstube in Sanya geführt wurde, schlürfte er seine Suppe und kaute sein eingelegtes Gemüse, während die Kellnerinnen und Arbeiter ihn neugierig betrachteten.

Sein Gesicht verriet es nicht, aber in seinem Herzen war nach und nach ein tiefes Mitgefühl für Endo entstanden. Die Furcht und Bangigkeit, die er anfangs gefühlt hatte, war fast verflogen. Zwei gemeinsame Nächte in dem schäbigen Loch waren zwar kaum geeignet, tiefe freundschaftliche Bande zu knüpfen, aber er empfand eine nicht leicht zu beschreibende Nähe zu diesem Killer – eine Nähe, die man weder als ‚Freundschaft' noch als ‚Zuneigung' bezeichnen konnte, sondern die mehr seinem Gefühl für den streunenden Hund glich.

Der Schmerz in Endos Augen verdeutlichte die Wahrheit

seiner Worte. Seine zutiefst menschlichen Empfindungen ließen sich nicht verbergen.

Gaston wurde natürlich noch nicht vollständig aus Endo klug. Am Tag zuvor, als dieser die Frau aus Shibuya mit seinem Gürtel geschlagen hatte, war er ihm wie ein kalter und gefühlloser Mann vorgekommen, der kein Mitleid kennt. In diesem Augenblick hatte Gaston tatsächlich geglaubt, daß Endo einen Mann kaltblütig umbringen und nichts dabei empfinden könnte. Aber dieser grausame Mann hatte vor wenigen Minuten – als er von seinem Bruder sprach – tiefes menschliches Leid durchscheinen lassen. Seitdem hatte er den Mund nicht wieder aufgemacht. Er hatte nur wenig gegessen und sich dann eine zerdrückte Zigarette angesteckt. Jetzt hing er seinen Gedanken nach.

Endo san, das dürfen Sie nicht tun. Sie dürfen Ihren Plan nicht durchführen. Eine Tat so voller Haß... ängstigt Sie das nicht? Gaston suchte nach den richtigen Worten, die Endo von seiner Rache abbringen und den Haß in seinem Herzen tilgen würden. Aber sein begrenzter Wortschatz hinderte ihn am Sprechen.

In seiner gegenwärtigen Stimmung würde Endo ohnehin kaum einen Rat annehmen. So blieb Gaston nichts anderes übrig, als ihm stumm zu folgen. Vielleicht würde sich ihm unterwegs eine Chance bieten, dem gequälten Geist dieses Mannes zur Ruhe zu verhelfen.

„Endo san, essen Sie nicht? Wenn Sie nicht essen, schlecht für Ihren Körper, sehr schlecht." Doch Endo warf Gaston nur einen flüchtigen Blick zu. Der traurige, menschliche Gesichtsausdruck, den er noch vor wenigen Minuten gezeigt hatte, war der kalten, schlangenartigen Maske des Killers gewichen.

Als Takamori und Tomoe aus den dunklen Gängen des Polizeigebäudes ins Freie traten, blinzelten sie geblendet in die helle Mittagssonne. Am Morgen hatte es genieselt, aber dann war der Himmel aufgeklart. Auch heute floß ein ständiger Strom von Fahrzeugen auf der noch feuchten Straße vom Sakurada-Tor am Kaiserlichen Palast nach Yurakucho. Als der Strom vor der Fußgängerampel zum Halten kam, ergoß sich die Menschenmenge wie ein Wasserfall über die Straße.

„Ob die Polizei ihn wohl findet?“ sagte Tomoe. Sie legte die Hand über die Augen, um sich vor der Sonne zu schützen. Es war ein heißer Tag, der den Beginn des Sommers ankündigte. Als Takamori nicht antwortete, fügte sie hinzu: „Es wird alles gut werden, nicht?“

Die beiden hatten auf der Wache gerade darum gebeten, daß die Polizei die Suche nach Gaston aufnahm. „Er müßte leicht zu finden sein. Er ist groß und hat ein sehr langes Gesicht. Er sieht ein bißchen wie der Sumo-Ringer Ouchiyama aus“, hatte Takamori erklärt, und der Polizist hatte gelächelt. Doch als die Beamten erfuhren, daß Endo von der Hoshino-Bande Gaston entführt hatte, verlor sich jede Heiterkeit, und sie wurden äußerst nüchtern.

Endo werde derzeit nicht polizeilich gesucht, hieß es. Aber da er sehr gefährlich sei, werde er überwacht.

„Das ist der Mann“, sagte der Kriminalbeamte und deutete auf eines der Plakate über seinem Schreibtisch. „Er ist ein berühmter und intelligenter Gangster. Er hat einen Universitätsabschluß.“ Die Bilder auf dem Plakat zeigten Endo von vorne und von der Seite.

„Ich schreibe mir Ihre Informationen auf. Sie sagen, er war bis gestern in Sanya?“

Auf dem Weg nach Yurakucho hielt Takamori beim Gehen den Kopf gesenkt und versuchte, sich an etwas zu erinnern.

„Mir scheint, ich habe das Gesicht schon irgendwo gesehen.“

„Welches Gesicht?“

„Endos.“ Etwas daran kam ihm sehr bekannt vor.

„Endos Gesicht?“

„Jetzt weiß ich's!“ stieß Takamori so laut aus, daß seine Schwester zusammenzuckte.

„Erschreck mich nicht so.“

„Nein, das kann doch nicht möglich sein.“

„Was ist los?“

„Der Beamte sagte, er sei ein kluger Gangster, der auf der Universität war, erinnerst du dich? Diese Universität war vielleicht... Er sieht ihm wirklich sehr ähnlich...“

„Wovon redest du?“

„Als ich auf der Schule war, gab es einen Studenten, der ganz genau wie Endo auf diesem Bild aussah. Ja, er muß es sein. Er sieht genauso aus.“

Tomoes Nase fuhr verächtlich in die Höhe, und sie lächelte sarkastisch.

„Was ist denn, Tomoe?“

„Du hast zu viele drittklassige Filme gesehen. Der Verbrecher ist natürlich immer der Sandkastenfreund des Polizisten, der ihn jagt. Deine Phantasie geht mal wieder mit dir durch.“

„Meinst du?“ sagte Takamori unsicher; durch ihren Rüffel kam er sich kindisch vor.

Als sie die Kreuzung von Hibiya erreicht hatten, trennten sie sich. Er mußte in seine Bank in Otemachi zurückkehren, und sie wollte Osako am Nikkatsu-Gebäude treffen. Als Abschiedsgeste hob sie leicht die Hand und spottete: „Laß dich von deinen romantischen Hirngespinsten nicht mitreißen, Takamori.“

„Was nennst du romantische Hirngespinste?“

„Das muß ich dir wohl nicht erst erklären“, wisperte sie an seinem Ohr. „Ich weiß, daß du nichts lieber tun würdest als den Helden spielen und Gaston und Endo selbst jagen.“

Takamori antwortete nicht.

„Das ist kein Kriminalroman, Bruder. Du bist dumm,

wenn du glaubst, daß es Gaston schafft, aus dem Killer einen besseren Menschen zu machen."

Nach dieser Attacke fuhr sich Takamori mit der Zunge über die Lippen. Einen Moment lang sah er aus wie ein Schaf.

„Statt solcher Heldentaten solltest du die Polizei dazu bringen, daß sie Gaston schleunigst findet."

„Und was sollten wir tun?"

„Ich habe keine Verwendung für den Dummkopf. Mir reicht es jetzt. Ein Gast, der soviel Ärger macht..."

Hocherhobenen Hauptes schob sich Tomoe in den Strom der Menschen, und ihre hohen Absätze klapperten über das Pflaster.

Takamori sah ihr nach, bis sie außer Sicht war, und dachte: „Wie prosaisch sie ist. Für mich ist Gaston eine Art Held geworden, und sie hält ihn für einen Dummkopf."

Nach dem Frühstück verließen Endo und Gaston das Restaurant. Der Himmel war noch bewölkt, und ein leichter Regen fiel. Endo sah auf die Uhr. Es war sieben.

„Unser Gasthaus ist dort drüben." Nach zwei Tagen in Sanya kannte sich Gaston einigermaßen aus. Stolz schlug er die Richtung zum Iwate-Gasthaus ein, wo sie gewohnt hatten.

„Wir gehen nicht zum Gasthaus zurück", wies ihn Endo scharf zurecht. Manchmal sprach er ungewöhnlich sanft mit Gaston, dann wieder war er ganz der kaltblütige Killer.

„Wohin gehen wir?"

Endo antwortete nicht. Er starrte in die Ferne, als hielte er auf der dunstverhangenen Straße nach etwas Bestimmtem Ausschau. Langsam näherte sich von den Straßenbahnschienen her ein schwarzer Wagen. Gaston erkannte ihn sofort. Als es nahe genug war, erkannte Gaston auch den Fahrer. Es war derselbe, der sie hierher gebracht hatte.

Der Fahrer begrüßte Endo und schnipste seine Zigarette

weg. Sie fiel auf die nasse Straße, ging aber nicht gleich aus. Noch einige Sekunden stieg gekräuselter Rauch von ihr auf.

„Gas, steig ein."

„Der Ausländer heißt wirklich Gas? Was für ein stinkender Name."

„Hast du überprüft, worum ich dich gebeten habe?" fragte Endo müde, während er einstieg.

„Du hast nichts zu befürchten." Der Fahrer gab Endo ein Blatt Papier. Dieser überflog es schnell, griff dann mit der Hand in die Innentasche seines Mantels und zog ein dickes Bündel Banknoten heraus. Die reichte er dem Fahrer, der sie mit einer Hand schweigend entgegennahm, während er mit der anderen das Fahrzeug lenkte.

„Endo, warum willst du diesen Job nicht nachts erledigen?"

„Ein Killer arbeitet nicht nachts."

„Warum nicht?"

„Selbst jemand, der auf der Hut ist, wird bei Tageslicht nachlässiger. Nachts ist er vorsichtig, aber am Tag mußt du ihn nur rufen, und schon dreht er sich um. Er gibt sich jede Blöße."

„Also deshalb."

„Außerdem", fuhr Endo lächelnd fort, „finde ich, daß die Worte ‚Mord am Mittag' irgendwie gut klingen."

Der Fahrer war still. Das Auto ließ Asakusa hinter sich und fuhr auf die Ginza zu.

„‚Mord am Mittag' – verstehst du, was das heißt, Herr Gas?"

„Mittag?"

„Ja. Die Zeit des Tages, zu der die Sonne am höchsten steht."

„Mord?"

„Rotes Blut fließen lassen."

Gaston begann zu zittern. Er schüttelte heftig den Kopf und legte seine große Hand auf Endos kleinere. Das war alles, was in seiner Macht stand. Schweigend legte er seine gewaltige Pranke auf Endos Hand, und in seinem Pferdegesicht arbeitete es, während er versuchte, Worte zu finden, die seine Gefühle ausdrückten: Nein, Endo san, nein. Das dürfen Sie nicht. Ich weiß, wie schlimm es ist, krank zu sein. Ich weiß, wie nahe Ihnen die Exekution Ihres Bruders geht. Und trotzdem dürfen Sie es nicht. Menschen zu hassen... hassen... ist nichts als eine Sackgasse.

Endo sah Gaston aufmerksam an. Etwas von dem, was Gaston so verzweifelt zu vermitteln suchte, drang bis in den empfindsamen Kern seines Wesens vor. Doch schließlich riß er den Blick los und entzog Gaston seine Hand.

„Ich hasse Gefühlsduselei." Er schien zu sich selbst zu sprechen. „Und du, fahr schneller."

„Die Straßen sind rutschig. Dieser Regen ist ganz mies zum Autofahren."

„Egal. Tritt aufs Pedal. Der Kerl hier springt sonst noch raus und haut ab... Ich kann seine Gedanken lesen."

Zu Gaston sagte er: „Du würdest gerne abhauen, richtig?"

Gaston schüttelte den Kopf. Selbst wenn das Auto anhalten, die Tür aufspringen und Endo wegschauen würde, hätte er jetzt nicht an Flucht denken können.

„Hund san!"

„Was?"

„Sie." Gastons Unterkiefer klappte herunter, und er lachte. „Sie sind wie Napoleon san."

Gaston hatte den alten Hund Napoleon nicht vergessen, der ihn immer so flehentlich angesehen hatte, als wolle er von ihm für alle Quälereien und Schläge der Vergangenheit entschädigt werden.

Jetzt spürte Gaston, wenn er Endos Profil betrachtete, einen ganz ähnlichen Appell an seine Menschlichkeit.

„Endo san, Sie mögen Hunde, nicht?"

Endo war betroffen. „Warum?"

„Ich mag Hunde. Endo san, mögen Sie Kinder?"

„Halt den Mund!"

„Mögen Sie? Hassen Sie?"

„Ruhig jetzt! Ich weiß es nicht."

Der Fahrer blickte zurück und bemerkte: „Der Kerl ist verrückt. Du hast ein seltenes Talent, dir solche Typen auszusuchen."

Endo antwortete nicht. Er hielt die Augen niedergeschlagen.

„Wir sind in der Ginza."

Der Regen war immer schwächer geworden und hatte schließlich aufgehört. Durch die graue Wolkenmasse brach blauer Himmel hervor, und die Sonne schien so hell, daß sie blendete.

Nachdem sie sich von ihrem Bruder verabschiedet hatte, überquerte Tomoe in Hibiya die Kreuzung und strebte dem Nikkatsu-Gebäude zu. Obwohl es am Morgen geregnet hatte, war der Himmel jetzt vollkommen wolkenlos, und die nassen Gehwege reflektierten die gleißenden Sonnenstrahlen. Auch die Fenster der Häuser glänzten. Ausländer und Japaner mit Aktentaschen strömten, ganz in ihre Geschäfte vertieft, aus den Bürohäusern. Ein Taxi hielt am Bordstein, ließ einen Passagier aussteigen und nahm gleich wieder den nächsten auf. Ein Arbeitstag hatte begonnen.

Tomoe sollte Osako in einem Café im Untergeschoß des Nikkatsu-Gebäudes treffen. Ein einflußreicher Stammkunde der Disanto-Handelsgesellschaft, in der sie arbeiteten, sollte heute aus dem Ausland am Flughafen Haneda ankommen, und Tomoe und Osako waren beauftragt, ein Willkommensgeschenk für ihn zu kaufen.

Sie hatten sich für zehn Uhr verabredet, aber Osako war, als sie kam, noch nicht da. Nachdem sie sich ein Glas Limonade bestellt hatte, sann sie darüber nach, wie ungehobelt es war, eine Dame warten zu lassen.

Als Ergebnis des Vorfalls in Shinjuku hatte Tomoes Achtung für Osako deutlich nachgelassen. Er, der sonst so überaus gepflegte junge Mann, hatte eine lächerliche Figur abgegeben, als er kreischend davongelaufen war. Es war sehr komisch gewesen. Nein, mehr als komisch – geradezu grotesk. Als er am nächsten Morgen im Büro erschienen war, hatte er ein verlegenes Gesicht gemacht und seine Handlungsweise lang und breit verteidigt. „Der Grund, weshalb ich fortlief, Tomoe, war, daß ich die Polizei rufen wollte." Tomoe hatte die Nase gerümpft und ihm die kalte Schulter gezeigt.

„Ich würde gerne einen Mann kennenlernen, auf den ich mich wirklich verlassen kann", dachte Tomoe, während sie ihr Glas an die Lippen führte und seufzte. Bei näherem Hinsehen war unter allen Männern, die sie kannte, nicht ein verläßlicher. Osako, Takamori, Gaston . . ., nicht einer.

‚Ich muß mir vorläufig eine Heirat aus dem Kopf schlagen . . . wenn alle Männer wie Osako und Takamori sind.' Plötzlich mußte sie an die Worte denken, die Takamori ihr in letzter Zeit so häufig an den Kopf geworfen hatte: ‚Du würdest einen richtigen Mann nicht mal erkennen!' Wie beleidigend! Wie kann er es wagen, sie zu verspotten! Soll er doch diesen albernen Gaston für ein höheres Wesen halten. Das ist seine Sache. Aber wie kann er nur behaupten, ich erkenne einen richtigen Mann nicht, nur weil ich mit Gaston nichts anfangen kann?

Sie erinnerte sich, wie sie sein Gesicht zum ersten Mal in der vierten Klasse auf der *Vietnam* gesehen hatte. Fast hätte sie laut losgelacht und ‚Pferd' ausgerufen. Sind Männer, denen von anderen Männern Sympathie entgegengebracht wird, und Männer, die bei Frauen gut ankommen, wirklich so verschieden? Sie mochte es drehen und wenden, wie sie wollte – für sie war Gaston nichts weiter als ein Einfaltspinsel ja, um ehrlich zu sein, ein Dummkopf.

„Entschuldigen Sie meine Verspätung, Tomoe", begann Osako mit seiner hohen Stimme, als er endlich erschien. Er trug ein teures Jackett und darunter ein makellos weißes Hemd. Seine Krawatte war sehr geschmackvoll und mit einem vollendeten Windsorknoten gebunden. Er war so elegant, daß die Kellnerinnen die Augen nicht von ihm abwenden konnten.

„Ich fürchte, ich habe Sie sehr lange warten lassen", wiederholte er, mit den Fingern schnipsend.

„Keineswegs", erwiderte Tomoe nicht ohne Sarkasmus. „Nur zehn Minuten."

Er neigte den Kopf, um ihr ins Gesicht zu sehen, und entschuldigte sich noch einmal. Tomoe war nicht besänftigt. Ganz im Gegenteil. Je affektierter er sich aufführte, desto lächerlicher wurde er in ihren Augen.

„Tomoe", klagte er jetzt, „seit jener Sache in Shinjuku haben Sie, glaube ich, eine falsche Meinung von mir."

„Ich habe keine falsche Meinung von Ihnen." Ein boshaftes Lächeln huschte über ihre Züge, während sie ihren Spott über ihm ausgoß. „Ich habe nicht lange genug über Sie nachgedacht, um überhaupt eine Meinung zu haben."

Osako warf ihr einen gequälten Blick zu und begann, mit seinem Kaffeelöffel zu spielen.

„Ich glaube, Sie haben es noch bei keinem Mann ernst gemeint."

„Warum sagen Sie das? Ich bin schließlich ein Mädchen. Wenn der Mann jemand ist, den ich mag..."

„Gibt es eine solche Person?"

„Möglich."

Ihn so zu brüskieren, bereitete ihr eine besondere Freude. Als sie seinen niedergeschlagenen Blick bemerkte, fand sie einen noch größeren Gefallen daran, diesem eingebildeten Enkel eines Barons seine Eitelkeit auszutreiben.

„Wer ist es?" fragte er heiser. „Doch nicht etwa der Franzose, oder?"

„Der Franzose?"

„Ja, dieser eine, der sich Monsieur Gaston nennt."

Tomoe lachte so laut, daß die Kellnerin sich entrüstet umdrehte. Selbst Osako mußte lächeln.

„Natürlich nicht. Wie könnten Sie sich in einen hirnlosen Ausländer verlieben, der aussieht, als sei er geradewegs dem Kuhstall entsprungen? Ich muß schon sagen, er hat mir einen Schrecken eingejagt. Ist er wirklich Franzose? Er ist weder intelligent noch gebildet. Er muß zur untersten Spezies von Franzosen gehören. Diese Kleider, und erst das Gesicht!"

Osakos Herablassung war nicht ganz frei von Eifersucht. Aus irgendeinem Grund wurde Tomoe immer wütender, je mehr er über Gaston herzog. Obwohl sie ihn gerade noch selbst bei ihrem Bruder schlechtgemacht hatte, schwang sie sich jetzt zu seiner Verteidigung auf.

„Sie haben kein Recht, so über ihn zu reden. Ich halte viel mehr von ihm als von Ihnen." Sie war selbst überrascht, was sie da aussprach.

„Dort ist es."

In der Ginza waren nur wenige Menschen unterwegs, obwohl es nicht mehr regnete. Mit einem anhaltenden Kreischen bewegten sich die Rolläden vor einem Photogeschäft nach oben. In einem Café putzte ein Kellner in weißer Jacke energisch die Fenster.

Gaston fragte sich, wohin Endo ging und was er vorhatte. Eine vollbesetzte Hochbahn ratterte in der Nähe vorüber. Noch aus der Ferne hörte man das Klopfen der Räder auf den Schienen. Ungefähr zehn Meter weiter umschloß ein Zaun ein Gelände, aus dem Baulärm drang.

Als Gaston durch die Ritzen des Bauzauns lugte, sah er, wie sich die grellweiße Flamme eines Schneidbrenners in Stahl hineinfraß. Die Arbeiter trugen Handtücher um den Hals wie diejenigen, die er in Sanya gesehen hatte.

Der Fahrer bremste und hielt Endo die Tür auf.

„Gut." Endo zog den Zettel heraus, den der Fahrer ihm vorher gegeben hatte, und warf einen Blick darauf.

„Ich warte auf dich."

„Okay, Gas, steig aus."

Noch einmal studierte Endo den Plan. „He, Gas." Er sah sich um, ob niemand sie beobachtete, und winkte Gaston, ihm durch eine Lücke im Zaun zu folgen. Das neue Haus bestand bislang nur aus einem Stahlrohrgerüst. Es roch nach Zement. Gaston vor sich her schiebend bahnte sich Endo einen Weg zwischen dem Zaun und dem Gerüst hindurch.

Sie gelangten zu einer Treppe, auf der einige Holzbretter lagen, und Gaston fragte: „Wohin gehen wir, Endo san?"

„Stell keine Fragen. Komm einfach mit. Rede vor allem nicht so laut."

Natürlich wäre Gastons Stimme, auch wenn er noch so laut gesprochen hätte, im allgemeinen Getöse ohnehin untergegangen.

Ab und zu fiel ihm ein Tropfen Wasser auf den Kopf. Der Zement war vermutlich noch feucht. Das Dröhnen der Hochbahn schien ganz aus der Nähe zu kommen. Endo bewegte sich nicht und horchte auf das Geräusch. Dann sagte er: „Gehen wir zurück."

Der unbedarfte Gaston hatte nicht die geringste Ahnung, warum Endo überhaupt hergekommen war. Doch immerhin war nichts passiert.

„Wir sind fertig, ja? Was machen wir jetzt?" fragte er mit einem tiefen Seufzer der Erleichterung.

Endo lächelte und zeigte dabei seine Zähne.

„Du bist wirklich naiv, was?"

„Warum?"

„Weißt du immer noch nicht, warum wir hergekommen sind?"

Gaston schüttelte den Kopf.

„Merkst du, wie laut es ist? Wenn ich meine Pistole abfeuere, wird niemand es hören. Ein guter Platz zum Töten, nicht wahr, Gas?"

Als sie zum Auto zurückkamen, wartete der Fahrer Kaugummi kauend auf sie.

„Also dann. Los geht's."

„Okay."

Der Fahrer öffnete die Kofferhaube und nahm eine große braune Tasche heraus. Endo kroch ins Auto und zog Regenmantel, Jacke und Krawatte aus. In der Tasche, die ihm der Fahrer brachte, lagen ein nagelneues Hemd, ein hellblaues Jackett und cremefarbene Schuhe.

„Hier, Gas, halt mal." Endo gab ihm den Anzug, den er getragen hatte und der nach zwei Tagen Sanya arg zerdrückt war. Sorgfältig zog er die frische Kleidung an. Als er fertig war, holte er einen batteriegetriebenen elektrischen Rasierapparat und rasierte sein stoppeliges Kinn. Gaston war verblüfft über die Verwandlung. Endo war jetzt ein ansehnlicher junger Mann aus gutem Hause.

„Oh, Endo san!" rief Gaston. „Beau garçon, n'est-ce pas?"

„Natürlich... Oh, gib mir die Pistole."

Endo zog ein Schulterhalfter über das Hemd und nahm die Pistole aus der Tasche des Mantels, den Gaston ihm hinhielt.

„Gas, warte hier auf mich." Dann stieg er als kultivierter junger Mann aus und reihte sich auf dem Gehweg in die ständig wachsende Menschenmenge ein. Die Sonne blendete ihn. Es war zehn Uhr, die Stunde, in der das Leben in der Stadt zu pulsieren beginnt.

Wohin ging er? Wie eine schwarze Wolke überschattete die Angst Gastons Gemüt. Die Vorstellung von Mord, die ihm bis eben noch ganz fremd gewesen war, nahm plötzlich in seinem Geist konkrete Formen an. Daß dies so lange gedauert hatte, lag daran, daß Endo ihn während der zwei Tage in Sanya zwar gelegentlich grausam behandelt hatte, er aber umgekehrt in seinem Herzen keinen Haß hatte nähren können. Mit demselben Gefühl, mit dem man an einem regnerischen Tag auf einen fernen Hügel blickt, der als einziger von der Sonne beschienen wird, hatte er die Tat betrachtet, die Endo ausführen wollte.

„Willst du Kaugummi, Ausländer?“ Der Fahrer hielt ihm ein Päckchen hin. „Aber mach keine Faxen.“

„Endo san... Wohin ist er gegangen?“

„Einen Mann holen.“

„Einen Mann holen?“

„Den Mann, den er umlegen wird.“

Gaston preßte sein langes Gesicht ans Fenster. Ein Polizist mit weißem Helm hatte sein Motorrad an der Kreuzung angehalten und sah unbestimmt in ihre Richtung. Der weiße Helm glänzte in der Sonne. Gaston hätte leicht das Fenster herunterkurbeln und ihm etwas zurufen können. Doch das mitleiderregende Bild, wie Endo sich in einem Hustenanfall krümmte, ging ihm nicht aus dem Sinn. „Armer Endo“, dachte er. „Ich kann ihn nicht allein lassen.“ Der Polizist trat auf das Gaspedal und verschwand.

Schließlich tauchte Endo wieder auf.

„Wie lief's?“

„Ich habe meine Stimme am Telefon verstellt, und er ist darauf hereingefallen. Er kommt um elf zu dem Café dort drüben. Ich habe nichts weiter zu tun, als ihn zum Baugelände zu bringen und auf den Abzug zu drücken.“

Zehn Uhr fünfundvierzig. Endo hatte die Ellenbogen an das Autofenster gestützt und beobachtete die Vorübergehenden. Der immer noch Kaugummi kauende Fahrer war in eine Zeitung vertieft, die er auf den Knien ausgebreitet hatte.

„Irgendwas Wichtiges in der Zeitung?“ fragte Endo.

„Die ‚Giants‘ haben gegen die ‚Swallows‘ verloren.“

„Ich meine in den Nachrichten.“

„In der Politik? Immer dasselbe, nehm ich an... Ist nicht unser Bier.“ Ohne hinzusehen, reichte er Endo den Teil, den er nicht las. Endo überflog die Schlagzeilen.

„Gas, dein Land hat auch Probleme, nicht? Was ist da in Algerien los?“ fragte er lächelnd.

„Algerien?“

„Kämpfen nicht die Eingeborenen gegen die Franzosen? Sie hassen einander.“

Hassen einander... kämpfen... Gaston sah Endo an und schüttelte traurig den Kopf. Nicht nur in Algerien. Nicht nur in Frankreich. Hier, in diesem Augenblick...

Es schien nichts anderes auf der Welt zu geben als Haß und Feindschaft. Ein Land haßt ein anderes, ein Mensch mißtraut einem anderen. Liebe und Vertrauen sind verlorengegangen. Dulles traute Chruschtschow nicht, und umgekehrt. Die Franzosen haßten die Algerier, und die Algerier die Franzosen. Und das war immer noch nicht genug. Hier, direkt vor seinen Augen, unter der gleißenden Sonne der Ginza, bereitete sich ein Mann darauf vor, einen anderen zu ermorden. Mit haßerfüllten Augen erwartete er seine Beute.

„Genau wie Sie...“, sagte Gaston leise. Aber Endo beachtete ihn nicht mehr. Er starrte aus dem Fenster.

Zehn Uhr fünfundfünfzig. Der Fahrer drehte das Radio an. Eine Frauenstimme säuselte einen Werbeslogan. „Gute Nägel geben Ihrem Haus den nötigen Halt. Kaufen Sie Ihre Nägel bei Yamato.“ Dann wurde die sanfte weibliche Stimme von einer Durchsage abgelöst.

„Die Polizei sucht Gaston Bonaparte. Gaston, wenn Sie dies hören, melden Sie sich sofort bei der Polizei.“

Mehr sagte der Sprecher nicht. Die drei Männer im Auto schwiegen. Dann lachte der Fahrer und sagte: „Das bist du!... Endo, das wird riskant.“

„Wovon redest du? Kein Mensch weiß, daß Gaston bei mir ist.“

Ein junges Liebespaar, das die Straße überquerte, sah ins Auto hinein.

Elf Uhr. Plötzlich wich Endo vom Fenster zurück. „Er ist

da. Auf die Sekunde." Ein zufriedenes Grinsen erschien auf seinen hohlen Wangen. „Starrt ihn nicht an", befahl er beherrscht. „Umezaki, stell das Radio nicht ab."

Umezaki gehorchte. Während das Radio vor sich hindudelte, tat er so, als sei er in seine Zeitung vertieft. Endo lehnte in einer Ecke, gähnte und täuschte Langeweile vor.

Eine große Menschenmenge wogte in der Ginza hin und her. Gaston hatte keine Möglichkeit herauszufinden, wen Endo im Visier hatte.

„Er bleibt stehen."

Gaston erblickte einen Japaner mit Halbglatze, der die Tür zum Café aufstieß. Er war klein und dicklich. Sein fast kahler Schädel und sein gedrungener Körper machten sogar auf Gaston einen unangenehmen Eindruck.

„Gas, steig aus."

„Ich..."

„Ich sagte, steig aus."

„Ich... ich... was werden Sie tun?" Gaston schüttelte heftig den Kopf und klammerte sich an der Autotür fest. Sein massiver Körper zitterte wie Espenlaub.

„Hast du nicht gehört? Ich sagte: ‚Steig aus'!" Endo trat Gaston mit voller Kraft mehrmals gegen das Bein.

„Du willst nicht aussteigen?"

In diesem Moment flog die Autotür durch Gastons Gewicht weit auf, und Endo packte ihn gerade noch im Fallen.

„Soll ich dich auch umbringen?"

Gastons Mundwinkel zitterten, als würde er gleich anfangen zu weinen. Er hielt sich mit beiden Händen den Kopf und ließ die Füße zwischen Auto und Bordstein auf den Boden sinken.

„Ich... Sie brauchen mich nicht... Dieser Mann... Ich kenne ihn nicht."

„Du mußt nicht mit ihm reden... Nur dasitzen und mich reden lassen." Endo manövrierte Gaston über den Gehweg auf das Café zu. Keiner der Passanten beachtete sie. Die

Menschen in der Ginza waren so blasiert, daß auch eine so ungewöhnliche Erscheinung wie Gaston sie nicht aus der Ruhe brachte.

Endo stieß Gaston durch die Tür. An einem Tischchen in der Nähe des Eingangs hatte der untersetzte Mann Platz genommen und rauchte eine Zigarette. Schweißperlen standen ihm auf der Stirn.

„Sind Sie Herr Kanai?" fragte Endo mit einer höflichen Verbeugung. „Ich bin ein Mitglied der Gesellschaft für Kulturellen Austausch. Wie ich Ihnen am Telefon schon sagte, da es darum geht zu entscheiden, welches weiße Mädchen Ihnen zusagen würde, hielt ich es für das beste, den Mann, das heißt die verantwortliche Person, gleich mitzubringen." Er wandte sich zu Gaston um und fuhr fort: „Darf ich Ihnen Monsieur Sade vorstellen?"

Der dicke Mann wischte sich den Schweiß von der Stirn und grinste anzüglich. „Ist das wirklich Ihr Ernst?"

„Was meinen Sie mit ‚Ernst'?"

Auf Endos Gesicht lag ein sarkastisches Lächeln, aber der Mann bemerkte es nicht.

„Kann ich denn glauben, was Sie sagen? Zunächst einmal habe ich noch nie davon gehört, daß eine Gruppe weißer Prostituierter in Tokio arbeitet."

„Natürlich nicht. Wir haben einen Privatclub gegründet. Monsieur Sade hier..."

Endo und der dicke Mann, die sich am Tisch gegenübersaßen, unterhielten sich gedämpft, so daß die Kellnerinnen sie nicht belauschen konnten. In der Zwischenzeit schüttelte Gaston wie rasend den Kopf und tat alles in seiner Macht stehende, den Mann auf die Gefahr aufmerksam zu machen, die ihm drohte. Doch der Mann nahm ihn kaum wahr.

„Weiße Frauen? Was für welche haben Sie denn?"

Endo balancierte sein halbgefülltes Wasserglas auf der Handfläche und redete in ruhigem Ton auf ihn ein.

Nachdem die Bordellviertel in Tokio per Gesetz geschlossen worden waren, ging die Prostitution in den Untergrund und spielte sich in privaten Clubs ab. Doch ganz unabhängig davon gab es schon lange davor Gruppen weißer Frauen, die japanischen Geschäftsleuten und deren ausländischen Gästen zur Verfügung standen. Weiße Stripperinnen in Kabaretts und ausländische Jazz-Sängerinnen, die über Hongkong einreisten, stellten den Kontakt zu diesen Gruppen her und verdienten dadurch nicht schlecht.

Je länger Endo seine halblauten Erklärungen ausdehnte, desto erkennbarer wurde das lüsterne Interesse des Mannes, der anfangs skeptisch gewesen war.

„Ist es sicher? Verhalten Sie sich vernünftig, wenn die Polizei es herausfindet?“ fragte Kanai schwitzend.

„Monsieur Sade kümmert sich gerade darum.“

Erst jetzt bemerkte er Gastons wildes Kopfschütteln und sein Blinzeln. „Hat er Probleme?“

„Oh. Monsieur Sade hat ein Nervenleiden. Er kann seine Gesichtsmuskeln nicht kontrollieren... Aber wie steht es? Sie müssen wissen, ich habe zwei der Mädchen mitgebracht, damit Sie einen Blick auf sie werfen können.“

„Was? Sie sind ja gut vorbereitet. Aber ich kann sie jetzt nicht brauchen. Ich kann erst bis heute abend einen interessierten Kunden beschaffen. Ich rufe Sie an, wenn der offizielle Teil der Party vorbei ist.“

„Das ist leider nicht machbar. Sehen Sie, diese Ausländerinnen sind ziemlich pingelig. Wenn man nicht vorher einen Vertrag unterzeichnet hat...“

Kanai schluckte den Köder. „Ach, so funktioniert das. Na gut, dann werde ich sie mir eben ansehen. Ich kann natürlich nur Japanisch.“ Und er erhob sich.

Endo griff hastig nach der Rechnung und rief die Kellnerin. Dann zischte er Gaston gereizt zu: „Tais-toi, sacré Gas... Hör auf mit dem Unsinn.“

Endo schob sich zwischen Kanai und Gaston und führte die beiden auf die Baustelle zu. Er wollte verhindern, daß

Gaston mit Kanai sprach. Vor ihnen vermischte sich das ohrenbetäubende Dröhnen der Stahlhämmer mit dem Zischen von Schneidbrennern.

8 Vertrauen und Argwohn

„Wohin gehen wir?“ fragte Kanai Endo mißtrauisch und blieb stehen.

„Nur dort hinüber“, antwortete Endo unschuldig. „Diese Frauen sind keine Japanerinnen, deshalb lassen sie sich nicht gerne in der Öffentlichkeit sehen. Ich habe ihnen gesagt, sie sollen da drüben warten.“

Der Baulärm hinter dem Zaun hatte an Lautstärke zugenommen. Die beiden Männer mit dem hünenhaften Gaston in der Mitte bogen um die Ecke in eine Gasse ein.

Gaston hätte langsamer laufen sollen. Wenn es ihm gelungen wäre, Endo und Kanai noch fünf Minuten im Café aufzuhalten, hätte er durch das Fenster Tomoe und Osako vorübergehen sehen. Tomoe spazierte mit Osako die Straße vom Nikkatsu-Gebäude nach Owaricho entlang. Sie blieben häufig vor einem Schaufenster stehen, wenn ein Gegenstand ihre Aufmerksamkeit erregte. „Hier ist es immer furchtbar laut, nicht?“ bemerkte sie, als sie an der Baustelle vorbeikamen, in der Gaston gerade verschwunden war.

„Das ist wahr. In den letzten Monaten ist hier in der Ginza ein Neubau nach dem anderen entstanden. Tokio ist schmutzig. Die Schönheiten einer Großstadt kann man hier nicht entdecken, ganz anders als in Paris.“ Wie üblich ließ Osako kein gutes Haar an seinem Land.

Als die drei Männer den Eingang zum Untergeschoß erreichten, sah Endo sich um. Nahe der Treppe befand sich ein Kieshaufen, daneben lagerten große Kisten voller Sand und Zementsäcke. Die Sonne brannte auf die Säcke nieder.

„An so einem Ort warten doch keine Frauen! Ist das ein Scherz?“ fragte Kanai unbehaglich. Endlich schien er Verdacht zu schöpfen.

„Warum sollte ich mir mit Ihnen einen Scherz erlauben?“ Endo benutzte denselben Osaka-Dialekt wie Kanai. „Die Frauen sind hier vor Ihrer Nase.“

„Was soll das heißen?“

„Sehen Sie mich genau an. Erinnern Sie sich nicht? Sehe ich nicht jemandem ähnlich, den Sie kennen? Natürlich, der Mann ist jetzt tot... Ein Leutnant, den Sie getötet haben. Ich bin sein jüngerer Bruder.“

Auf Kanais Zügen breiteten sich Entrüstung und Angst aus. Er stolperte ein paar Schritte rückwärts, stieß gegen die Zementsäcke und fiel hin. Endo hatte die Pistole noch nicht gezogen, aber Kanai hob die Hand schützend vor das Gesicht und stieß einen Schrei aus.

„Ich habe lange nach Ihnen gesucht, Kanai.“

„Ich war's nicht. Ich war's nicht.“

„Sie haben die Frechheit, es immer noch zu leugnen?“

„Ich war's nicht. Kobayashi war verantwortlich.“

„Jetzt können Sie meinem Bruder Gesellschaft leisten.“

„Lassen Sie mich wenigstens meine Version erzählen.“

Endo sah schweigend auf den untersetzten Mann hinab, der zu seinen Füßen auf den Zementsäcken lag. Auf der Stirnglatze des Mannes hatten sich wieder Schweißperlen gebildet. Endo lächelte grausam. Das Hämmern und Zischen von der Baustelle schien anzuschwellen. Jetzt hielt Endo den Colt in der Hand. Er ließ ihn um den Zeigefinger wirbeln, und bei jeder Umdrehung glänzte der Lauf metallen in der Sonne. Kanai krallte sich an den Zementsäcken fest und stierte wie gebannt in die Mündung der Pistole.

„Tun Sie nichts Unbedachtes!“ rief er.

„Aufstehen“, befahl Endo leise. „Jetzt hinunter in den Keller.“ Er zeigte auf ein dunkles Loch, das nach nassem Zement roch.

„Endo, ich sage Ihnen doch, ich war's nicht. Ich war's nicht. Es war Major Kobayashi, der die Schuld auf Ihren Bruder abgewälzt hat. Lassen Sie mich doch bitte erklären."

„Mit Kobayashi befasse ich mich noch. Aber erst sind Sie an der Reihe. Los jetzt, in den Keller!"

„Nein, nein! Verzeihen Sie mir! Nein, verzeihen Sie mir!"

„Mein Bruder, Kanai... Mein Bruder wurde in eine Gefängniszelle geworfen, die kälter und schwärzer als diese war."

Ein plötzlicher Hustenanfall überwältigte den Killer. Ohne mit der rechten Hand die Pistole loszulassen, legte er die linke auf den Mund. Einige Augenblicke zuckten seine Schultern unter der Wucht des Anfalls. Als er endlich nachließ, spuckte Endo auf die Zementsäcke. Auch diesmal waren rote Spuren im Speichel.

„Kanai, mein Bruder... für ein Verbrechen, das er nie begangen hat..."

Kanai stieß einen lauten Schrei aus, aber dieser ging im Lärm ringsumher unter.

„Versuch das noch mal, und ich erschieße dich auf der Stelle!" Endo hob den Fuß und trat gnadenlos auf Kanais Hände, die sich immer noch an den Säcken festklammerten. Die Haut platzte auf, und an mehreren Stellen rann Blut heraus.

„Oh, non, non." Erst jetzt fand Gaston seine Stimme wieder. Bisher hatte ihm die Furcht die Stimme verschlagen, und er hatte die beiden Japaner bloß entsetzt angestarrt.

„Gas, du kommst auch mit hinein. Wenn jemand kommt, tust du so, als ob wir uns das Gebäude ansehen."

„Endo san", bat Gaston verzweifelt, „Hund san, beide gleich! Sie mögen Kinder. Sie mögen Hunde... Sie mögen Kinder. Ich weiß. Sie mögen Kinder."

Wie auf ein Stichwort legte Kanai seine blutenden Hände zu einer flehenden Geste zusammen. „Ich habe eine Frau… und Kinder… zwei Kinder!“

Endos Hände zitterten leicht. Es bestand kein Zweifel, daß Gastons Flehen ihn berührt hatte. Doch er verschloß sich dagegen, packte seine Pistole um so fester und preßte deren Mündung Kanai, der immer noch auf den Zementsäkken lag, gegen die Schläfe. Dann drückte er ab.

Ein Zug fuhr ganz nah vorüber. Das Getöse auf der Baustelle schien lauter denn je. Es war fast zwölf Uhr.

Kanais blutende Finger krochen wie Raupen über die Säcke. Endo starrte seine Pistole ungläubig an. Er erfaßte noch nicht, was geschehen war. Er drückte ein zweites Mal ab und dann ein drittes Mal. Doch seine getreue Pistole klickte nur leise. Immer, wenn sonst beim Abdrücken ein Feuerstoß aus ihrem Lauf hervorbrach, breitete sich ein angenehmer Schock über die Handfläche und den Arm in seinem ganzen Körper aus. Doch diesmal gaben nur die Federn ein kaum hörbares Schnalzen von sich. Es waren keine Kugeln in der Pistole!

„Keine Kugeln! Keine Kugeln! Keine Kugeln!“ Ein anderer, nicht er, schien es ihm höhnisch ins Ohr zu schreien. Dann drehte er sich um und fixierte Gaston.

Gaston hatte beide Hände an die Wangen gelegt. Wie ein Kind, das von seiner Mutter ausgeschimpft wird, erwiderte er hilflos Endos Blick.

„Du… du…“ Endos Lippen zitterten vor Wut und Haß. „Hast du die Kugeln herausgenommen?“

Während Endo abgelenkt war, nutzte Kanai die Gelegenheit, sich von den Zementsäcken herunterzurollen und hemmungslos kreischend davonzulaufen. Sein kleiner, gedrungener Körper bewegte sich unerwartet flink. Bevor Endo ihn zu fassen bekam, war er schon an der Wand entlanggerannt, durch die Lücke im Bauzaun mehr gefallen als geklettert und auf der Straße verschwunden.

Gaston und Endo standen sich schweigend gegenüber.

„Du..."

„Ja."

Auf dem Pferdegesicht des großen Mannes erschien ein mitleiderregendes Lächeln, eine Mischung von Angst und Bedauern über das, was er getan hatte.

„Entschuldigung. Entschuldigung."

Plötzlich holte Endo aus und schlug mit der Faust unablässig auf Gaston ein. Er zielte nicht, sondern boxte blindlings auf ihn ein. Gleichzeitig trat er ihn wieder und wieder gegen die Knie.

„Du..."

„Sie tun mir weh!"

„Du weißt nicht, wie ich für diesen Tag geschuftet und gelitten habe!"

„Es tut weh!"

Endo schlug und trat wie besinnungslos. Tränen flossen ihm über die Wangen. „Die Qual, auf diesen Tag zu warten!" Schließlich war er erschöpft und lehnte sich heftig atmend an die Wand.

„Wann hast du die Kugeln herausgenommen?"

Gaston antwortete nicht, und Endo wiederholte die Frage.

„Vor einer Weile."

„Wann vor einer Weile?"

„Im Auto... als Sie sich umgezogen haben", antwortete Gaston schluchzend, während er sich das Blut abwischte, das ihm aus der Nase lief. Bei der geringsten Bewegung von Endo, der noch um Atem rang, zuckte Gaston zusammen.

„Willst du weglaufen?"

„Non. Non."

Endo blickte auf dieses unansehnliche Monstrum von einem Mann, als sähe er ihn zum ersten Mal. Feiger als ein Straßenköter war er, und doch mußte man nur einmal ein bißchen nett zu ihm sein, und ein freundliches Lächeln erschien auf seinem Pferdegesicht. Gerade hat man ihn ein für allemal als Schwachkopf eingestuft, da schafft er es, die Kugeln aus der Pistole zu nehmen. So wenig Selbstachtung, daß er heult, wenn man ihn schlägt. Aber es war ein Fehler gewesen, ihn nicht schärfer zu bewachen.

„War es, als du mir den Mantel gehalten hast?" Endo erinnerte sich, daß er Gaston den Regenmantel mit der Pistole in der Tasche gegeben hatte, während er sich umzog. Wie hatte er es gewagt, in so kurzer Zeit die Kugeln zu entfernen? Woher hatte dieser schwerfällige Ausländer solche Fertigkeiten?

Die Sonne schien Gaston direkt in sein törichtes, langes Gesicht, und er wischte sich immer wieder das Blut ab, das ihm aus der Nase lief. Endo kam er plötzlich unheimlich vor.

„Was bist du überhaupt?"

„Was bin ich?"

„Woher kommst du?"

„Frankreich."

Seine Antworten waren so zufriedenstellend wie Kindermärchen.

„Warum... warum bist du nach Japan gekommen?"

„Mit dem Schiff." Gaston hatte die Worte ‚warum' und ‚wie' verwechselt, die in der japanischen Sprache gleich klingen.

„Mistkerl! Ich frage dich, warum du gekommen bist." Gaston lächelte, als ob ihm die Antwort schwerfiele, und sagte nichts.

„Du bist nicht zufällig Schauspieler, oder?" Ja, das war die Lösung. Der Mann spielte nur den Dummkopf. In Wirklichkeit war er sehr klug und wußte genau, was um ihn herum vorging. Endo war überzeugt, daß es sich so verhielt.

Er sah Gaston mit neu erwachtem Argwohn an. Dann spuckte er aus und ging auf den Eingang zu.

Der Baulärm war ohrenbetäubend. Endo sah sich um und bemerkte, daß ihm Gaston zögernd folgte.

„Warum folgst du mir?"

Gaston antwortete nicht.

„Ich fragte, warum du mir folgst. Willst du nicht weg?"

„Ich gehe nicht weg, Endo san." Das liebenswürdige Lächeln, nun schon so vertraut, erschien auf seinen blutigen Lippen, und er schüttelte den Kopf. „Sie und ich... Freunde."

„Freunde? Das ist doch wohl nicht dein Ernst! Ich brauche dich nicht mehr. Hau endlich ab! Laß mich allein!"

Ursprünglich hatte Gaston ihm bei der Flucht helfen sollen. Es gibt viele Japaner, die Ausländern gegenüber besonders zuvorkommend sind. Die Polizei hatte an jenem Tag gezögert, das Auto anzuhalten, weil ein Ausländer darin saß. Auch Kanai hätte Endos Geschichte nicht so leicht geglaubt, wäre Gaston nicht dabeigewesen. Allein durch die Tatsache, daß er ein Ausländer war, konnte er von Nutzen sein.

Aber jetzt! Alles war anders geworden. Es war zwar nicht sehr wahrscheinlich, aber doch möglich, daß Kanai die Polizei verständigte, und in diesem Fall wäre Gaston ein großes Handicap. Wenn Endo in Begleitung eines riesigen Ausländers gesehen würde, wäre ihm die Polizei schnell auf der Spur.

„Worauf wartest du? Weg hier!" Endo hielt das Türchen im Bauzaun auf und zeigte auf die Straße. „Du hast Glück, daß du noch lebst... Ich hätte dich wahrscheinlich hinterher auch umgebracht."

Der Killer sagte das halb als Drohung, halb im Ernst. Immer wieder war Endo auf dem Weg von Sanya hierher durch den Kopf gegangen, daß er Gaston töten würde, wenn dieser Anstalten machte, ihn zu verraten. Schließlich war er nur ein Straßenköter, ein Vagabund ohne Heimat.

„Zieh los, habe ich gesagt."

„Sie … wohin gehen Sie?"

„Wohin? Das ist verdammt noch mal meine Sache."

„Wohin gehen Sie?"

„Du bist eine richtige Klette, was?"

„Ich gehe mit Ihnen."

„Mit mir?" Endo sah verblüfft hoch. Er hört, daß er verschwinden soll, und sagt, er kommt mit. Und scheint noch zu denken, das wäre das Natürlichste von der Welt.

„Du willst also wissen, wohin ich gehe, ja? Gut, ich sag's dir. Ich schnappe mir jetzt den anderen Kerl, der meinen Bruder auf dem Gewissen hat. Willst du mitkommen und mir das auch noch versauen?"

„Wenn Sie gehen, gehe ich mit."

„Warum?"

„Weil ich Sie mag. Weil ich Ihnen helfen will."

„Helfen? Du willst mir helfen, den anderen abzuknallen?"

„Nein, das nicht." Gaston rang vergeblich nach Worten, die seinen Gefühlen Ausdruck geben konnten.

„Endo … ganz allein … Ganz allein, braucht Freund."

In Endos Augen glomm purer Haß auf, und er starrte Gaston an. „Du Scheißkerl. Mach, daß du wegkommst! Wenn ich was hasse, dann solchen sentimentalen Quatsch." Er hob die Hand, als wolle er Gaston wieder schlagen, und dieser wich einige Schritte zurück.

Aus sicherer Entfernung wisperte er noch einmal: „Ich gehe mit Ihnen", diesmal so leise, daß man ihn kaum verstand.

„Zum Teufel mit dir. Soll ich dich windelweich prügeln?"

„Nein, ich will nicht verprügelt werden."

„Dann verschwinde!"

„Ich gehe mit Ihnen."

Endos Geduld war erschöpft. Er packte die Pistole am Lauf und holte aus, um Gaston mit dem Griff zu schlagen.

Gaston fuhr zusammen. „Oh, non, non." Er hob die Hände vor das Gesicht, um Endos Hieb abzuwehren.

„Dann geh endlich weg."

„Oh, non, non."

„Warum nicht, willst du unbedingt leiden?"

Gaston antwortete nicht.

„Hast du mich verstanden? Ich habe dich etwas gefragt."

„Ich habe einen Entschluß gefaßt." Gastons Stimme wurde von den Fingern vor seinem Gesicht gedämpft. Er sah Endo mit zusammengezogenen Brauen unsicher an.

„Entschluß? Was zum Teufel für einen Entschluß?

„Sie nicht zu verlassen... mit Ihnen zu gehen."

Seine Stimme war nicht lauter als das Surren einer Mücke, aber Endo verstand ihn mühelos. „Nicht verlassen... mitgehen." Für diesen Killer, der sich gegen alle menschlichen Gefühle und Sympathien gestählt hatte, konnte nichts widerwärtiger klingen. Er packte Gaston am Kragen.

„Sieh her... Es gibt nur eine Sache, der ich traue. Das ist Haß."

„Sie lügen."

„Lügen? Warum?" Endo zog den Kragen so eng um Gastons Hals, daß der kaum noch atmen konnte. „Tut das weh, Gas? Hast du Schmerzen?"

„Es tut weh!"

„Wenn es weh tut, dann hör zu. Du bist genau der Typ, den ich am meisten verabscheue. Nicht verabscheue, hasse."

„Sie tun mir weh."

„Du kannst mit dem Theater aufhören. Mir machst du nichts vor. Ich weiß, wieviel guter Wille in der Welt herrscht! ‚Liebe', ‚Vertrauen' – Worte, die alle benutzen, wie es ihnen paßt... Ich bin jetzt schlauer. Ich lasse mich nicht mehr hereinlegen."

„Sie tun mir weh."

„Wenn du noch einen Schritt hinter mir herkommst, bring' ich dich um, das schwöre ich dir. Laß es nicht darauf ankommen!“ Damit ließ Endo ihn los und drehte sich um. Doch als er im Weggehen bemerkte, daß Gaston sich an der Wand entlang hinter ihm hertastete, sprang er mit einem Satz auf ihn los und ließ den Griff mit voller Wucht auf Gastons Schläfe sausen. Es hörte sich an, als fiele eine Eisenstange zu Boden. Gaston drehte sich einmal um die eigene Achse und sackte in sich zusammen.

Obwohl der Sommer den Frühling abgelöst hatte, war die Abendluft noch feucht. Das Windglockenspiel, das Tomoe in der Ginza gekauft hatte, klirrte leise, wenn eine Brise darüber hinwegstrich.

Takamori, der ungewöhnlich früh nach Hause gekommen war, saß mit gekreuzten Beinen auf der Veranda und verschlang gierig einen süßen Reiskuchen als Nachspeise. Auch diesen hatte Tomoe als Geschenk aus der Ginza mitgebracht.

„Da, du hast Bohnenpaste auf dem Kimono!“ tadelte ihn Tomoe von ihrem Stuhl aus.

„Tut mir leid.“

„Sollte es auch. Es ist ein frischer Kimono.“

„Stimmt. Ich sagte, es tut mir leid.“

Doch seine Gedanken waren anderswo, und schon bald wischte er sich die klebrigen Finger wieder am Kimono ab.

„Takamori.“

„Ja.“

„Deine Frau tut mir heute schon leid.“

„Nicht nötig“, erwiderte er und wischte die Finger in ein Stück Zeitung.

„Von hier aus kommst du mir vor wie ein Riesenbaby.“

„So? Ich glaube, der Mann, den du einmal heiratest, verdient Mitleid... Du kannst nicht mal beim Essen aufhören zu nörgeln.“

Takamori zog ein Päckchen Zigaretten heraus. „Streichholz, bitte.“

„Sie liegen direkt neben dir... Und vergiß nicht, den Aschenbecher zu benutzen. Mutter hat sich heute früh wieder beschwert. ‚Takamori scheint zu glauben, daß das ganze Haus ein großer Aschenbecher ist.'"

Wie die meisten Männer ging Takamori sorglos mit der Zigarettenasche um. Alles diente ihm als Aschenbecher – Blumenvasen, Tomoes Hautcreme-Töpfchen und so weiter.

„Takamori."

„Was denn?"

„Ich hatte schon einen Heiratsantrag."

„Was? Bei dem muß eine Schraube locker sein."

„Osako aus dem Büro..."

„Der mit dem Gesicht, das aussieht wie meine Fußsohle?" Takamori stand auf und streckte sich, dann trat er in den dunklen Garten. Als er in den Nachthimmel hinaufschaute, glühte gerade eine Sternschnuppe auf. Er wandte die Augen ab, als sei dies ein schlechtes Vorzeichen.

Das Telefon klingelte. Tomoe nahm den Hörer ab. Ihre Stimme klang belegt. „Die Ginza?... Ja, gut..." Sie legte den Hörer auf und rief ihren Bruder.

„Takamori! Gaston ist verletzt. Er ist auf der Polizeiwache. Die Polizei von Marunouchi hat gerade angerufen."

Alle japanischen Polizeireviere sind vermutlich nach demselben Muster gebaut worden. Wie die Wache, die Takamori und Tomoe zuvor aufgesucht hatten, besaß auch die in Marunouchi einen Eingang, der höher lag als bei gewöhnlichen Gebäuden, was den Zutritt erschwerte. Dieser erhöhte Eingang und die Steintreppe, die von rechts und links hinaufführte, verliehen dem ganzen Haus ein imposantes, offizielles Gepräge. Sie sollten den Eingang nach unten verlegen und diese nutzlosen Stufen abschaffen, dachte Takamori beim Betreten des Gebäudes. Auf diese Weise wäre die Polizei den Menschen näher. Takamori und viele seines Alters, die während des Krieges noch Jungen gewesen waren, konnten sich eines gewissen Unbehagens nicht erwehren, wenn sie ein Polizeirevier betraten. Im Inneren des Gebäudes fühlte er sich wieder wohler. Der junge Polizist an der Information wies ihnen sehr höflich den Weg. „Wenn Sie den Ausländer suchen, er liegt in der Krankenstation. Bitte gehen Sie ins Kellergeschoß hinunter, und warten Sie dort auf dem Gang."

Der enge Kellerflur wurde nur von einer schwachen Birne erleuchtet. Auf beiden Seiten des Flurs lagen die Vernehmungszimmer und die Büros der Kriminalbeamten. Die Tür zu einem der Zimmer stand offen, und sie sahen zwei Beamte auf einer Matte sitzen und Nudeln essen.

„Suchen Sie den Ausländer?" fragte ein Beamter, der eilig seine Jacke überwarf und auf den Flur gelaufen kam. Er war breitschultrig und wirkte wie ein Judokämpfer.

„Sie haben bei uns angerufen."

„Das war das Polizeipräsidium... Moment mal, wie nannte er sich gleich?... Gaston Bonaparte. Wir hörten, daß Sie für ihn bürgen."

Der Beamte hatte offenbar gerade seine Abendmahlzeit beendet. Beim Sprechen bohrte er mit einem Zahnstocher in den Zähnen.

„Es hieß, er sei verletzt."

„Nichts Schlimmes. Nur ein paar blaue Flecken. Er ist Franzose, deshalb haben wir uns mehr Sorgen über mögliche politische Verwicklungen gemacht. Doch glücklicherweise ist eine Straftat wohl ausgeschlossen."

Als sie hörten, daß kein Verbrechen vorlag, atmeten Takamori und Tomoe erleichtert auf.

Der Beamte berichtete ihnen, was geschehen war. Kurz nach zwölf Uhr mittags war Gaston bewußtlos in der Ginza von einer Gruppe Arbeiter gefunden worden. Da aus einer Wunde an der Stirn Blut rann, war man in einiger Aufregung gewesen. Die Polizei von Marunouchi hatte die Sache untersucht und von Gaston erfahren, daß einer der Stahlträger, die für den Bau verwendet wurden, herabgefallen war und ihn am Kopf getroffen hatte. Sie hatten die Wunde versorgt und ihn in die Krankenstation der Polizeiwache gebracht, wo er noch immer lag.

„Den Ausländer bringt so leicht nichts aus der Ruhe, oder? Er hat alles aufgegessen, was wir ihm gebracht haben, und als ich vor einer Minute zu ihm hineinsah, hatte er sich in die Decke gewickelt und schlief fest."

Takamori konnte das Lachen nicht unterdrücken. Das war typisch Gaston. Aber was hatte er nur auf der Baustelle gesucht? Wann und wie war er Endo entkommen?

„Dann war Gaston nicht mit Endo zusammen?" Tomoe stellte sich die gleiche Frage. Der Beamte sah ihr Erstaunen, spuckte seinen Zahnstocher aus und erläuterte: „Wegen Endo brauchen Sie sich keine Sorgen zu machen. Der Ausländer sagt, daß sie sich schon am Morgen in der Ginza getrennt hatten."

„Aber warum hat ihn Endo entführt?"

„Wir werden aus Gastons Erklärung nicht recht schlau. Auf jeden Fall wissen wir vom Polizeipräsidium, daß Endo zur Zeit nicht auf der Fahndungsliste steht. Sie haben uns angewiesen, den Ausländer laufenzulassen."

Takamori und Tomoe freuten sich.

„Kommen Sie. Ich bringe Sie zu ihm."

Der Beamte knöpfte seine Uniformjacke zu und ging ihnen auf dem halbdunklen Gang voraus. Takamori und Tomoe folgten unsicher.

„Geben Sie mir den Schlüssel, bitte." Der Beamte erhielt den Schlüssel von einem jungen uniformierten Polizisten, schloß eine Tür auf, die in eine Art Zelle führte, und verschwand dahinter.

„Hat er mit ‚Krankenstation' eigentlich ‚Gefängniszelle' gemeint?" fragte Tomoe, die sich in solchen Dingen nicht auskannte, ihren Bruder ängstlich.

„Nein. Die Krankenstation ist ein Ort, an dem sie Betrunkene über Nacht unterbringen. Die richtigen Gefangenen müssen Gürtel, Krawatte und alle anderen Gegenstände abgeben, mit denen sie sich verletzen könnten. In der Krankenstation ist das nicht so."

„Du scheinst dich ziemlich gut auszukennen mit diesen Orten."

„Natürlich."

„Doch nicht etwa durch Erfahrungen aus erster Hand, oder... – nach einer durchzechten Nacht vielleicht?"

Durch die halboffene Tür erblickten sie eine Reihe von Zellen, vor deren vergitterten Türen Strohsandalen standen. Aus der Anzahl der Sandalen schlossen sie, daß sich in jeder Zelle drei oder vier Gefangene befanden.

Eine Frau hinkte, von einem Wachtmeister begleitet, von der Toilette zurück. Als sie sie betrat, warf sie ihnen ein geheimnisvolles Lächeln zu.

Der Beamte kehrte zurück und führte sie in das Krankenzimmer. Da war Gaston. Es schien eine Ewigkeit her, seit sie ihn zuletzt gesehen hatten. Er trug immer noch denselben viel zu kleinen Anzug und saß zusammengekauert auf dem Bett. Es war auch dasselbe alte Pferdegesicht, aber jetzt war seine Stirn mit einem Verband umwickelt. Doch es schien keine schwere Wunde zu sein.

„Gas."

Als er Takamori erkannte, sprang Gaston auf. Seine große Hand schoß nach vorne, ergriff Takamoris und schüttelte sie herzhaft.

„Du hast uns wirklich Sorgen gemacht, Gas."

„Keine Sorgen nötig."

„Wie geht's deinem Kopf?

„Gut. Schmerz ganz weg."

Im Bus von Hibiya nach Kyodo nahmen Takamori und Tomoe Gaston zwischen sich und behandelten ihn wie einen Ehrengast. Über den Nachthimmel spannte sich ein bunter

Bogen aus Neonlichtern. Vor ihnen hielten sich zwei Schülerinnen im Stehen an den Lederschlaufen fest. Sie kamen, wie ihrem Gespräch zu entnehmen war, gerade aus dem Konzerthaus von Hibiya. Die Musik schien sie verzaubert zu haben, denn sie schwärmten voller Begeisterung von dem Pianisten.

Gaston schien verlegen. Er saß steif auf dem Sitz und hatte beide Hände verkrampft auf die Knie gelegt.

Takamori dachte an die Nacht, in der Gaston ihr Haus in Kyodo verlassen hatte. Es war eine Nacht wie diese gewesen, mit einer Unzahl silbern funkelnder Sterne an einem wolkenlosen Himmel. Takamori erinnerte sich lebhaft daran, wie Gaston in die Nacht davongewandert war, sich noch einmal umgedreht und ihnen zugewinkt hatte.

Takamori verstand immer noch nicht, welchen Grund Gaston für sein Weggehen gehabt hatte. Doch sein einfältiges Gesicht hatte sich aufgehellt, als er bekümmert und in stockendem Japanisch versucht hatte, ihnen seinen Entschluß zu erklären.

„Ich gehe fort!" Bei diesen Worten hatte er so viel Zufriedenheit ausgestrahlt, daß Takamori fast gegen seinen Willen gerührt war. Was hatte Gaston seit jenem Tag erlebt? Welche Abenteuer hatte er bestanden?

Takamori fragte ihn noch einmal, ob er keine Schmerzen hätte. Nachdem Gaston ihn darüber beruhigt hatte, fragte er: „Ein Stahlträger hat dich getroffen?"

„Ja." Gaston nickte eifrig, wich aber Takamoris Blick aus.

„Was hast du auf der Baustelle gemacht?"

Gaston fiel keine Antwort ein.

„Du warst mit einem professionellen Killer namens Endo zusammen, nicht, Gas?"

„Ja."

„Wir haben uns große Sorgen gemacht. Du hast Glück gehabt, daß du ihm entwischen konntest."

„Ja."

„Wußtest du, was für ein Mann Endo war, Gas?“

„Er ist kein schlechter Mann, Takamori.“

Takamori begriff, daß Gaston etwas verschwieg, daß es etwas gab, was er ihnen nicht erzählen wollte.

„Gaston, wir sind in Shibuya“, meldete sich Tomoe. „Du erinnerst dich an Shibuya, nicht wahr?“

„Oh, Shibuya!“ Gaston drückte seine bandagierte Stirn an das Busfenster und sah aufmerksam auf die hell erleuchteten Straßen, als suche er etwas. Der Himmel war von Neonlichtern überstrahlt.

„Sensei!“ murmelte Gaston.

„Sensei? Du meinst Chotei san?“

„Ja. Ist Hund san bei ihm, frage ich mich.“

„Hund san? Oh, du meinst diesen Köter.“

„Ich möchte Hund san sehen.“ Sehnsüchtig blickte er Takamori an.

9 Leuchtet, ihr Sterne!

Takamori kannte Shibuya gut, ebenso gut wie Shinjuku. Das heißt, er kannte alle Schlupflöcher. Und auch Gaston erinnerte sich nur allzu gut an diesen Ort.

Die drei stiegen aus dem Bus aus und gingen die Straße entlang, die selbst zu dieser späten Stunde noch von Menschen wimmelte. Gaston blieb häufig stehen und sah sich um, als ob er schon einmal hier gewesen wäre. Als sie ein bestimmtes Kino erreichten, stellte er sich lange schweigend davor.

„Was ist, Gas?“

Gaston hatte seit dem Verlassen des Polizeireviers kaum ein Wort gesprochen und schien sich in Gesellschaft von Takamori und Tomoe fast verlegen zu fühlen. Doch jetzt endlich taute er etwas auf und begann, ihnen die Ereignisse der Nacht zu schildern. Zum ersten Mal erfuhren sie, was sich im Hilltop-Hotel abgespielt hatte, von dem shoben-Vorfall, wie sich die Frauen von der Straße freundlich um ihn gekümmert und ihm heißes o-den gebracht hatten, und wie er in jener Nacht bei Chotei geschlafen hatte.

„Das ist eine interessante Geschichte, Gas. Sag mal, Tomoe, ich wette, du hast nicht gewußt, daß shoben auch diese andere Bedeutung hat.“

Tomoe war nur zu vertraut mit dem übermütigen Glitzern in den Augen ihres Bruders, wenn das Gespräch auf vulgäre Dinge kam. Sie schwieg und tat, als habe sie ihn nicht gehört.

„Tomoe, sogar das Wort unchi hat kürzlich noch eine zweite Bedeutung bekommen“, informierte er sie aufgekratzt. „Gaston, das solltest du auch wissen. Unchi heißt eigentlich ‚Scheiße‘, aber seit neuestem bedeutet es als Slangwort auch...“

„Hör mit diesem obszönen Gerede auf, Takamori.“

„Nein, nein. Hör zu, Gaston. Wie Konfuzius sagt: Suche heute den Weg, morgen bist zu vielleicht tot. Tomoe dürstet einfach nicht nach Wahrheit. Einer, der keine Töne unterscheiden kann, heißt onchi. Aber einer, der mehrmals durch die Führerscheinprüfung durchfällt, ist ein unchi. Un ist das Wort für ‚fahren‘ und chi bedeutet ‚Idiot‘.

Selbst nach Takamoris ausführlichen Erläuterungen hatte Gaston noch nicht begriffen, worauf er hinauswollte.

„Es gibt einen berühmten Autor von historischen Romanen – er heißt Gomi Kosuke –, der ständig durch die Fahrprüfung fällt. Also nennen seine Freunde ihn Gomi Unchi. Kapiert? Gomi heißt ‚Dreck‘. ‚Scheißdreck‘ – klingt irgendwie, als müßte man das Gesundheitsamt verständigen, nicht?“

Takamori redete, sehr zu Tomoes Widerwillen, in diesem Ton weiter, bis sie ihr Ziel erreicht hatten.

Als sie zur Bahnunterführung gelangten, sahen sie die

Kerze in der Bude des alten Wahrsagers und wußten, daß er auch heute wieder auf Geschäfte hoffte.

„Gas, sollen wir den alten Mann überraschen?"

Auf Takamoris Vorschlag hin entfernte sich Gaston von den beiden anderen und versteckte sich im Schatten einer Telefonzelle.

Chotei hatte die Hände in den Schoß gelegt und betrachtete versunken die Kerzenflamme. „Oh, Sie sind es", rief er, als er sie erkannte. Er schien glücklich, sie zu sehen.

„Sensei, heute wollen wir uns die Zukunft vorhersagen lassen."

„Ich fürchte, auf meine Prophezeiungen können Sie sich nicht sehr verlassen... Ist es eine Herzensangelegenheit?" Er verstummte, weil er ahnte, daß sie etwas im Schilde führten. „Sie haben Gaston gefunden! Aber ich habe schlechte Nachrichten für ihn. Heute hat ein Hundefänger seinen Hund erwischt. Es tut mir leid, daß ich ihn enttäuscht habe." Chotei sprach, als sei er selbst dafür verantwortlich.

Seit der Nacht, in der Gaston verschwunden war, hatte sich der Hund dem alten Mann angeschlossen. Während des Tages hatte er vor den Bars gelegen, und die Kellnerinnen hatten ihn mit Reisresten und Fischschwänzen gefüttert. Nachts, wenn Chotei zur Arbeit ging, war er hinter ihm hergehumpelt.

„Alter Mann, ist das dein Hund?" riefen ihm die Kunden in den Bars hinterher, wenn sie Napoleon sahen. „Er besteht ja nur aus Haut und Knochen."

„Nein, das ist nicht mein Hund", antwortete Chotei. „Ein Ausländer hat ihn mir für einige Zeit überlassen."

„Der Hund eines Ausländers? Was für ein struppiges Vieh! Der pfeift ja wirklich auf dem letzten Loch."

Dann war er einem Hundefänger in die Hände gefallen. Es war gerade erst an diesem Abend geschehen, während Chotei in seinem Zimmer hakama und haori anlegte, bevor er zur Arbeit aufbrach. Durch einen Spalt im Glas seines zersprungenen Fensters hörte er die Kellnerinnen auf der Straße Alarm schlagen. Er blickte hinaus und sah, wie der Hundefänger Napoleon an einem Seil, das er ihm um den Hals gebunden hatte, hinter sich herzerrte. Napoleon leistete Widerstand und versuchte sich zu befreien, aber ohne Erfolg. Er wurde zu den anderen bellenden Hunden in einen Käfig gesperrt.

„Schande! Lassen Sie ihn raus! Der Kerl hat kein Herz!" Die Kellnerinnen schleuderten dem Hundefänger Verwünschungen und Beleidigungen hinterher, aber der Mann machte sich nicht einmal die Mühe zu antworten, sondern verriegelte in aller Ruhe die Käfigtür. Chotei rannte die Treppe hinunter und redete mit zitternder Stimme auf den Mann ein.

„Alter Mann, es ist gegen das Gesetz, solche Straßenköter frei herumlaufen zu lassen. Sehen Sie, er hat nicht einmal eine Hundemarke." Der Hundefänger ließ die Einwände des Alten an sich abprallen.

Takamori und Tomoe, die sich Choteis freudige Überraschung schon ausgemalt hatten, hörten sich seinen Bericht niedergeschlagen an. Gaston, der aus seinem Versteck alles mit angehört hatte, kam hervor. Er war den Tränen nahe. Die anderen konnten ihm nicht ins Gesicht sehen.

„Napoleon san, Hund san", klagte Gaston herzzerreißend. „Armer Napoleon."

„Wir sollten die Hoffnung noch nicht aufgeben, Gas. Sie behalten die Hunde mindestens drei Tage. Vielleicht können wir ihn noch retten."

„Wo? Wo?"

Als Chotei ihm erzählte, wo die Hunde vermutlich gefangengehalten wurden, verkündete Gaston: „Ich gehe dahin. Jetzt." Er sah sie bittend an, wie ein Kind, das vor strengen Erwachsenen steht.

Schließlich überredeten die anderen ihn, bis zum folgenden Tag zu warten, aber Gaston war blaß und leblos wie eine Ackerwinde zur Mittagszeit. Takamori war nie auf den Gedanken gekommen, daß der Hund ihm soviel bedeutete.

„Wir kommen mit", sagte Tomoe. Sogar sie schien ihn unbedingt trösten zu wollen.

Es war ungefähr elf Uhr, als Takamori und Tomoe Gaston endlich nach Hause zurückbrachten. Nach der enthusiastischen Begrüßung durch Shizu und Matchan hätte man meinen können, er sei der lang entbehrte Sohn des Hauses, der die Sommerferien bei seiner Familie verbringt. Sie ließen ihm ein Bad ein und bereiteten ihm eine leichte Mahlzeit. Im oberen Stockwerk waren frische Leintücher und weiche Decken zurechtgelegt worden. Es schien eine Ewigkeit her zu sein, seit er in einem warmen Bett geschlafen hatte. In der Nacht, die er in Choteis Zimmer verbracht hatte, und auch später im Gasthaus von Sanya hatte er sich nur auf der Bodenmatte ausgestreckt, ohne die Kleider auszuziehen.

Sein angespanntes Lächeln, zu dem er sich Shizu und Matchan gegenüber zwang, zeigte Takamori und Tomoe, daß er die Trauer über den Verlust von Napoleon vor ihnen zu verbergen trachtete.

In dieser Nacht legte Takamori sein Bettzeug neben das von Gaston. Als er mitten in der Nacht einmal aufwachte, sah er, daß Gaston im Kimono am Fenster stand und in den Nachthimmel blickte.

„Gas san."

„Ja."

Auch Takamori stand auf und zündete sich eine Zigarette an. Ihre Spitze glühte im Dunkeln. Alles war still. Takamori wußte, daß Gaston an Napoleon dachte, deshalb umging er dieses Thema bewußt.

„Die Sterne sind sehr schön, nicht, Gas?"

„Ja."

„Du siehst sie dir wirklich gerne an, nicht?"

„Ja."

Sterneninseln leuchteten am schwarzen Nachthimmel. Takamori war noch nie einem so einfachen und reinen Menschen wie Gaston begegnet. So wie die Sterne sich tapfer bemühten, mit ihren winzigen Lichtern den Nachthimmel zu erhellen, so tat dieser Ausländer sein Äußerstes, den Menschen durch die Reinheit seines Herzens Stärke zu geben. Während er Gaston ansah, der die Augen auf das helle Band der Milchstraße geheftet hatte, wurde Takamori plötzlich an das Märchen vom Bambusschneider[10] erinnert.

Prinzessin Kaguya war angeblich vom Mond zur Erde verbannt worden. War nicht vielleicht auch Gaston von den Sternen herabgestiegen? Würde er eines Tages dorthin zurückkehren? Takamori erschien in seiner gegenwärtigen Stimmung alles möglich.

„Gehen wir wieder ins Bett. Ich verspreche dir, daß wir Napoleon morgen finden werden."

Am nächsten Tag mußte sich Takamori zur üblichen Zeit in der Bank einfinden, aber Tomoe erhielt von ihrem Chef, Signor Disanto, die Erlaubnis, später zu kommen.

Gaston war etwas munterer als am Abend zuvor, so als regte sich in ihm schon die Vorfreude auf das Wiedersehen mit Napoleon. Vom frühen Morgen an strahlte sein Pferdegesicht vor Fröhlichkeit.

Tomoe und Gaston nahmen den Bus in den Stadtteil, in den der Hundefänger nach Choteis Vermutung Napoleon gebracht hatte. Es war ein fast hochsommerlich heißer Tag.

10 In diesem alten japanischen Märchen wird Prinzessin Kaguya wegen eines Vergehens vom Mond verbannt und lebt als Adoptivtochter eines armen Bambusschneiders und seiner Frau, denen sie eine glückliche Zeit beschert. Als ihre Schuld getilgt ist, kehrt sie wieder zum Mond zurück.

Als sie ausgestiegen waren, standen sie vor einem schmutzigschwarzen Fluß, an dessen beiden Ufern Häuser wie Streichholzschachteln aneinander lehnten, deren Dächer jeden Moment einzustürzen drohten.

Sie hielten an einer Polizeistation, um sich nach dem Weg zum Hundezwinger zu erkundigen. Ein Polizist schob sich hinter einer Tür hervor und rieb sich mit einem Handtuch die schweißnassen Haare trocken. Auf seiner Stirn hatte der Mützenrand einen roten Abdruck hinterlassen.

„Sehen Sie den Schornstein dort drüben? Der Hundezwinger ist direkt darunter."

Tomoe konnte sich zwar nicht vorstellen, wozu ein Hundezwinger einen so hohen Schornstein brauchte, dennoch überquerten sie und Gaston den schlammigen Fluß und schlugen die Richtung ein, die man ihnen gewiesen hatte. In diesem Teil der Stadt gab es viele Fabriken. Abgesehen von dem Eisverkäufer, der mit klingelnder Glocke an ihnen vorüberfuhr, war kein Mensch unterwegs. Sie bogen um eine Ecke, und plötzlich schlug ihnen ein eigenartiger Gestank entgegen. Es war, als würde ihnen ein mit billigem Parfüm getränktes Taschentuch ans Gesicht gedrückt.

„Kann das der Geruch von Hunden sein?"

Es roch eigentlich mehr nach einer Chemieanlage. Tomoe erinnerte es an den unangenehmen Gestank der Maden, die Takamori manchmal als Köder zum Fischen benutzte.

In diesem Augenblick fuhr ein Lastwagen an ihnen vorbei. Er hatte einen großen Käfig geladen, aus dem vier oder fünf jämmerlich bellende Hunde ihre Köpfe reckten.

„Oh! Hund san!" Gaston vergaß Tomoe und begann, mit ungelenken Sprüngen hinter dem Lastwagen herzulaufen. Schnell war er von einer gelben Staubwolke eingehüllt. Tomoe sah ihn am Ende der langen Mauer, die den Hundezwinger umschloß, verschwinden.

Gastons verzweifelte Verfolgung des Hundefängers kam Tomoe, die Tiere nicht besonders mochte, lächerlich vor.

Kindisch, dachte sie. Ist er wirklich so verrückt nach Hunden? Die Mauer um den Hundezwinger war länger, als sie gedacht hatte. Auf der anderen Seite der Mauer entdeckte sie den hoch aufragenden Schornstein, den sie von weitem gesehen hatten. Als sie schließlich das steinerne Tor erreichte, das in das Gelände führte, traf sie auf Gaston, der mit einem jungen Mann im weißen Labormantel debattierte.

„Es hat keinen Sinn", wandte sich Gaston an Tomoe, als er sie erblickte. „Napoleon san hat keine Bescheinigung." Er klang deprimiert.

„Bescheinigung?"

„Eine Bescheinigung vom Verwaltungsbezirk", klärte der junge Mann im Kittel sie auf, „die beweist, daß Sie der Hundehalter sind."

„Kann man das nicht irgendwie umgehen?" fragte Tomoe mit ihrer süßesten Stimme.

„Sie bringen mich in eine schwierige Lage." Der junge Mann verzog das Gesicht. „Erinnern Sie sich an die Nummer seiner Hundemarke?"

„Hundemarke?" Wie sollte ein Straßenköter wie Napoleon eine Hundemarke haben? Oder beim Bezirk registriert sein? Tomoe war ratlos. „Er hat keine Hundemarke, aber da dieser Ausländer sich seiner angenommen hat..."

„Tut mir leid. Wenn er keine Hundemarke hat, kann ich nichts für Sie tun."

„Gibt es gar keine Möglichkeit?"

Vielleicht hatte Gastons Gesicht, das so eingefallen war wie eine welkende Blume an einem heißen Sommertag, bei dem jungen Mann Mitleid erweckt – er gab ihrem Bitten schließlich nach.

„Gut, ausnahmsweise... Kommen Sie herein. Ich muß Sie allerdings warnen, daß der Hund, den Sie suchen, wahrscheinlich schon beseitigt worden ist. Streunende Hunde werden anders behandelt als Hunde mit einem Besitzer. Gewöhnlich vernichten wir sie noch am gleichen Tag."

Innerhalb der Mauern stand zu ihrer Rechten ein kleines Bürogebäude. An den Schreibtischen saßen einige junge Männer, die ebenfalls weiße Laborkittel trugen.

Der Mann führte sie über den Hof. Die Hundefänger, die mit ihrer neuen Ladung gerade eingetroffen waren, hockten mit entblößtem Oberkörper neben einem Wasserhahn und wuschen sich Arme und Beine. Sie starrten Tomoe und Gaston mißtrauisch an. Der ganze Hof war von dem durchdringenden Geruch erfüllt, den sie schon vorher bemerkt hatten.

„Was in aller Welt ist das für ein Geruch?“ fragte Tomoe.

„Man gewöhnt sich daran. So riechen die Chemikalien der Gerbereien in der Nachbarschaft. Es gibt zwei oder drei solcher Fabriken, die das Fell der Hunde, die wir töten, weiterverarbeiten.“ Er deutete auf den hohen Schornstein.

Sie waren jetzt nahe genug, um den ohrenbetäubenden Chor bellender Hunde zu vernehmen. Klagendes, wütendes, jämmerliches Gebell – hätten die Hunde sprechen können, hätten sie alle Arten von Kummer und Groll in Worte gefaßt.

Es gab weiße Hunde, schwarze Hunde, gefleckte Hunde, große Hunde, schlafende Hunde. Als ihr Führer die Tür zur Halle mit den Käfigen aufschloß, schlossen sich Dutzende von Hunde, aufgestört von dem ungewohnten Licht, dem Gebell an.

Gaston und Tomoe folgten ihrem Führer in die Halle und waren überwältigt von der Not der gefangenen Tiere. Sie warfen sich gegen den Maschendraht ihrer Käfige, wedelten aufgeregt mit den Schwänzen, und jeder schien zu sagen: „Ich bin es! Ich bin es! Bitte helft mir!“

Hunde erkennen instinktiv, wer sie gerne hat. Als Gaston an die Käfige trat, drängelten sich die Hunde nach vorne, um ihm möglichst nahe zu sein, und schienen sich unbändig über seine Anwesenheit zu freuen. Ihre Schwänze wedelten so ungestüm, daß man Angst bekommen konnte, sie würden abfallen.

„Er muß Hunde wirklich gern haben", bemerkte der junge Mann bewundernd zu Tomoe.

Gaston steckte die Finger durch den Maschendraht und begrüßte jeden Hund einzeln mit leisen Worten und sanftem Streicheln. Doch als er an eine Ecke des Raumes kam, blieb er wie angewurzelt stehen. Vor ihm auf einer Strohmatte lagen zwei Hunde, deren Körper im Tod erstarrt waren. Einer von ihnen war Napoleon.

Die Nachmittagssonne sandte ihre Strahlen durch die Ritzen in der Bretterwand. Einige Strahlen fielen genau auf die Köpfe der beiden reglosen Tiere. Sie waren vermutlich schon seit mehreren Stunden tot. Napoleons magerer Körper lag auf der Seite, und die Vorderbeine waren angezogen, als würde er schwimmen. Auf seinem Unterkiefer klebte noch schaumiger Speichel, was darauf schließen ließ, daß er unter Schmerzen gestorben war.

Gaston ließ sich neben ihm nieder. Er bedeckte das Gesicht mit den Händen und bewegte sich nicht. Tomoe sah auf seine Schultern hinab und fühlte sich völlig hilflos. Sie konnte nichts tun. Fliegen summten um Napoleons graues Fell.

„Wir sind zu spät dran", seufzte der junge Mann. „Wenn Sie nur ein paar Stunden früher gekommen wären, hätten Sie vielleicht noch Glück gehabt."

„Aber er scheint nicht gelitten zu haben." Tomoe erwartete nicht, daß ihre Worte Gaston trösten würden, aber sie mußte sie aussprechen, wenn auch nur zu ihrer eigenen Beruhigung.

„Ja, weil wir ihnen Spritzen geben. Es ist nicht mehr wie früher", unterrichtete sie der junge Mann.

„Also leiden die Hunde nicht..."

Die Hunde in den Käfigen spürten, daß etwas nicht in

Ordnung war. Sie bellten nicht mehr, sondern sahen die Menschen mit verhangenen Blicken an.

Gaston blieb lange Zeit dort sitzen. Eine Fliege flog von Napoleon zu Gaston und setzte sich neben dessen Ohr, aber er unternahm nichts, um sie zu verscheuchen.

„Wir sollten jetzt gehen", sagte Tomoe schließlich und legte die Hand auf Gastons Schulter. Daraufhin stand er auf, aber er bewegte sich so, als sei alles Leben aus ihm gewichen.

Die Nachmittagssonne stand schon schräg, als Gaston und Tomoe den Hundezwinger verließen. Beiden kam die Strecke vom Eingangstor zur Hauptstraße endlos vor. Der Eismann, der sie auf dem Hinweg überholt hatte, kam ihnen entgegen. Er warf ihnen im Vorbeifahren prüfende Blicke zu.

„Gaston, sollen wir einen anderen Hund suchen, der Napoleons Platz einnehmen kann?" fragte Tomoe vorsichtig. Aber Gaston schüttelte nur matt den Kopf.

„Sie dürfen es nicht so schwernehmen, Gaston. Wir könnten doch heute abend Takamori einladen und ausgehen und ein bißchen feiern."

„Tomoe san, ich..." Gaston verstummte, stützte sich mit einer Hand an der Mauer ab und fuhr leise fort: „Heute abend fahre ich weg."

„Wegfahren? Wohin denn?"

„Nach Norden." Sein langes Gesicht war verzerrt. Krampfhaft versuchte er, die Tränen zurückzuhalten, die in ihm aufstiegen.

„Nach Norden? Das verstehe ich nicht."

„Zu Endo."

„Endo?" stieß Tomoe verblüfft aus. „Sie meinen doch nicht den Endo?"

Gaston schwieg.

„Nicht diesen Endo, oder, Gaston? Das kann doch nicht wahr sein!"

„Ich fahre", wiederholte Gaston ruhig. „Heute abend."

Die Dämmerung sank schon nieder, als sie die kleine Allee erreicht hatten, die Ichigaya und Yotsuya verbindet. Der Abenddunst ließ die grünen Blätter der Bäume noch dunkler erscheinen. Außer zwei Jungen, die in einer Ecke des Parks Fangen spielten, trafen sie niemanden.

Tomoe konnte Gastons plötzlichen Entschluß, Tokio zu verlassen, und dazu mit einem solchen Ziel, immer noch nicht begreifen. Mit der ganzen Autorität einer älteren Schwester, die einen jüngeren Bruder zur Vernunft bringen will, versuchte sie, Gaston sein Vorhaben auszureden. Sie hatte sich sogar den Rest des Tages freigenommen, obwohl sie ursprünglich versprochen hatte, sich nach der Mittagspause im Büro einzufinden. Seit drei Stunden versuchte sie nun schon, ihn auf ihre Seite zu ziehen. Zuerst im Zug nach Yotsuya, wo sie eigentlich in die U-Bahn zur Ginza hatten umsteigen wollen. Doch da Gaston immer noch nicht nachgegeben hatte, waren sie statt dessen dem Wassergraben in Richtung Ichigaya gefolgt.

„Dann gibt es nichts mehr, womit ich Sie umstimmen könnte?“

„Nein. Ich fahre, Tomoe san.“

Was Tomoe nicht wußte, war, daß Gaston beim ersten Anblick des Kadavers von Napoleon auf der Matte plötzlich Endos Gesicht vor Augen gehabt hatte.

Er hatte selbst nicht verstanden, warum das Bild des toten Hundes unvermittelt vom Gesicht des Killers überlagert worden war. Weil der Kadaver sich in seiner Phantasie mit dem Mann verknüpft hatte, den Endo umbringen wollte? Oder weil Napoleons starre, leblose Augen ihn an jenen mitleiderregenden jungen Mann erinnerten, der sich auf den regennassen Straßen von Sanya vor Husten gekrümmt hatte?

Das jämmerliche Gebell der Hunde im Zwinger mochte ihm suggeriert haben, daß auch Endo schließlich so enden würde, als Schlachtopfer. Nur zu bald konnte Endo wie jetzt Napoleon als Leichnam den Blicken der Menschen ausgesetzt sein. Gaston hatte versucht, all das Tomoe zu erklären, aber sein Japanisch war einfach nicht gut genug.

„Dann sind Sie fest entschlossen zu fahren?"

„Ja. Endo san ist mein Freund, wie Napoleon."

„Wissen Sie, was das für ein Mann ist, Gaston?"

„Ja."

„Das glaube ich nicht. Haben Sie eine Ahnung, was er Ihnen antun könnte? Haben Sie keine Angst?"

„Doch. Ich habe Angst."

Tomoe hob ratlos die Hände und sah ihren großen Begleiter noch einmal aufmerksam an. Er war noch begriffsstutziger, als sie angenommen hatte. Nur ein kompletter Idiot würde die Logik ihrer Argumentation nicht verstehen. Selbst ein Dreijähriger wäre ihr zugänglicher.

„Hallo, werfen Sie uns bitte den Ball her?" rief einer aus einer Gruppe spielender Jungen ihnen aus einiger Entfernung zu. Gaston erspähte den Ball nahe bei sich, hob ihn auf und warf ihn den Jungen fröhlich zu.

„Die Kinder haben viel Spaß."

„Wir reden nicht von den Kindern. Ich fragte, ob Sie keine Angst haben."

„Angst?" erwiderte Gaston. „Ja, ich habe Angst."

„Wenn Sie Angst haben, warum fahren Sie dann, Gaston?"

Schließlich war es Tomoe, die, ohne nachzudenken, aussprach, was sie die ganze Zeit über schon gedacht hatte: „Sie sind ein richtiger Narr, nicht wahr?"

Narr! Von dem Moment an, als sie ihm im übelriechenden Bauch der *Vietnam* zum ersten Mal begegnet war, hatte sie sich häufig gefragt, ob er nicht ein Träumer, ein Idiot sei. Sein Gesicht, seine linkischen Bewegungen, seine Kleidung, alles erregte bei Tomoe nur Mitleid und Verachtung.

Sie gab zu, daß ihr Bruder zu Recht behauptete, er habe ein gutes Herz, ein Herz, wie man es heute nur noch selten findet. Man konnte ihn sogar einen Heiligen nennen oder, wenn das übertrieben klang, wenigstens einen außerordentlich gutmütigen Mann.

Aber wenn man in der heutigen pragmatischen Welt, in der jeder den anderen übervorteilt, ein Heiliger oder ein zu gutherziger Mensch ist, dann bedeutet das doch, daß man ein Dummkopf ist, oder nicht? Für ein junges Mädchen wie Tomoe jedenfalls war Gaston in keiner Weise attraktiv. Er war bloß ein riesiger, träger, nutzloser Baum. Ja, ein großer nutzloser Baum. Dieser Baum stand jetzt vor ihr und starrte mit leerem Blick die spielenden Kinder an. Weit hinten am Himmel färbten sich einige Wolken von der untergehenden Sonne rosarot. Von Tomoes Standort aus konnte man sehen, wie die Züge, die am Bahnhof von Yotsuya Trauben von Berufstätigen aufgenommen hatten, langsam ihre Fahrt beschleunigten.

Dieser Mann hat absolut keinen gesunden Menschenverstand, dachte Tomoe. Merkt er überhaupt, daß Endo zu allem entschlossen ist? Die Polizei mag in zwar gerade nicht suchen, aber sie beobachtet ihn, weil er gefährlich ist. Weiß Gaston, worauf er sich einläßt, wenn er sich so unbekümmert auf die Suche nach diesem Killer macht? Wenn er es wüßte, wäre er zu angespannt, um hier zu stehen und mit einem albernen Lächeln auf seinem Pferdegesicht die Kinder zu beobachten.

„Hören Sie, Gaston…"

„Ja."

Noch ein letztes Mal mußte Tomoe die Frage stellen, die sie schon so oft gestellt hatte. Sie sprach wie eine Mutter zu einem etwas zurückgebliebenen Kind.

„Sie wollen das wirklich durchführen?"

„Ja."

„Wissen Sie überhaupt, wo Sie Endo finden können?"

Gaston nickte. Er zog einen Zettel aus der Tasche und zeigte mit seinem langen Zeigefinger auf eine mit Bleistift geschriebene Adresse: Herr Kobayashi, Yamagata, Präfektur Yamagata.

„Wo haben Sie das her?"

Gaston fiel keine Antwort ein, und er sah verlegen vor sich nieder. Tatsächlich war der Zettel in der Tasche von Endos Regenmantel gewesen, zusammen mit der Pistole, die Gaston an sich genommen hatte. Es war derselbe Zettel, den der Fahrer Endo auf dem Weg von Sanya in die Ginza gereicht hatte.

„Dann wohnt Endo bei diesem Kobayashi in Yamagata?"

Gaston zuckte die Achseln. Aber er konnte Tomoe nicht verraten, was sich auf der Baustelle ereignet hatte.

„Das erzähle ich der Polizei!"

„Non. Non. Das dürfen Sie nicht." Verzweifelt griff Gaston nach dem Zettel. „Endo wird nichts Schlechtes tun."

Darauf hatte Tomoe keine Antwort. Schließlich hatte sogar die Polizei in Marunouchi angedeutet, daß es derzeit keinen Grund gab, Endo festzunehmen.

„Tomoe san. Wo finde ich einen Zug nach Yamagata?"

„In Ueno", erwiderte Tomoe, aber sie fügte gleich hinzu: „Das ist kein Scherz, Gaston... Ich werde Takamori anrufen und ihn bitten, Sie zur Vernunft zu bringen."

Mit einem Auge auf Gaston, der draußen vor der Telefonzelle stand, rief Tomoe Takamoris Bank an und flötete, so sanft sie konnte: „Hier ist Takamori Higakis Schwester..."

Bevor sie weitersprechen konnte, antwortete die Frau am anderen Ende der Leitung ebenso liebenswürdig: „Einen Augenblick bitte. Ich rufe ihn." Kurze Zeit später kam sie zurück und berichtete Tomoe, Herr Higaki habe vor zehn Minuten die Bank verlassen. Tomoe rief zu Hause an, aber er war natürlich noch nicht angekommen.

„Was soll ich jetzt tun? Er hat schon Feierabend."

Gaston stocherte mit seinen Schuhspitzen in der Erde

herum und ließ den Kopf hängen. „Schade, daß ich Takamori nicht noch einmal sehe, bevor ich fahre.“

„Warum kommen Sie dann nicht mit mir nach Hause zurück, wenigstens bis morgen? Wie wäre das?“ Tomoe bemühte sich mit allen Kräften um seine Zustimmung. „Sie können sich in Ruhe mit Takamori unterhalten, und wenn Sie dann immer noch nach Yamagata fahren wollen, können Sie das ja tun, wenn Sie ausgeschlafen haben.“

„Nein, das ist nicht gut.“

„Warum ist das nicht gut?“

„Weil ich schnell dorthin kommen muß.“

Gaston wollte auch nicht einen Tag länger warten, weil er befürchtete, Endo könnte sonst Kobayashi vor ihm finden.

Es war Abend. Die Kinder im Park banden ihre Spielgeräte auf den Gepäckträgern ihrer Fahrräder fest und fuhren los. Die rosaroten Wolken waren zu graublauen Flecken verblaßt.

„Essen wir wenigstens noch etwas.“

Während sie weiter am Graben entlanggingen und den Bahnhof von Yotsuya hinter sich ließen, überlegte Tomoe, daß sie offenbar nichts mehr unternehmen konnte, um seine Meinung zu ändern. Wenn er so stur ist, dachte sie, dann soll er doch machen, was er will. Ich habe genug von ihm. Ich kann nicht meine ganze Zeit diesem starrsinnigen Träumer opfern. Genau das ist er! Ein absoluter Schwachkopf. Er kann sicher nicht mal zwei und zwei zusammenzählen.

Sie saßen sich schweigend in einem Restaurant in Yotsuya gegenüber. Tomoe war zu müde und zu deprimiert, um zu reden, und führte mechanisch ihre Gabel zum Mund. Gaston wich nicht von seinen gewöhnlichen Tischmanieren ab und schaufelte sich das Essen in den Nilpferdmund.

„Gaston, hören Sie…“

„Ja." Doch Gastons Mund war voller Makkaroni, und sein „Ja" klang mehr wie das Muhen einer Kuh.

„Ich wollte Sie das schon lange fragen... Warum sind Sie nach Japan gekommen?"

Seine Kiefer mahlten unablässig und seine einsilbige Antwort war kaum vernehmbar.

„Ich weiß, es ist unhöflich, daß ich frage."

„Nein, nicht unhöflich."

„Warum sagen Sie es mir dann nicht? Ich bin schon seit Ihrer Ankunft neugierig."

Aus welchem Grund war er nur nach Japan gekommen? Von Anfang an hatte diese Frage Bruder und Schwester Rätsel aufgegeben. Geschäfte? Handel? Unmöglich! Er sah aus wie ein Landstreicher und besaß weder die Geistesgegenwart noch die Gerissenheit, um mit Kunden umzugehen.

War er als Tourist gekommen? Der Tourismus war in Japan inzwischen ein wichtiger Industriezweig geworden. Aber Gaston hatte sich weder für Nikko, Kyoto oder Nara interessiert, noch hatte er jemals den Fujiyama oder Geishas erwähnt, wonach die anderen Ausländer gewöhnlich fieberten.

Hatte er vor, über Japan zu berichten? Aber in seinem schläfrigen Gesicht war keine Spur der scharfsinnigen Urteilskraft zu finden, die einen Journalisten auszeichnen sollte.

„Warum, Gaston?" drängte sie dreist. „Warum sind Sie nach Japan gekommen?"

Gaston nuschelte mit vollem Mund Unverständliches. Er blinzelte unentwegt, während seine Kiefer stetig mahlten. Aber kein Wort als Antwort auf Tomoes Frage.

Er verheimlicht mir etwas, folgerte Tomoe. Sie war plötzlich sehr mißtrauisch. Warum macht er immer einen großen Bogen um dieses Thema? Sie hörte auf zu essen und blickte ihn eine Weile eindringlich an. In ihr regte sich ein Gefühl, das weder reines Mißtrauen noch reine Neugier war. Was in aller Welt war dieser Bursche? Hatte er die normalen Empfindungen eines Mannes? War er zum Beispiel je verliebt gewesen? Hatte er jemals Leidenschaft für jemanden empfunden?

„Gaston, haben Sie eine Freundin?“

„Freundin?“

„Ja, ein Mädchen, das Sie lieben.“

Gaston hob das Gesicht vom Teller und rief: „Ich liebe Sie doch, Tomoe.“

Tomoe schloß die Augen und zog eine Grimasse. Natürlich war ihr sofort klar, daß Gaston die genaue Bedeutung des japanischen Wortes für ‚lieben‘ nicht kannte. Dennoch errötete sie wider Willen.

„So habe ich das nicht gemeint, Gaston.“

„Aber ich liebe Sie wirklich.“

„Danke, Gaston. Aber Sie und ich sind nicht gerade ein Liebespaar.“ Sie wurde noch ernster. „Wir sind kein Liebespaar“, wiederholte sie. Dann ging ihr auf, daß sie viel zu laut gesprochen hatte, und sie wurde noch verlegener. Dennoch sah sie in diesem Augenblick Gaston, den sie vorher nie als Angehörigen des anderen Geschlechts betrachtet hatte, zum ersten Mal als Mann.

Es war nicht zu erkennen, ob Gaston Tomoes Bestürzung bemerkte, während er sie anlächelte.

Ihre Nasenspitze fuhr in die Höhe, und sie wandte das Gesicht ab. Was für eine Beleidigung! Dieser Mann und ich – verliebt!

Nach dem Essen stand Gaston auf und nahm die Rechnung. „Ich regle das“, sagte Tomoe hastig. „Das ist meine Sache.“

„Nein, Tomoe san, ich bezahle.“

Da Tomoe wußte, wie wenig Geld Gaston bei sich trug, hatte sie natürlich nicht vor, ihn die Rechnung bezahlen zu lassen, denn schließlich hatte sie ihn zum Essen eingeladen.

„Sie sind ein Reisender, Gaston. Sie müssen Ihr Geld zusammenhalten", sagte sie und versuchte, beiläufig zu klingen.

„Ich brauche kein Geld", sagte Gaston sanft. Er schwieg einen Augenblick und bekundete dann entschlossen: „Ich möchte Sie zum Essen einladen."

Tomoe hatte aus dem vorangegangenen Gespräch gelernt, wie unbeugsam er sein konnte, wenn er eine Entscheidung getroffen hatte. Sie diskutierte nicht weiter mit ihm.

Als sie aus dem Restaurant traten, waren die gelben Straßenlaternen in Yotsuya schon eingeschaltet. In den Fenstern der Sophia-Universität, die sich wie ein riesiges Schiff über ihnen erhob, schimmerte helles Licht. Die Glocken der St.-Ignatius-Kirche schlugen achtmal. Nächtliches Dunkel hatte sich über die Umgebung gelegt.

„Auf Wiedersehen", sagte Gaston, der vor dem Restaurant stehengeblieben war und Tomoe seine Hand hinhielt. „Auf Wiedersehen, Tomoe san."

„Auf Wiedersehen? Wohin gehen Sie? Das kann nicht Ihr Ernst sein."

„Doch, ich gehe."

„Gaston!"

Aber Gaston schüttelte traurig den Kopf.

„Tun Sie's nicht, Gaston!"

Die Leute auf der Straße sahen sich nach ihnen um und warfen ihnen erstaunte Blicke zu. Aber Tomoe war es jetzt gleichgültig, was die Leute dachten. Sie packte ihn erregt am Mantel und versuchte ihn zurückzuhalten. „Gehen Sie nicht, Gaston. Sie wissen ja nicht. Sie wissen wirklich nicht..."

„Ich weiß", antwortete er leise. „Ich weiß."

„Was wissen Sie?"

„Ich weiß, daß das Leben sehr schwierig ist. Tomoe, ich bin ein Schwächling. Deshalb muß ich mein ganzes Leben lang vorsichtig sein. Es ist ein Problem."

Ein, zwei, drei silberne Tränen flossen aus seinen verhangenen Augen. Es war, als weine ein Pferd.

„Auf Wiedersehen, Tomoe san. Ich liebe Sie wirklich." Er drehte sich um und ging davon. Die Ampel wurde grün, und er überquerte die Kreuzung. Bald war seine mächtige Gestalt in der Menge nur noch schwer auszumachen.

„Tomoe, du erkennst einen richtigen Mann nicht." Takamoris Worte kamen ihr plötzlich in den Sinn, und sie hallten lauter in ihrem Kopf als die Glocken von St. Ignatius.

Einer plötzlichen Eingebung folgend lief sie ihm nach.

Der belebte Bahnhof von Ueno. Lange Menschenschlangen warteten an den Schaltern. Über Lautsprecher verkündete eine melancholische Stimme die Abfahrtszeiten: „Abfahrt des Zuges nach Takasaki um 20 Uhr 26 von Bahnsteig 14. Nach Takasaki auf Bahnsteig 14."

In einer Telefonzelle versuchte Tomoe verzweifelt zu erfahren, wo sich ihr Bruder aufhielt. Wo zum Teufel trieb er sich schon wieder herum? Er war immer noch nicht zu Hause. Sie hatte bei Freunden und Bekannten angerufen, aber erfolglos. Sie verließ die Telefonzelle.

„Sinnlos. Ich finde ihn nicht." Sie klang völlig entmutigt.

„Schade, daß ich Takamori san nicht sprechen kann", sagte Gaston. Auch er klang enttäuscht.

„Dann wollen Sie immer noch fahren?" Obwohl sie wußte, daß die Frage zu nichts führte, mußte sie sie stellen. Hinter der Absperrung wurde der Zug zum Tohoku-Distrikt zusammengestellt. Schon eilten Menschen zum Durchgang, und andere kamen hastig aus den Wartesälen oder hinter Säulen hervor, mit Koffern und Reisetaschen in der Hand.

„Müssen Sie unbedingt fahren?"

Gaston lächelte und legte ihr als tröstende Geste seine große Hand auf die Schulter. Sie fühlte die Wärme seiner Handfläche durch den Stoff.

„Bitte fahren Sie nicht!"

„Schon gut. Kein Grund zur Sorge." Gaston lächelte, als sei nicht er der Grund ihres Kummers.

„Ich verstehe es einfach nicht."

„Was verstehen Sie nicht?"

„Ich verstehe Sie nicht." In Tomoes Stimme schwang eine leichte Verärgerung mit. Gaston, der bisher nichts anderes als der Gegenstand ihrer Geringschätzung und Herablassung gewesen war, schien sich plötzlich in einen Mann von außerordentlicher Macht verwandelt zu haben. Da sie Männer insgeheim immer verachtet hatte, war dies völlig neu für sie.

„Ich bin ein Träumer... ein Schwächling!" Er tippte sich selbstironisch an den Kopf, um sie zum Lachen zu bringen. Aber da diese Geste genau das Bild reflektierte, das sie bis vor kurzem von ihm gehabt hatte, traf sie die unbewußte Ironie mitten ins Herz. Sie wurde rot und schlug die Augen nieder.

Vom Zug ertönte ein Pfeifen. „Der Zug nach Aomori über Fukushima, Yonezawa, Yamagata und Akita ist jetzt für Reisende geöffnet. Begeben Sie sich zum Bahnsteig 12."

„Es ist soweit, Gaston", sagte Tomoe kaum hörbar.

„Auf Wiedersehen." Er nahm ihre Hand und schüttelte sie herzlich.

„Auf Wiedersehen, Tomoe san. Ich liebe Sie wirklich."

Er drehte sich um und reihte sich in die Menschen ein, die zur Absperrung strömten. Tomoe konnte ihre Augen nicht von der immer kleiner werdenden Gestalt abwenden. Der schlecht sitzende Anzug, sein schlenkernder Gang, der ihn immer wieder die kleineren Japaner anrempeln ließ...

„Du erkennst nicht mal einen richtigen Mann..." Wieder kamen ihr die Worte ihres Bruders in den Sinn. Ein Gefühl von Einsamkeit und Bedauern überfiel sie, in das sich noch etwas anderes mischte.

„Halt!" Sie rannte ihm durch die Menge hinterher. „Warten Sie, Gaston, warten Sie!"

Reisende stießen mit ihren Koffern gegen sie, aber sie achtete nicht darauf. Es störte sie nicht einmal, daß sie ihr empört hinterher blickten.

„Gaston!“ Aber als sie ihn endlich erreicht hatte und sah, wie erstaunt er war, daß sie ihn so verfolgt hatte, war ihr Kopf wie leergefegt. Als sie sich wieder gefaßt hatte, brachte sie gerade noch heraus: „Wir warten auf Sie, wenn Sie zurückkommen. Ich hatte vergessen, Ihnen das zu sagen.“

„Danke.“ Gaston nahm ihre Worte mit einer Verbeugung entgegen und ging weiter. Tomoe bezog am Tor Stellung und behielt den Bahnsteig im Blick. Sie hätte mit ihm gehen und an seinem Fenster auf die Abfahrt warten können, aber das wollte sie nicht. Der Zug setzte sich in Bewegung, Hände winkten. Die melancholische Atmosphäre auf dem Bahnsteig widerstrebte ihr. Statt dessen wollte sie ungesehen hier stehen und aus der Ferne dem Zug nachschauen.

Er ist kein Dummkopf. Er ist kein Träumer. Oder, wenn doch, dann ist er ein wunderbarer Träumer.

Zum ersten Mal im Leben begriff Tomoe, daß es einen Unterschied zwischen Dummköpfen und Träumern gibt. Ein Mann, der andere mit so aufrichtiger Einfachheit liebt, der ihnen vertraut, was immer sie sind, selbst wenn er betrogen oder verraten wird – solch ein Mensch muß heutzutage als Träumer abgestempelt werden. So wie er. Aber er ist kein gewöhnlicher Dummkopf. Er ist ein wunderbarer Träumer. Ein wunderbarer Narr, der niemals zulassen wird, daß das kleine Licht, das er den Menschen leuchten läßt, ausgeht.

Gaston war nicht mehr zu sehen. In allen Fenstern des Zuges auf Bahnsteig 12 glommen trübe Lichter. Die Glocke klingelte zur Abfahrt. Unter welchem dieser Lichter saß er?

„Wunderbarer Träumer!“ Tomoe legte die Hände über den Mund und sprach die Worte leise vor sich hin. „Wunderbarer Träumer, komm schnell zurück.“

Das Klingeln verstummte. Der Zug schickte ein Pfeifen in den schwarzen Himmel und rollte langsam mit dem wunderbaren Träumer in Richtung Norden.

10 Nach Norden

Nach der Abfahrt des Zuges aus dem Bahnhof von Ueno beschäftigten sich Reisende in den Abteilen der dritten Klasse eine Zeitlang damit, ihren Proviant zu verzehren und sich laut miteinander zu unterhalten, aber nach Akabane, Omiya und Koyama ging ihnen der Gesprächsstoff aus, und einer nach dem anderen nickte ein.

Gaston saß am Fenster und blickte auf die Lichter von Koyama, das schnell an ihnen vorüberglitt. Er sah auch die hellen Fenster der baufälligen Läden entlang des Bahndamms, und ab und zu erhaschte er einen Blick auf Familien, die sich zum Essen um den Tisch versammelt hatten.

Seine Gedanken kehrten zum Haus der Higakis in Kyodo zurück. Der Zug war schon zwei Stunden unterwegs, und Tomoe würde inzwischen zu Hause eingetroffen sein. Sie saß gewiß im Wohnzimmer und erzählte dem Rest der Familie, was geschehen war.

Der Alltag der Menschen... die Freude der Eltern und Kinder, die sich in einem vertrauten Kreis bewegten. Das Glück, nicht allein zu sein. Gaston dagegen hatte sich mit dem Alleinsein abgefunden. Er hatte den weiten Weg nach Japan auf sich genommen, und jetzt wurde er von einem schaukelnden Zug durch die dunkle Nacht nach Norden getragen.

Yamagata. Wie einsam es dort für ihn sein würde. Er reiste allein in eine fremde Stadt, in der er noch nie gewesen war. Welches Schicksal erwartete ihn dort? Er wußte es nicht. Ab und zu stolperte ein Reisender durch den schwankenden Mittelgang zur Toilette. Die Toilettentür öffnete sich knarrend, und er zwängte sich hinein. Es kam vor, daß ein anderer Fahrgast durch das Geräusch aufwachte und seinen Nachbarn fragte, wo man sich befände. Dann schloß er die Augen wieder.

Zwischen den Sitzen war so wenig Platz, daß sich Gastons lange Beine, die er kaum bewegen konnte, völlig verkrampften. Der Mann, der ihm nur mit Unterhemd und Hose bekleidet gegenübersaß, spähte hin und wieder neugierig hinter seiner Zeitung hervor. Aber auch er faltete schließlich das Blatt zusammen und schlief ein. Eine kleine bucklige, alte Dame, die neben Gaston saß, nahm ein Reisbällchen aus ihrer Provianttasche und begann daran zu knabbern wie eine Maus. Schüchtern lächelnd fragte sie: „Sind Sie Amerikaner?"

„Nein..." Gaston schüttelte konfus den Kopf.

„Möchten Sie ein Reisbällchen?"

„Nein, danke. Ich habe schon gegessen."

„Wohin fahren Sie?"

Sie war auf dem Weg nach Akita zu ihrem Sohn, ihrer Schwiegertocher und den drei Enkelkindern.

Während er ihr zuhörte, überprüfte Gaston noch einmal seine Gründe für die Suche nach Endo. Wie Tomoe betont hatte, war er sich überhaupt nicht im klaren darüber, welchen Empfang er zu erwarten hatte. Er wußte nur zu gut, was für ein übereiltes, leichtsinniges Unternehmen dies war.

Und dennoch... Als er im Hundezwinger den schon verwesenden Kadaver von Napoleon unter den grausamen Strahlen der Mittagssonne gesehen hatte, war ihm so etwas wie der Geruch des Todes in die Nase gestiegen. Es war nicht allein der Geruch des Hundes, sondern ein anderer, umfassenderer – ein Geruch, der die Menschen heutzutage überall umgab.

Bei jeder neuen Zeilenschaltung huschten Tomoes weiße Finger mit der Geschwindigkeit eines Maschinengewehrs über die Tasten der Schreibmaschine. Es war ein angenehmes Geräusch, und der eigenwillige Rhythmus blieb immer gleich. Tomoes Gesicht war völlig beherrscht, während sie schwarze Zeichen auf weißes Papier hämmerte, und es verströmte den lebhaften Charme, der moderne Frauen kennzeichnet.

„Fräulein Higaki, würden Sie dies hier bitte bearbeiten?" Ein weiteres Schriftstück aus dem Büro von Signor Disanto.

„Gut. Legen Sie es hierher." Sie lächelte bestätigend, aber ihre Finger hielten keine Sekunde inne. Auf diese Weise wurde der Stapel von Schriftstücken, der sich auf ihrem Schreibtisch türmte, immer kleiner.

Alle halbe Stunde machte sie fünf Minuten Pause. Dann nahm sie ein Fläschchen mit Augentropfen aus ihrer Schublade, träufelte etwas Flüssigkeit hinter die Lider und entspannte sich, indem sie aus dem Fenster sah. Das diente dazu, die Belastung zu verringern, die entsteht, wenn man lange Zeit intensiv kleine Buchstaben fixiert. Mit dieser Methode versuchte sie sich gegen Kurzsichtigkeit zu schützen, den Feind aller jungen Mädchen, die um ihr Aussehen besorgt sind. Ein Weiterarbeiten mit müden Augen würde außerdem viele Tippfehler verursachen. Die fünfminütige Pause war deshalb alles andere als ein Luxus.

Als sie heute aus dem Fenster sah und sich dabei die Fingerspitzen massierte, schweiften ihre Gedanken ab. Es war schon fast Mittag, genauer 11 Uhr 30. Da ein gewöhnlicher Zug neun Stunden von Tokio bis Yamagata braucht, mußte Gaston dort am frühen Morgen angekommen sein, als es noch dunkel war.

Tomoe war nie in Yamagata gewesen, aber sie konnte sich vorstellen, was Gaston vorfinden würde, wenn er vor Tagesanbruch dort ankam. Im über Nacht ausgekühlten Wartesaal würde noch Licht brennen. Mehrere Ortsansässige, Männer und Frauen, würden mit dem Gepäck auf den Bänken sitzen und verschlafen auf ihren Zug warten. Ein Bahnangestellter würde den Boden fegen...

Schließlich glitt der Zug aus Tokio in den Bahnhof. Im Gefolge der japanischen Fahrgäste zockelte Gaston unsicher zum Ausgang. Seine mächtige Gestalt und sein merkwürdiges Aussehen zogen die Blicke der Einheimischen auf sich.

Der Platz vor dem Bahnhof war noch leer. Der milchige Dunst der Morgendämmerung hatte den Vorhang der Nacht schon ein wenig gehoben. Die Busse fuhren noch nicht, die Geschäfte waren geschlossen. Einzelne Straßenlaternen beleuchteten die trostlose Szenerie. Gaston lehnte sich an die Mauer des Bahnhofsgebäudes und sah zu den Morgensternen empor...

„Wunderbarer Träumer", hatte Tomoe am Abend zuvor geflüstert, als der Zug den Bahnhof verlassen hatte. Jetzt wiederholte sie die Worte leise. Sie fragte sich, ob sie ihre kritische Bewertung der Männer zu weit getrieben hatte. Tomoe hegte Gaston gegenüber natürlich nicht die Gefühle eines verliebten Mädchens. Daß dieser Einfaltspinsel, den sie heimlich verachtet und verspottet hatte, ihr solche Rätsel aufgeben würde – das mußte eine so selbstsichere junge Frau wie Tomoe schockieren. Und schlimmer noch – sie hatte, ja, sie hatte tatsächlich gegen ihn verloren, auch wenn er noch so ein Dummkopf war. Dieses Gefühl, geschlagen worden zu sein, war für Tomoe, die auf ihre Weltläufigkeit so stolz war, besonders unerfreulich.

Bei all ihrer Eigenständigkeit verspürte sie auf einmal das Bedürfnis, mit ihrem Bruder zu sprechen. Da sie keinen jungen Mann als Freund hatte, war Takamori der einzige, mit dem sie das Thema Männer anschneiden konnte. Sie wählte seine Nummer. Seine Stimme am anderen Ende der Leitung klang ungewöhnlich geschäftsmäßig. Wie sorglos er sich auch zu Hause gab – in der Bank kam er seinen Pflichten aufmerksam nach.

„Ach du bist's." Als er begriff, daß es nur seine Schwester war, wurde sein Tonfall gleich ruppiger. „Wieso rufst du mich mitten am Tag an? Ich kriege noch Ärger mit meinem Chef. Wir dürfen während der Arbeitszeit keine Privatgespräche führen."

Tomoe nahm an, daß sein direkter Vorgesetzter, den er fürchtete, sich in Hörweite befand.

„Es tut mir leid“, entschuldigte sie sich mit ungewohnter Nachgiebigkeit. „Ich wollte dich nur fragen, ob wir uns nach der Arbeit irgendwo treffen können.“

„Tja...“ Es war ihm anzumerken, daß ihn ihr Wunsch eigenartig anmutete. Er wußte, daß sie etwas von ihm wollte, denn eine solche Einladung war bisher einmalig.

„Kannst du nicht?“

„Ich könnte schon...“ Plötzlich sprach er sehr leise. „Lädst du mich zum Essen ein? Ich bin blank.“

„Was hast du gesagt?“

„Ich sagte, ich wäre bereit, wenn du mich zum Essen einlädst.“

Um fünf Uhr deckte Tomoe ihre Schreibmaschine zu und ging in den Waschraum, um ihr Make-up zu erneuern. Als sie herauskam, stand Osako auf dem Gang, aufrecht wie ein Streichholz.

„Tomoe, würden Sie mit mir ins Kino gehen? Ich habe zwei Karten für den *Sturm*.“

„Danke, aber heute habe ich schon eine Verabredung“, antwortete sie höflich. „Vielleicht ein andermal.“

Sie beeilte sich, um rechtzeitig zu ihrem Treffen mit Takamori in einem Restaurant in Yurakucho zu kommen. Er war ausnahmsweise pünktlich. Als sie eintrat, lehnte er an der Wand, rauchte eine Zigarette und betrachtete die tropischen Fische im Aquarium.

„Weshalb wolltest du mich treffen?“

„Nun...“

„Ich wette, es hat mit Gaston zu tun.“

„Woher weißt du das?“

„Weil ich auch den ganzen Tag an ihn denken mußte.“

„Wenn ich nur wüßte, was er jetzt gerade in Yamagata macht.“

„Tomoe, ich...“ Takamori drückte seine Zigarette im

Aschenbecher aus. „Ich habe vor, um eine Woche Urlaub zu bitten. Letztes Jahr habe ich keinen einzigen Tag freigenommen, deshalb hätte ich ein Anrecht darauf. Ich würde gerne nach Yamagata fahren. Irgendwie habe ich das Gefühl, wenn ich Gaston jetzt allein lasse, werfe ich den besten Teil von mir selbst weg. So empfinde ich eben."

Nach dieser Offenbarung seiner Gefühle kratzte er sich verlegen am Kopf. „Ich fahre nach Yamagata", wiederholte er forsch.

„Könnte ich vielleicht mitkommen?" Tomoe rührte in ihrer Kaffeetasse und schloß die Augen.

„Aber das ist doch nicht nötig! Du brauchst dich für Gaston nicht so ins Zeug zu legen. Hast du dich nicht ständig über ihn beklagt?" Takamori genoß seine Sticheleien.

„Und warum fährst du?"

„Das habe ich dir gesagt. Ich habe meine eigenen Ansichten über Gaston. Du hast ihn dauernd ausgelacht. Ich nicht."

So ungehemmt hatte Takamori die Verletzlichkeit seiner Schwester noch selten ausgenützt. Diesmal fiel ihr keine schlagfertige Antwort ein, und sie konnte Takamori nur Verständnis heischend ansehen. Es schmerzte sie, ihrem Bruder die Wahrheit eingestehen zu müssen.

„Ich habe ja nicht richtig auf ihn herabgesehen. Sogar ich konnte sehen, daß er ein guter Mensch war – sogar zu gut. Trotzdem finde ich diese Art von Mann einfach nicht attraktiv."

„Attraktiv?"

„Ja, attraktiv. Ihm fehlen alle männlichen Tugenden." Endlich fand Tomoe die Worte, mit denen sie den Angriff ihres Bruders abwehren konnte. „Dieses Gesicht, diese Kleider... aber das ist noch nicht das Schlimmste. Denk nur an seine Schwäche, seine Feigheit! Stimmt es nicht, daß er weint wie ein kleines Mädchen? Daß er auf Frauen anziehend wirkt, kann man wirklich nicht behaupten!"

„So? Na, da hast du wohl recht." Er zündete sich die nächste Zigarette an.

„Findest du nicht, ich hatte meine Gründe dafür, daß ich einen falschen Eindruck von ihm bekam?" Tomoe fühlte sich schon wieder recht siegessicher.

„Aber Tomoe, nicht alle Männer sehen gut aus und sind stark. Manche sind von Geburt an feige. Manche sind von Natur aus schwach. Manche weinen sogar häufig. Aber wenn ein Mann, der schwach und feige ist, die Last dieser Schwäche und Feigheit auf sich nimmt und sich tapfer bemüht, ein gutes Leben zu führen – das nenne ich Größe. Ich mag Gaston nicht, weil er einen starken Willen oder besondere Geistesgaben hat. Sondern weil er auch als Schwächling und Feigling auf seine Art kämpft. Ich fühle mich zu Gaston viel mehr hingezogen als zu irgendeinem großartigen Heiligen oder Helden."

Sie schwiegen eine Weile. Tomoe hatte Takamori noch nie so ernsthaft sprechen hören. Es war ihm in der Regel peinlich, sich über seine tiefsten Gedanken auszulassen. Immer wenn ihm ein Gespräch zu sehr unter die Haut ging, machte er eine leichtfertige, amüsante Bemerkung oder wechselte das Thema. Und nun verteidigte er Gaston so aufrichtig.

„Was meinst du, warum er nach Japan gekommen ist?" Tomoe stellte ihrem Bruder die gleiche Frage, die sie im Restaurant an Gaston gerichtet hatte.

„Keine Ahnung. Er ist schon rätselhaft, dieser Gaston."

Es war ein schöner, klarer Tag. Der Expreßzug hatte den Bahnhof von Ueno um neun Uhr morgens verlassen und befand sich jetzt schon hinter Koyama und Utsunomiya. Zur Linken tauchte in der Ferne der vulkanische Gebirgszug von Nasu auf.

„Hörst du nie auf zu essen?" Tomoe hob die Augen von ihrer Zeitschrift und sah Takamori angewidert an.

Er grunzte. Immer noch kauend drehte er sich zum Fenster. Weder er noch Tomoe waren je im Distrikt Tohoku gewesen. Als Kinder waren sie ein- oder zweimal ganz in den Süden nach Kagoshima gefahren, wo ihre Großeltern lebten, aber dies war ihre erste Fahrt in den Norden.

Am blauen Himmel schwebten Schönwetterwolken. Eine sanfte Brise fuhr durch die grünen Baumhaine. Die Unterseite der Blätter, die vom Wind nach oben gedreht wurden, glänzte silbrig. Sogar die fernen Berge von Nasu schienen zu leuchten.

„Tomoe, hier beginnt der Distrikt Tohoku", wagte Takamori einen Hinweis. „Jetzt sind wir richtig im Norden."

„Paß auf, du tropfst dir Eis auf die Hosen."

„Es tut gut, aus Tokio herauszukommen. Es ist lange her, daß ich eine solche Landschaft gesehen habe. In Tokio schrumpft einem das Herz. Die Leute werden reizbar wie du. Mir liegt das nicht."

„Wenn du noch mehr ißt, bekommt du garantiert Magenschmerzen."

Takamori rückte noch näher zum Fenster. Er entdeckte einen Fluß, dessen Wasser hell aufsprühte. Ein Dorfmädchen radelte über eine Brücke.

Gas muß hier auch vorbeigekommen sein, dachte Takamori. Er muß dieselbe Szene beobachtet haben. Aber nein, Gaston war nachts gefahren. An dieser Stelle war es stockdunkel. Sicher hatten alle fest geschlafen.

Takamori stellte sich vor, wie Gaston im abgedunkelten Abteil saß, seine langen Beine mühsam in die kleine Lücke zwischen den Sitzen gequetscht. Er war bestimmt noch als einziger wach. Wohin blickte er? Hatte er die Sterne angesehen wie vor ein paar Tagen, als sie beide nachts am Fenster standen? Der Wind drohte ihr Licht auszublasen, aber sie beugten sich keiner Bedrohung und bewachten ihre Flammen die ganze Nacht hindurch.

Nach Fukushima wand sich der Zug langsam bergan. Auf

beiden Seiten wurde die Bahnlinie von Bergen eingezwängt, auf denen Pinien und Wacholder wuchsen. Der Zug fuhr durch einen Tunnel nach dem anderen und erreichte schließlich die berühmte Paßhöhe von Itaya.

„Im Winter muß es hier meterhohen Schnee geben." Takamori schwebte vor, im Winter mit Gaston noch einmal herzufahren.

Nach Itaya erhöhte sich die Anzahl der Reisenden, die den Tohoku-Dialekt sprachen, schlagartig.

Der Himmel bewölkte sich. In alle Richtungen erstreckten sich Obstplantagen. Auf den Terrassen an den Berghängen ragten mannshohe Spaliere voller Weinreben auf. Im Herbst reflektierten die Trauben wahrscheinlich das Licht der untergehenden Sonne. Kastanienbäume mit weißen Blüten leuchteten aus kleinen Wäldchen hervor. Es gab auch Apfel- und Pfirsichbäume, deren Früchte mit Papiertüten geschützt wurden, daneben Kirschbäume, die sich unter der Last hellroter Kirschen bogen. Als der Zug immer tiefer in diese Landschaft eintauchte, wurden die Bäume immer zahlreicher.

„Weißt du, wie man solche Kirschen nennt? Sie heißen ‚Napoleon'."

Verblüfft hörten Tomoe und Takamori dieses Bruchstück einer Unterhaltung vom Nebensitz. Es war ein unheimlicher Zufall, daß gerade in dieser Region, die sie und Gaston zum ersten Mal besuchten, der Name Napoleon fiel.

Die Kirschbäume, deren silberne Blätter im Wind flirrten, zeigten stolz Büschel um Büschel tiefroter Kirschen. Manche waren noch nicht ganz reif. Warum hatte man diese Kirsche ‚Napoleon' genannt? Weil sie die kaiserlichste der Kirschen war? Doch während Takamori und Tomoe ihre Blicke über die Bäume schweifen ließen, dachten sie an einen anderen Bonaparte.

Vier Uhr. Nach sieben Stunden erreichte der Zug endlich Yamagata. Am Himmel, der in Tokio so blau gewesen war,

war eine dichte Wolkendecke aufgezogen. Im Zug war ihnen die Schwüle nicht so aufgefallen, aber beim Aussteigen schlug ihnen warme Luft entgegen. Als sie das Gebäude verließen, bemerkten sie in einiger Entfernung schwere graue Wolken, die sich näherten. Ein Gewitterschauer kündigte sich an.

„Wo sollen wir wohnen?“ fragte Tomoe mit dem Koffer in der Hand. Sie hatte Angst, es würde jeden Moment anfangen zu regnen.

„Es gibt hier ein bekanntes Hotel.“ Takamori entfaltete den Stadtplan, den er auf dem Bahnhof gekauft hatte. „Sehn wir mal nach. *Araki Mataimon ... Araki Mataimon.*“

„Was ist das?“

„Das ist der Name des Hotels. Es ist nicht auf dem Plan. Dann kann es wohl nicht so bekannt sein.“

Doch als er einem Taxifahrer den Namen nannte, wußte dieser gleich Bescheid. Sie stiegen in das Taxi, und der Fahrer verwickelte sie in ein Gespräch, das er nicht im Dialekt der Tohoku-Region führte, sondern in einem Japanisch, wie es in Tokio gesprochen wurde. Er war sehr stolz darauf.

„Sie müssen aus Tokio sein. Ich habe in Tokio gelebt. Können Sie den hiesigen Dialekt verstehen? Ich hatte große Mühe damit, als ich hierher gezogen bin. Aber jetzt bin ich fünf Jahre hier, und es geht gut.“

Der Regen setzte ein. Die alte Stadt mit ihren Befestigungen war im Krieg nicht bombardiert worden, deshalb gab es noch alte Kampferbäume und moosbedeckte Reste alter Wälle, und der Weg führte sie an Häusern vorbei, die an die Behausungen der Samurai in früheren Jahrhunderten erinnerten.

Das Hotel befand sich nahe des Stadtzentrums. „Es ist das beste Haus in Yamagata“, versicherte ihnen der Fahrer.

Es war tatsächlich erstklassig. Vom oberen Stockwerk aus blickten Tomoe und Takamori auf einen wunderschönen japanischen Garten mit kunstvoll arrangierten Bäumen und

Steinen und sogar einem Brunnen. Das Hotel war nur von wenigen Gästen bewohnt. Als eine ältliche Hausangestellte sie auf ihr Zimmer führte, waren sie an vielen gut ausgestatteten Zimmern vorübergekommen, die offenbar alle leerstanden.

„Sie müssen von der langen Reise müde sein. Sind Sie aus Tokio?" fragte die Frau im regionalen Dialekt, während sie Takamoris Anzug sorgfältig zusammenlegte.

„Tomoe, willst du nicht ein Bad nehmen? Ich lasse dir den Vortritt."

Tomoe nahm sein Angebot an. Sofort bat Takamori das Zimmermädchen, ihm ein paar zweideutige Dialektausdrücke beizubringen. Als sie gegangen war, wurde seine Aufmerksamkeit wieder vom Geräusch des Regens gefangengenommen.

Die Regentropfen prasselten gleichmäßig auf den Garten. Gelegentlich kam ein Karpfen an die Oberfläche des Brunnens und tauchte gleich wieder unter. Jenseits der Gartenmauer, die von Bäumen verdeckt war, lag eine belebte Straße.

Takamori vernahm das gedämpfte Geräusch von Schritten und vorbeifahrenden Autos. Als er sich eine Zigarette anzündete, überlegte er, wie merkwürdig es war, daß sie Yamagata auf diese Weise kennenlernten.

Wo sich Gaston wohl gerade aufhielt? Irgendwo in dieser Stadt, und auch er hörte das Tröpfeln des Regens. Oder nein – so wie er ihn kannte, stapfte er gerade allein durch den strömenden Regen, naß und zerzaust wie ein streunender Hund.

Tatsächlich lief Gaston gerade im Regen durch eine Seitenstraße von Yamagata. Gelegentlich drangen aus den Häusern ein paar Takte eines bekannten Volksliedes an sein Ohr, ansonsten war alles ruhig.

Sehr wenige Häuser hatten Ziegeldächer. Statt dessen

waren die Dächer mit Zinkplatten gedeckt, oder man hatte Steine im alten Stil aneinandergelegt. Die große Armut der Tohoku-Region ließ sich hier nicht verleugnen. Doch sogar die kleinen Häuser besaßen, im Gegensatz zu Tokio, alle ein Gärtchen. Die regennassen grünen Blätter der Bäume reflektierten das schwindende Licht des Tages. Große rosafarbene Blüten, deren Namen er nicht kannte, wuchsen in den Hecken, die die Häuser umschlossen.

Mit einer Hand wischte sich Gaston den Regen von der Stirn, mit der anderen schob er sich ein Stück Brot in den Mund. An einer Hauptstraße angekommen, blieb er stehen und sah sich nach einem Gasthausschild um. Als er eines entdeckt hatte, ging er auf den Eingang zu und rief: „Entschuldigung."

Eine Bedienstete kam eilends zur Tür gelaufen, und er fragte scheu: „Wohnt hier ein Herr Endo?"

Die Frau sah ihn ängstlich an. Schon unter gewöhnlichen Umständen war Gastons Erscheinungsbild einigermaßen furchterregend, aber jetzt war er völlig durchnäßt und zottelig wie ein ausgesetzter Straßenköter.

„Endo?" Die Frau fragte den Portier, ob jemand dieses Namens registriert sei. Noch einmal wurde Gaston kritisch beäugt, dann erwiderte der Mann: „Endo? Wohnt hier nicht." Als Gaston aus der Tür geschlurft war, tauschen die Zurückbleibenden Blicke, und der Angestellte sprach aus, was beide dachten: „Sah aus wie ein Landstreicher."

Beim nächsten Gasthaus erhielt Gaston dieselbe Antwort. Seit dem Vortag hatte er die Stadt durchstreift und sich bei zahllosen Hotels erkundigt. Die Reaktion war immer dieselbe. Zimmermädchen und Portier musterten ihn mißtrauisch und gaben ihm zu verstehen, daß ein Herr Endo nicht bei ihnen wohnte.

Es war ihm nie in den Sinn gekommen, daß sich Endo vielleicht unter falschem Namen einquartiert haben könnte. Deshalb war er von einem Hotel zum anderen gewandert und hatte in unzähligen Empfangshallen nach einem Mann namens Endo gefragt.

Der Regen hatte seine Kleider durchnäßt, er war naß bis auf die Haut. Außerdem plagten ihn Müdigkeit und Hunger. Seit dem Morgen hatte er nichts anderes im Mund gehabt als Regenwasser und ein Stück Brot, das er unterwegs in einer Bäckerei gekauft hatte.

Der Abend war angebrochen. Gaston überquerte langsam die Hauptstraße und stand vor dem Hotel, in dem Takamori und Tomoe eben abgestiegen waren. In diesem Augenblick saß Takamori in einem Korbsessel und schaute in den Regen hinaus. Tomoe lag bis zum Hals in klarem, heißem Wasser und genoß ihr Bad; die schlanken Beine hatte sie wohlig ausgestreckt.

Auch in diesem Hotel erhielt Gaston die übliche enttäuschende Antwort. Nicht im Traum hätte er geahnt, daß Takamori und Tomoe ganz in seiner Nähe waren, und so schleppte er sich mit schweren Beinen in die nächste Seitenstraße.

„Kobayashi? Es gibt mindestens hundert Kobayashis in Yamagata“, erklärte ein älterer Polizist Gaston. „Aber bleiben Sie nicht so im Regen stehen. Kommen Sie herein, und setzen Sie sich.“

Gastons Aussehen mußte sein Mitleid erregt haben. Der gutmütige Polizist schlürfte lauwarmen Tee aus einer Tasse mit einem Sprung. Er zog eine Schublade auf und holte einen Essensbehälter heraus, den er vor Gaston stellte. „Ausländer, wollen Sie nicht etwas essen?“ Als wolle er ihn ermutigen, nahm er selbst ein Reisbällchen und biß hinein.

„Sie suchen jemanden mit Namen Kobayashi. Richtig?“

„Ja.“

„Wie ich schon sagte, gibt es mindestens hundert Kobayashis in der Stadt. Können Sie mir eine genauere Beschreibung von ihm geben?“

Gaston wußte nichts von Kobayashi außer dem wenigen, was Endo ihm erzählt hatte – daß er als Soldat auf einer Insel in der Südsee stationiert gewesen war.

„Ein Soldat, sagen Sie? In der Südsee?“ Der alte Polizist dachte eine Weile nach und sagte dann: „Sie meinen wahrscheinlich Ihei Kobayashi.“

Glücklicherweise ist Yamagata im Vergleich zu Tokio nur eine Kleinstadt, und die Bewohner sind einfache und neugierige Leute. An den langen Winterabenden haben sie nichts Besseres zu tun, als am Feuer zu sitzen und Neuigkeiten und Tratsch auszutauschen. Der alte Polizist kannte deshalb einen Kobayashi, der in der Südsee gewesen war.

„Wenn es der ist, den Sie meinen, dann wohnt er nahe Kosho-machi.“

„Kosho-machi?“

„Das war einmal der Rotlicht-Bezirk“, lächelte der alte Mann. „Aber ich nehme an, Sie kennen die Bedeutung von ‚Rotlicht‘ nicht?“

Zehn Minuten später zog der Polizist sich seinen Regenmantel über und begleitete, ein Fahrrad schiebend, Gaston nach Kosho-machi.

„Ich lasse Sie jetzt allein. Sie finden Kobayashis Haus hinter der nächsten Ecke.“

Der Regen hatte nachgelassen. Dieser Teil der Stadt war einst das Vergnügungsviertel von Yamagata gewesen. Es gab immer noch eine Reihe von zwei- und dreistöckigen Gebäuden im alten Edo-Stil. Doch seitdem das Anti-Prostitutionsgesetz in Kraft war, hatte das Viertel alle muntere Aktivität verloren und wirkte nun düster, fast melancholisch.

Gaston bog um die Ecke, wie ihm gesagt worden war. Die Straße war sehr eng. Auf der linken Seite befand sich eine Apotheke mit dem Namen ‚Takahashi‘ und daneben ein sake-Laden. Zwei Häuser weiter sah Gaston an einer schmutzigen Glastür ein Schild hängen: ‚Kobayashi –

Landvermesser'. Gaston trat näher und spähte durch die Scheibe nach innen. Man stelle sich sein Erstaunen vor, als er gleich hinter der Tür den Mann entdeckte, den er die ganze Zeit gesucht hatte!

11 Der Lageplan

Endo schien auf jemanden zu warten. Er trug den Mantel lässig über dem Arm, und eine Zigarette hing in seinem Mundwinkel. Er stand so, daß er Gaston nicht sehen konnte, der durch die schmutzige Scheibe zu ihm hineinschaute. Als er die Zigarette bis auf einen kleinen Stummel geraucht hatte, warf er den Rest zu Boden und trat mit seinen cremefarbenen Sommerschuhen darauf.

Gaston starrte ihn an und erkannte die anmaßende Kopfhaltung, den schmalen Nacken, das weiße Gesicht und die gerade Nase. Endo wischte sich mit dem Taschentuch über den Mund, wie so oft während der beiden Tage in Sanya.

Plötzlich stand ein anderer Mann neben ihm, der aus dem dunklen Inneren des Hauses aufgetaucht war. Er war um die Fünfzig, dünn und schmächtig. Sein Gesicht ähnelte dem einer Ratte, was besonders durch die boshaften, unsteten Augen verstärkt wurde.

‚Das muß Kobayashi sein', dachte Gaston. Da er wußte, daß Kobayashi einst als Soldat in der Südsee gewesen war, hatte er einen viel breiteren und athletischeren Mann erwartet, aber er hatte sich getäuscht. Der Mann ließ sich auf die Fersen nieder. Sein Kimono klaffte am Hals auseinander, so daß Gaston seine Rippen sehen konnte. Er kratzte sich an den Beinen, dann entfaltete er ein Blatt Papier vor Endo und deutete wiederholt auf eine bestimmte Stelle. Endo hatte sich zu ihm hinuntergebeugt und studierte das Blatt. Mit unterwürfigem Lächeln erklärte Kobayashi ihm etwas.

Die Situation kam Gaston merkwürdig vor. Er wußte, was Kobayashi für Endo bedeutete. Er hatte den Ausdruck von Haß und Wut in seinen Augen gesehen, als er ihm auf der Baustelle den Grund dafür verraten hatte. Wie sollte er sich dann die Tatsache erklären, daß die beiden Männer sich gemeinsam über ein Stück Papier beugten und dabei lachten, als seien sie alte Freunde?

Der Regen setzte wieder ein. Große Tropfen fielen aus der Dachrinne in Gastons Kragen. Drei Kinder sahen aus dem Gemüseladen auf der anderen Straßenseite neugierig zu ihm hin.

Endo hob die Hand und hielt drei Finger hoch. Kobayashi nickte. Gaston stieß einen tiefen Seufzer aus. Er war plötzlich sehr müde. Statt der furchteinflößenden Szene, die er sich ausgemalt hatte, unterhielten sich hier zwei Männer gutgelaunt miteinander. Obwohl er erleichtert war, fühlte er sich gleichzeitig an der Nase herumgeführt.

Das Gespräch war offenbar beendet. Endo zog seinen Mantel an. Kobayashi reichte ihm einen alten Schirm. Endo schob die Glastür auf, die in den Laufschienen quietschte, und verabschiedete sich mit einem Blick zum grauen Himmel von Kobayashi. „Dann bis morgen." Kobayashi begleitete ihn mit demselben kriecherischen Lächeln wie zuvor zur Tür.

Gaston gewährte Endo zehn Schritte Vorsprung auf der schlammigen Straße, bevor er ihm hinterherlief und ihm auf die Schulter tippte.

Endo riß verblüfft die Augen auf und starrte Gaston mit dem Schirm in der Hand entgeistert an. Er war vollkommen perplex. Gaston war der letzte, den er hier erwartet hatte.

„Endo san!" Lächelnd tippte ihn Gaston noch einmal an, höchst erfreut, daß sein unvermitteltes Auftauchen eine solche Überraschung ausgelöst hatte.

„Du!" Endlich hatte sich Endo erholt. „Du!" Ohne ein weiteres Wort wandte er sich ab und spuckte aus. Dann ging er schnell weiter und benutzte den Schirm, um sein Gesicht zu verdecken.

„Endo san, warten Sie!"

Doch der kranke Mann sah nicht zurück. Als er Gaston hinter sich durch die Pfützen patschen hörte, lief er nur noch schneller. Die Straße schlängelte sich erst nach rechts, dann nach links.

Keine Menschenseele war unterwegs. Regenschleier verhüllten die Umgebung. Über eine halbverfallene Steinmauer neigte sich ein riesiger Kampferbaum, dessen nasse Blätter einen angenehmen Duft verströmten. Viele Tempel grenzten an diese Straße. Es schien, als hörten die weißen Mauern der Tempelbezirke nie mehr auf. Meizen-ji, Shinen-ji, Enryo-ji, Taiho-ji. Wo eine Mauer endete, begann schon die nächste. Hinter den Mauern erschallte Sutren-Gesang mit Trommelbegleitung. Durch den monotonen Klang wirkte die Straße nur um so stiller.

Endo blieb stehen und lauschte auf die Schritte des Ausländers, aber er hörte sie nicht mehr. Er war bedrückt. „Was hat er mit mir vor? Mir den ganzen Weg nach Yamagata zu folgen ..."

Etwas an diesem tölpelhaften Ausländer war gespenstisch. Endo fand keinerlei Anhaltspunkt, warum Gaston ihn bis nach Yamagata verfolgt hatte.

Die Sutren verschmolzen mit dem Trommelschlag. Endo stand jetzt vor Sensho-ji, einem Tempelgelände, das größer war als die anderen. Hinter dem Tor zu diesem Tempel stand ein hochgewachsener Gingkobaum, der zwei- oder dreihundert Jahre alt sein mußte.

Plötzlich rief jemand vom Fuße des Gingko seinen Namen. Es war die zaudernde Stimme von Gaston, den er doch weit hinter sich glaubte. Es hätte ebensogut ein Geist sein können, der da durch den Regen schwebte. Wie hatte er bloß eine Abkürzung finden und sich hier auf die Lauer legen können? Der Mann war unheimlich.

„Endo san, ich möchte mit Ihnen sprechen."

Eigenartigerweise unternahm Endo nichts, sondern erlaubte Gaston, ihm näherzukommen. Dann spürte er plötzlich ein Stechen in der Brust, wahrscheinlich durch das schnelle, anstrengende Laufen. Durch seine Luftröhre stieg ein harter Klumpen auf. Er spuckte ihn aus, und er traf einen Stein des Tempeltors, auf dem er als hellrotes Blut mit dem Regen zusammen ein Muster bildete.

Der Regen hatte aufgehört. Bei Anbruch der Nacht war es schon wieder schwül. In Yamagata, das auf allen Seiten von Bergen umgeben ist, wird es viel heißer als andernorts auf diesem Breitengrad. Die höchsten Temperaturen in ganz Japan werden in Yamagata gemessen.

Auch an diesem Abend war es heiß und windstill. Die Jalousien hingen schlaff vor den Fenstern, und selbst die Matten waren klebrig vor Hitze.

In früherer Zeit hatte das Haus als Bordell gedient, aber jetzt war es in ein Gasthaus umgewandelt worden. Der Geruch der Männer und Frauen, die hier ihre wollüstigen Nächte verbracht hatten, schien noch in den Wänden und den mit Blumen und Vögeln verzierten Schiebetüren zu hängen. Niemand hatte sich die Mühe gemacht, die Reste zerquetschter Mücken abzuwischen.

Endo, der auf dem Boden lag, fuhr sich mit der Zunge über die trockenen Lippen und starrte zur Decke. Der Schirm der Deckenlampe warf einen Schatten, der wie eine Fledermaus aussah.

Gaston saß mit hochgekrempelten Ärmeln neben ihm. Ab und zu drückte er ein nasses Tuch aus und wischte Endos Gesicht ab.

Nach dem Vorfall am Eingang zum Sensho-Tempel war der Killer mit Gastons Hilfe in sein Hotel zurückgekehrt und hatte sich mit hohem Fieber hingelegt. Die Hitze, der Regen und die lange Reise hatten ihn völlig erschöpft.

Eine Motte flatterte durch das Fenster herein und zog ihre Kreise um die Lampe. Gaston stand auf, fing sie und ließ sie am Fenster frei, aber das Licht lockte sie wieder an, und sie begann, eine Art Puder von den Flügeln verstreuend, ihr Kreisen aufs neue.

„Erschlag sie! Warum erschlägst du sie nicht?“ knurrte Endo ungeduldig. Als er sah, daß Gaston die Motte an den Flügeln hielt, aber zögerte, sie zu töten, stieg rasender Haß auf diesen Mann in ihm hoch.

„Du Heuchler!“ Endo riß ihm die Motte aus der Hand und zerquetschte sie erbarmungslos mit seinem Kopfkissen. „Wie lange willst du noch hier herumhängen? Willst du mir ewig auf den Fersen bleiben?“

„Endo san... ich gehe, wenn Sie gesund sind.“

Nun, da Gaston gesehen hatte, daß Endo Kobayashi nichts antun wollte, blieb ihm – wie er glaubte – nur noch die Pflicht, den kranken Mann zu pflegen.

„Ich bleibe nicht für immer hier in Yamagata, laß dir das gesagt sein.“ Endo hustete wieder. „Morgen stehe ich auf.“

„Morgen? Nein, nein!... Sie sind krank!“

„Morgen muß ich aufstehen.“ Den Blick auf die Schatten an der Decke gerichtet, dachte Endo an das, was er morgen zu tun hatte. Am Morgen wollte er mit Kobayashi auf den Takamori und den Shirataka steigen, zwei der Berge, die Yamagata umgaben. Um den Grund für diese Expedition zu verstehen, muß man drei Tage zurückschauen.

Nachdem Endo in Yamagata angekommen war und sich in einem Hotel in Kosho-machi einquartiert hatte, hatte er Kobayashis Haus bald ausfindig gemacht und dessen Kommen und Gehen genauestens überwacht. Er wollte Zeit und Ort der Konfrontation gut planen.

Kobayashi, der ein Schild mit der Aufschrift ‚Landvermesser‘ an der Tür hängen hatte, huschte durch Yamagata wie eine Kanalratte. Er bot offenbar vielfältige Dienstleistungen an: er nahm Einsicht in Grundbücher, verglich die dort aufgeführte Fläche mit der tatsächlichen und fertigte Gutachten für Käufer an. Außerdem beschaffte er Informationen für die Landspekulanten, die durch die Gebirgszüge der Tohoku-Region streiften und am liebsten ganze Berge aufgekauft hätten, wenn es nur Profit abwarf.

Kobayashi, der in seinem tristen, zerschlissenen Kimono Verwaltungsbüros, Grundbuchamt und andere Landvermesser abklapperte, erinnerte Endo in der Tat an eine Ratte auf der Suche nach Futter. Die Leute in der Nachbarschaft hatten für ihn nur Mitleid und Verachtung übrig.

,So tief ist also der großartige Major der japanischen Armee gesunken!' dachte Endo, während er ihn beobachtete.

Nachdem er ihm zwei Tage lang gefolgt war, konnte sich nicht einmal Endo, der diesen Mann als Feind betrachtete, mehr gegen ein Gefühl wehren, das an Mitleid grenzte.

Wenn Endo einen Blick in Kobayashis kleines, baufälliges Haus warf, sah er stets Kobayashis Frau, die, ausgelaugt von ihren häuslichen Pflichten, mit ausgestreckten Beinen auf dem Boden saß und Kleider schrubbte, die sich kaum von Lumpen unterschieden. Ein kleiner Junge mit aufgeblähtem Hungerbauch spielte neben ihr. Beim Anblick dieser Szene mußte sich Endo, verhärtet wie er war, dem Mitgefühl bewußt verschließen. Vom Fenster seines Gasthauses aus sah er alles, was sich bei Familie Kobayashi abspielte. Er wartete einen Tag, zwei Tage, bis sich eine Gelegenheit bot.

Am Nachmittag des dritten Tages sah er Kobayashi, der sich den ganzen Morgen im Haus aufgehalten hatte, hastig aus seinem Loch auftauchen. Wie üblich sah man seine eingefallene Brust zwischen den Falten seines losen, schmutzigen Kimonos. Hastig zog Endo den Mantel an und folgte ihm.

Obwohl der Tag mit klarem Himmel begonnen hatte, waren um Mittag über Yamagata Wolken aufgezogen. Das Sonnenlicht drang nur mühsam bis zur Erde vor.

Kobayashi lief die Straße entlang. Endo folgte ihm zum Siebenten-Tag-machi, dem lebhaftesten Viertel der Stadt, das auch ‚Ginza von Yamagata' genannt wurde. Gelegentlich begrüßte Kobayashi einen Bekannten mit einer Verbeugung und einem unterwürfigen Lächeln.

„Wohin des Wegs?" rief ihm ein Radfahrer zu.

„Ich habe Geschäfte drüben in Umamigasaki", antwortete Kobayashi.

Als er ‚Umamigasaki' hörte, sah Endo seine Chance gekommen. Am Tag seiner Ankunft hatte er sich mit dem Stadtplan in der Hand in Yamagata umgesehen. Für sein Treffen mit Kobayashi suchte er einen verlassenen Ort. Das Gelände von Umamigasaki war bestens geeignet. Es lag nahe bei der Stadt, war aber sogar mitten am Tag menschenleer.

Kobayashi hatte nicht bemerkt, daß er verfolgt wurde. Er klapperte mit seinen alten, abgeschabten Holzschuhen die Straße entlang. Als er zum Verwaltungsgebäude kam, betrat er das Büro des Notars und sprach eine Weile mit dem Büroleiter.

Fünf Minuten später kam er wieder heraus und ging in Richtung Miyata-machi. Von Miyata-machi ist es nicht weit bis zum Fluß.

Außer an Regentagen führt der Fluß bei Umamigasaki kaum Wasser. Im weißen Flußbett liegen nur vereinzelt gewaltige Steinbrocken. Bei Nacht ist es der ideale Treffpunkt für Liebespaare.

Als sie das Flußufer erreicht hatten, beschleunigte Endo den Schritt, um den Mann einzuholen. Er erreichte ihn und flüsterte ihm seinen eigenen Namen ins Ohr. Kobayashi wurde wachsbleich.

„Gehen Sie mit mir zum Flußbett hinunter?"

Weder auf den Straßen noch auf den Feldern regte sich etwas. Das einzige Zeichen für die Gegenwart eines Menschen war ein Lastwagen, der in der Ferne eine Brücke überquerte und bald nicht mehr zu sehen war.

„A... A... A... Ah.“ Kobayashi bewegte die Lippen, doch er brachte nur ein Ächzen zustande.

„Was ist los?“

Zu ihrer Linken befand sich die Müllhalde, wo aller Abfall der Stadt abgeladen und verbrannt wurde. Es stank ekelerregend nach Fäulnis und Verwesung.

„Was ist, Herr Kobayashi?“ fragte Endo mit übertriebener Höflichkeit.

An jenem Tag auf der Baustelle in der Ginza war Kanai, der Komplize von Kobayashi, immer unsicherer und furchtsamer geworden, je höflicher Endo mit ihm gesprochen hatte. Kobayashi reagierte jetzt ebenso. Er wich vor Endo zurück, und seine schmale Brust bebte ängstlich unter dem offenen Kimono. Seine Antwort kam stockend.

„Was sagen Sie, Herr Kobayashi?“

Endo drängte den Mann mit dem Rattengesicht in Richtung des weißen, steinigen Flußbettes, als stoße er ihn mit dem Körper. Grillen, die bis vor kurzem zwischen den Steinen gezirpt hatten, verstummten, vielleicht fühlten sie den Regen in der Luft. Die Stadt besaß in der Nähe eine Fabrik für Steinzertrümmerung, und dort stand auch eine Hütte für die Arbeiter, die im Fluß Steine sammelten.

„Hier herein... Hier.“

„Ich... ich... geb's... zu... zurück“, stammelte Kobayashi.

„Zurück?“ Am Eingang der Hütte fuhr Endo mit der Hand in die Manteltasche. Seine Finger berührten den kalten Stahl der Pistole. „Zurück? Was wollen Sie zurückgeben?“

Dann, als er das Gesicht des anderen sah, stellte er ihm eine Fangfrage.

„Dann haben Sie es also doch versteckt!“

Natürlich hatte Endo keine Ahnung, was Kobayashi versteckte. Und genau aus diesem Grund ließ er ihn das Gegenteil glauben.

„Herr Kobayashi, erzählen Sie mir die ganze Geschichte drinnen... Und jetzt regnet es auch wieder." Aus dem bewölkten Himmel fielen die ersten Regentropfen und hinterließen dunkle Flecken auf den Steinen im Flußbett.

In der Hütte war es dunkel. An der Wand, die aus Holzlatten zusammengezimmert war, standen eine Schaufel und ein Eimer zum Steinesammeln.

„Wie wär's, wenn Sie mit dem herausrücken, was Sie versteckt haben?"

„Nicht... nicht... nicht hier... Sumpf."

„Sumpf?"

Endo hörte jetzt zum ersten Mal die vollständige Geschichte. Vor vierzehn Jahren hatten Kanai und Kobayashi, die dem selben Battaillon wie sein Bruder angehört hatten, sich zusammengetan und einen Teil der Silberbarren, die bei der örtlichen Bank konfisziert worden waren, beiseite geschafft. Damit niemand ihr Geheimnis verraten konnte, hatte Kanai befohlen, daß alle Eingeborenen, die mitgeholfen hatten, das Silber zu vergraben, umgebracht wurden, und er und Kobayashi hatten seinem Bruder die Schuld zugeschoben. Erst jetzt verstand Endo, warum ihm sein Bruder nie alle Einzelheiten geschrieben hatte.

„Welcher Sumpf?" Endos Ton hatte sich abrupt geändert. „Sie Schweinehund! Sie haben die Barren im Sumpf versteckt?"

„Nicht ich. Kanai hat mich gezwungen."

„Schon gut, schon gut. Welcher Sumpf?"

„Es wird der ‚Große Sumpf' genannt."

Zitternd legte Kobayashi sein Geständnis ab.

Im Juli 1944, ein Jahr vor Ende des Krieges, waren Kobayashi und Kanai von ihrer Südseeinsel nach Japan zurückgekehrt. Kanai hatte vorausgesehen, daß der Krieg nicht zu gewinnen war und die Armeeleitung dazu überredet, sie beide an einen anderen Einsatzort zu schicken. Kobayashi war Instrukteur eines Regiments im Hauptquartier geworden, und Kanai hatte sich einen Job bei einer Versorgungseinheit der Ostarmee verschafft. Keiner von ihnen wollte je wieder an die Front. Kanai nahm zwei Drittel des Silbers an sich, das sie heimlich von der Insel geschafft hatten, und Kobayashi das restliche Drittel. Als der Krieg vorbei war, verkaufte Kanai seine Silberbarren an einen Koreaner und gründete mit den Einnahmen eine Handelsgesellschaft. Doch Kobayashi, der nicht so kühn war wie Kanai und unter Gewissensbissen und der Angst vor Entdeckung litt, brachte es nicht über sich, das Silber anzurühren. Er befürchtete sogar, seine Familie könnte davon erfahren, und deshalb beschloß er, die Barren zu verstecken.

Der Regen trommelte auf das Dach der Hütte. Ihre Augen hatten sich langsam an das Dunkel gewöhnt.

„Sagen Sie mir die Wahrheit, Kobayashi?" fragte Endo drohend. Er knipste sein Feuerzeug an und leuchtete dem anderen Mann ins Gesicht. Häßliche schwarze Schatten lagen über seinem Gesicht, das wie mit getrockneter Mandarinenhaut überzogen schien.

„Wo ist dieser ‚Große Sumpf'?"

In der Hoffnung, Endo zu besänftigen, begann Kobayashi ernsthaft die Lage des Sumpfes zu beschreiben. Hinter der nächstgelegenen Bergkette kam man zu einer Reihe von sumpfigen Seen, die sich vielleicht über erloschenen Vulkanen gebildet hatten. Der ausgedehnteste war der ‚Große Sumpf'.

Mit ihm war eine alte Legende verknüpft: Der Drachengott dieses Sumpfes fiel in den Nachbarsumpf ein und entführte dessen Herrin. Eines Tages schlief ein Samurai mit Namen Fujigoro am Rande des Sumpfes, als ihm im Traum eine Jungfrau erschien und ihn flehentlich bat, ihr beizustehen. Sie bat ihn, sie vor dem Herrn des ‚Großen Sumpfes' zu retten. Als er erwachte, stiegen aus dem tiefen, dunklen Wasser Wellen auf. Er legte einen Pfeil in seinen Bogen und schoß in die Wellen, und der Sumpf wurde wieder ruhig.

Endo stellte sich den düsteren Sumpf inmitten der Berge vor. Er war nicht wirklich überzeugt davon, daß Kobayashi die Silberbarren ausgerechnet dort versteckt hatte. Vielleicht stellte ihm der Mann nur eine Falle. Wenn die Geschichte stimmte, war die Unschuld seines Bruders bewiesen. Auf jeden Fall mußte er der Angelegenheit auf den Grund gehen. Er hatte nichts zu verlieren.

„Also gut. Führen Sie mich hin."

Kobayashi wies darauf hin, daß sie Werkzeuge brauchen würden. Er bat Endo, ihn zu sich nach Hause zu begleiten, und wenigstens einen Blick auf die Karte zu werfen. Das klang vernünftig.

Es wurde beschlossen, daß Kobayashi Endo am folgenden Morgen in die Berge begleiten würde. Doch wie sollte er das in seinem gegenwärtigen körperlichen Zustand schaffen?

Endo blickte Gaston, der ihm die Stirn mit einem feuchten Tuch abwischte, gedankenverloren an. Plötzlich kam ihm eine Idee, wie er diesen Ausländer verwenden konnte.

Das Deprimierendste an Landgasthäusern ist gewöhnlich das Essen. Gäste aus Tokio würden liebend gerne einheimische Spezialitäten kosten, aber in den meisten zweitklassigen Hotels gibt es nur ganz alltägliche Speisen, wie man sie überall und zu jeder Zeit bekommt.

Doch das Essen, das an jenem Abend im Araki Mataimon serviert wurde, enttäuschte auch so verwöhnte Gourmets wie Takamori und Tomoe nicht. Man brachte ihnen gekochten Fisch und Gemüse aus der Region. Als Nachtisch erhielten sie gelbe Kirschen in geschliffenen Glasschälchen.

„Ob das Napoleonkirschen sind?" Tomoe probierte eine Kirsche. Sie war süßer als die, die sie in Tokio gegessen hatte.

„Sie sind leider nicht sehr schmackhaft", entschuldigte sich das Zimmermädchen. „Es ist noch etwas früh. Sie werden dieses Jahr erst spät reif."

„Oh nein. Sie sind köstlich.“

Bruder und Schwester aßen ihre Kirschen schweigend, in Gedanken bei Gaston. Sie fühlten sich ein wenig schuldig, weil sie hier im Trockenen saßen und nach einem guten Essen diese köstlichen Kirschen genossen.

Der Regen hörte schließlich auf, und eine heiße, windstille und schwüle Nacht begann.

Während Tomoe dem Zimmermädchen erklärte, daß sie in Yamagata nach einem ausländischen Freund suchten, lag Takamori mit dem Stadtplan von Yamagata bäuchlings auf einer Matte.

Er fand die Namen der verschiedenen Viertel von Yamagata sehr interessant. Viele waren nach dem benannt, was die Handwerker früher dort hergestellt hatten: Lack-machi, Silber-machi, Kerzen-machi, Eimer-machi. Dann gab es den Siebenten-Tag-machi, den Achten-Tag-machi, den Zehnten-Tag-machi – alle nach dem Tag benannt, an dem dort jeweils der Markt stattfand. Es gab auch den Bauern-machi, den Gasthof-machi und den Zimmermann-machi.

„Und was hast du herausbekommen?“ fragte Takamori seine Schwester leise, als sie ihr Gespräch mit dem Zimmermädchen auf dem Gang beendet hatte und ins Zimmer zurückgekehrt war.

„Sie sagt, die Stadt ist nicht sehr groß. Ein Ausländer fällt hier so auf, daß er leicht zu finden sein müßte. Sie hat versprochen, heute abend alle Hotels anzurufen.“ Tomoe setzte sich neben ihren Bruder.

„Das ist nett von ihr.“

„Ich frage mich, ob wir nicht doch die Polizei einschalten sollten.“

„Erst als letztes. Wenn wir alles andere versucht haben. Wir wollen doch nicht, daß Gaston wie ein Krimineller behandelt wird.“

Das hielt auch Tomoe für sinnvoll.

„Was hast du da?“

„Einen Stadtplan. Es gibt viele Orte mit interessanten Namen. Hier zum Beispiel die ‚Fuchswechsel-Straße'. Sieh nur, wie viele Teiche und Sümpfe es in der Umgebung von Yamagata gibt. Bergseen sind romantisch, findest du nicht, Tomoe? Wenn wir Gaston finden, könnten wir drei doch einen Ausflug machen, oder?"

Unter ihnen plärrte ein Fernsehapparat. Jemand sah sich ein abendliches Baseballspiel an.

Als das Zimmermädchen ihnen das Bettzeug brachte, berichtete sie, daß sie schon sieben oder acht größere Hotels angerufen hätte, aber ein Ausländer namens Gaston Bonaparte sei nirgendwo gemeldet.

„Aber ich rufe auch noch im Ferienhotel in den Bergen an." Sie fügte hinzu, daß dieses Hotel jenen in Atami glich.

„Dann ist jetzt vielleicht doch die Polizei an der Reihe", beschlossen Takamori und Tomoe, während sie sich schlafen legten.

In seiner gegenwärtigen Verfassung, in der er ständig Blut spuckte, würde es ihm sehr schwerfallen, morgen einen Berg zu besteigen. Auf der Karte sah Endo, daß der ‚Große Sumpf' zwischen den Bergen Higashi-Kuromori und Takamori lag, in einer Höhe zwischen 750 und 800 Metern. Natürlich fuhr, anders als früher, ein Bus dorthin. Aber Endo hielt es für das beste, früh zu Fuß aufzubrechen, noch vor der Morgendämmerung, damit sie unterwegs niemandem begegneten.

Laut Kobayashi traf man sogar an diesen Bergsümpfen gelegentlich Holzfäller oder Fischer, die von ihren Booten aus Karpfen fingen. Aus diesem Grund war auch er dafür, sich früh auf den Weg zu machen, damit niemand bemerkte, wie sie das Silber aus dem Sumpf holten.

Endo machte sich nicht erst die Mühe, Gaston zu erklären, warum sie in die Berge wanderten. Es war klar, daß Gaston ihm auch ohne Erläuterung folgen würde. Wenn er ein besonders steiles Wegstück nicht schaffen würde, könnte ihn der kräftige Ausländer auf dem Rücken tragen. Gaston mochte durchaus auch beim Herausziehen der schweren Silberbarren von Nutzen sein.

Endo lag auf dem Rücken und starrte auf die Schatten an der Decke. Die Zeit der Rache an Kobayashi war endlich gekommen.

Er würde sie vollziehen, wenn sie die Barren gefunden hatten. Doch wenn Gaston wieder so etwas versuchte wie beim letzten Mal, was dann? Werde ich ihn töten? Endo wußte es nicht.

Er spähte zu Gaston hinüber, der mit angezogenen Knien an der Wand lehnte. Er war eingeschlafen. Die Anstrengungen des vergangenen Tages hatten endlich ihren Tribut gefordert.

Was für ein dämliches Gesicht! Der Unterkiefer hing herab, und Speichel rann ihm übers Kinn. Den offenen Lippen entwich ein leises Schnarchen.

„Wenn es hart auf hart ging, würde ich ihn wirklich töten?"

Er wollte es nicht. Doch wenn die Umstände morgen seinen Tod erforderten, konnte er sehr wohl eine Kugel in dieses schlaffe Gesicht jagen. Schon allein der Gedanke an diese Möglichkeit versetzte Endo einen Stich des Bedauerns.

„He", rief er Gaston leise an. „He, Gas."

Gaston schlug die Augen auf und sah sich noch ganz benommen um. Wahrscheinlich hatte er geträumt. Er blinzelte Endo an und schaute sich verwirrt im Zimmer um. Er murmelte etwas auf französisch, dann fuhr er hoch: „Oh Endo san, ich bringe gleich ein frisches Handtuch." Aufgeregt griff er nach der Wasserschüssel.

„Weißt du, woran ich gerade gedacht habe?" fragte Endo und fuhr sich mit der Zunge über die aufgesprungenen Lippen. „Eines Tages töte ich dich vielleicht ... Manchmal gehst du mir so auf die Nerven, daß ich dich nicht ausstehen kann.

Du Schwindler! Spielst den guten Menschen! Wen willst du damit hinters Licht führen? Heuchler! Ich möchte dir die Haut vom Gesicht ziehen, diese Maske abreißen.“ Und er lachte.

Es war vier Uhr dreißig am Morgen. Gaston öffnete die Augen und sah, wie Endo sich die Schultern lockerte. Die Jalousien vor den offenen Fenstern fingen schon etwas Licht auf, aber der Himmel war noch ganz dunkel. Im Hotel, wo außer ihnen noch alles schlief, war kein Laut zu vernehmen.

„Zeit zum Aufstehen.“

Endo hatte bereits Hemd und Hose an. Der Hotelkimono, den er beim Schlafen getragen hatte, war am Fußende des Bettes zu einem Ball zusammengerollt. Als er den Mantel anzog, hustete er röchelnd. Gaston sah die Pistole im Halfter unter Endos Regenmantel.

„Wohin gehen wir, Endo san? Sie sollten sich nicht bewegen.“

Wortlos öffnete Endo die Tür zum Gang und winkte Gaston, ihm zu folgen.

Die Eingangshalle war noch dunkel, aber ihre Schritte hatten jemanden aufgeweckt, der das Licht andrehte. Es war der Portier. Er sah aus, als sei er gerade erst aus dem Bett gestiegen.

„Ich weiß nicht, ob wir hierher zurückkommen“, erklärte Endo, während er sich die Schuhe anzog. „Deshalb möchte ich jetzt bezahlen.“ Er zog ein paar Scheine aus seiner Brieftasche und gab sie dem Portier, der ihn so breit anlächelte, daß seine Goldkronen blitzten.

Auf der Straße war es noch dunkel, abgesehen von den wenigen Lichtinseln der Laternen. Über das leere Pflaster rumpelte ein kleiner Lastwagen – ein Milchwagen vielleicht oder ein Lieferwagen, mit dem ein Bauer sein Gemüse in die Stadt brachte.

An einer Ecke vor dem Gebäude der Yamagata-Bank blieb Endo stehen. Gegenüber wurden an den Eingängen zu einem Kino und einer Bank rasselnd die Rolläden hochgezogen.

„Wohin gehen wir, Endo san?"

„Das ist doch egal. Wenn du nicht mitkommen willst, kannst du zurückgehen." Der Killer hatte seine linke Hand auf das Herz gelegt. Er atmete mühsam. „Ich habe dich nie aufgefordert, mir zu helfen." Als Gaston nichts sagte, hakte er nach: „Das stimmt doch, oder?"

Gaston blinzelte und sah Endo mit einem Ausdruck an, den dieser inzwischen schon kannte.

„Endo san, warum hassen Sie mich?"

„‚Hassen' ist nicht das richtige Wort. Ich verabscheue dich aus tiefstem Herzen." Endo lächelte schief. „Wenn ich dein langes dummes Gesicht sehe, möchte ich kotzen."

Eine Zeitlang sprach keiner. Endo warf einen Blick auf seine Uhr; es war fünf.

Die Bank und das Kino gegenüber hatten bereits deutlichere Konturen. Der Tag war angebrochen. Ein Zeitungsjunge radelte vorbei. Aus der Ferne näherten sich Schritte. Das Geräusch hörte auf, dann wurde es lauter, und Kobayashi kam in Sicht. Er trug einen alten Regenmantel und hohe Stiefel.

Endo stieß einen Pfiff aus. Kobayashi sah sie und ging auf sie zu. Als er Gaston entdeckte, verzog sich sein Rattengesicht argwöhnisch. Endo ging auf ihn zu und setzte zu Erklärungen an, wobei er sich gelegentlich zu Gaston umdrehte.

12 Der schwarze Sumpf

Als Endo sein Gespräch mit Kobayashi beendet hatte, rief er Gaston zu sich und gab ihm das dicke Seil und die Schaufel, die der Mann mitgebracht hatte.

Gaston hatte keine Vorstellung, wofür Seil und Schaufel gebraucht wurden, oder wohin sie alle gingen. Es genügte ihm, daß Endo in liebenswürdigem Ton mit Kobayashi sprach und die alte Feindseligkeit vergessen schien. Er wußte nicht, wie es dazu gekommen war, daß die beiden Frieden geschlossen hatten, aber das war auch nicht wichtig – auf jeden Fall war es sinnlosem, blutigem Mord vorzuziehen.

„Sie haben sich versöhnt?" fragte Gaston lächelnd und sah beide Männer an. Er freute sich so, der Dritte im Bunde zu sein, daß er zu pfeifen begann.

„Hör auf mit dem Quatsch!" schrie Endo ihn an, so daß er mit gespitzten Lippen mitten im Ton abbrach.

Die drei marschierten schweigend weiter. Kobayashi und Endo gingen voraus, Gaston folgte mit Seil und Schaufel. Die Straße im Fünften-Tag-machi war noch völlig ausgestorben.

„Sind Sie sicher, daß Sie diesem Ausländer trauen können?" fragte Kobayashi so laut, daß Gaston es hörte. „Ich verdächtige ihn ja nicht gerade, aber..."

„Ich gebe hier die Befehle", unterbrach ihn Endo scharf. „Tun Sie einfach, was ich sage."

Kobayashi lachte unterwürfig und war still.

Es wurde heller. Am Himmel hingen noch dunkelviolette Wolken, aber über den Bergen zeigte sich ein Streifen Licht.

„Ist es weit?" fragte Endo. Er mußte von Zeit zu Zeit ausspucken.

Zunächst hatte es so ausgesehen, als sei Yamagata von Bergen eingeschlossen, aber als sie nun auf eine weitläufige

Ebene gelangten, schienen sich die Straßen endlos hinzuziehen, und die Berge lagen in weiter Ferne.

„Endo san, geht es Ihnen gut?“ fragte Gaston besorgt, weil Endo so oft stehenbleiben mußte. Endo warf ihm nur einen finsteren Blick zu.

„Sind Sie krank?“ fragte Kobayashi. Er schien überrascht. Im diffusen Licht der Morgendämmerung entging Endo nicht, daß der bisher so unterwürfige Kobayashi hinterhältig lächelte.

„Warum lächeln Sie, Kobayashi san? Es ist wahr, ich fühle mich nicht wohl. In meiner Lunge ist ein Loch. Aber wenn Sie auch nur das Geringste anstellen, haben Sie auch ein Loch, das mindestens so groß ist wie meins.“

Die niedrigen Dächer eines Dorfes kamen in Sicht. Wie weit waren sie schon?

Am Ende der Ebene erreichten sie endlich den Fuß des Toyoshima und begannen den Aufstieg. Obwohl der Berg nur etwa 400 Meter hoch war, ging es steil nach oben. Von unten hatte der Himmel über den Bergen klar gewirkt, aber nachdem sie eine Weile gewandert waren, gerieten sie in einen Regendunst wie tags zuvor in der Stadt.

Rechter Hand erstreckten sich Felder, die wenig Frucht trugen. In schmalen Streifen, die von Maulbeerbäumen voneinander abgetrennt waren, wuchsen Zwiebeln und dürre Weizen- oder Maisbüschel. Sonst nichts.

Der Pfad war so gewunden, daß der Aufstieg zum Gipfel sich endlos hinzog. Hinter diesem Berg mußten sie noch das Tal durchqueren, das zwischen dem Matsumori und dem Takamori lag.

Endo hatte Mühe mit dem Atmen. Gaston, der mit Seil und Schaufel hinter ihm herstapfte, bemerkte, daß er nach Luft rang und seine Schultern wie eine Pumpe arbeiteten. Als Endo sich wieder einmal zu ihm umdrehte, sah Gaston ihm die Schmerzen an. Schweißtropfen standen ihm auf der Stirn, und die Haare klebten ihm am Kopf.

„Wir ruhen uns kurz aus", kündigte Endo an und ließ sich auf einen Felsblock am Rand der Straße fallen. Er schien unfähig, auch nur einen weiteren Schritt zu tun. Schweratmend hielt er den Kopf in den Händen.

Der Wind blies Nebelfetzen vom Gipfel herab zu dem Zedernhain, bei dem sie rasteten. Ein feiner Sprühregen durchnäßte sie allmählich bis auf die Haut.

Kobayashi war durch seinen Kapuzenmantel gegen das schlechte Wetter geschützt. Zudem hatte er einst als Armeeoffizier gedient und war immer noch erstaunlich rüstig für sein Alter. Als er auf Endo hinunterblickte, der auf dem Felsen ausgestreckt lag, als käme er überhaupt nicht mehr auf die Füße, überzog das eigenartige Lächeln schon wieder seine hohlen Wangen. Der Anblick eines Killers, der eine so schlechte Kondition hatte, schien ihn zu amüsieren. Ganz offensichtlich hatte er etwas vor; vielleicht wollte er fliehen, denn er sah interessiert zu den Bäumen hinüber, die jetzt im Dunst verborgen lagen.

Endo stand auf und setzte schweigend den Aufstieg fort. Normalerweise hätte Gaston keine Mühe mit diesem Weg gehabt, aber seit seiner Ankunft in Yamagata hatte er nichts Warmes mehr gegessen und in der letzten Nacht nur zwei oder drei Stunden geschlafen. Außerdem trug er die Ausrüstung auf dem Rücken.

„Sind wir bald da?"

„Nein", erwiderte Kobayashi kalt. „Wir haben noch nicht einmal ein Drittel des Weges hinter uns."

Endo hustete. Es klang, als habe er eine Rassel in der Kehle. Hellrotes Blut durchzog den Schleim, den er regelmäßig ausspuckte.

„Sie haben ziemlich schlimme Tb, nicht?" bemerkte Kobayashi angewidert. Dann lächelte er tückisch und fügte hinzu: „Sie schaffen es nie bis zum ‚Großen Sumpf'."

„Ich warne Sie – versuchen Sie nicht, mir zu entkommen", fuhr ihn Endo an.

„Schon gut. Hab verstanden."

Plötzlich hielt Endo seine Pistole in der Hand. Gaston warf einen einzigen Blick darauf und rief: „Endo san, Sie haben versprochen..."

„Ich erschieße ihn nicht, Gas... nur wenn er weglaufen will."

Je höher sie stiegen, desto dichter wurde der Nebel. Bäume und Felsen, die nur wenige Meter vor ihnen lagen, waren von milchigem Dunst umhüllt und nur in ihren Umrissen zu erkennen.

Endo war ein Stück hinter den anderen zurückgeblieben, so daß auch er im Nebel verborgen war. Nur sein qualvolles Husten ließ erkennen, daß er noch bei ihnen war. Die Ebene war nicht mehr zu sehen, und Häuser oder Felder gab es schon lange nicht mehr. Über allem lag der Nebel wie eine Decke. Er verwandelte die Umgebung in eine fremde Welt. Es war, als wanderten sie durch einen grauen Traum, oder als würden sie auf den Grund eines milchigen Sumpfes gezogen, in dem weder Zeit noch Raum existierte.

Gaston wußte nicht mehr, wohin er ging. Auch daß er sich in Japan befand, war ihm kaum noch erinnerlich. In seinem heimatlichen Savoyen, das an die Schweizer Alpen grenzte, gab es viele Berge mit über 2000 Metern Höhe.

‚Wo bin ich überhaupt? Steige ich auf einen Berg in Savoyen? Bin ich unterwegs, um mit meinen Freunden Feuerholz zu sammeln?'

Endos trockenes Husten durchbrach die Illusion. Und vor sich sah er die Gummistiefel und den abgetragenen alten Mantel von Kobayashi.

Ja gewiß, das war Japan. Und er befand sich auf einem Berg in der Nähe der Stadt Yamagata, von deren Existenz er früher keine Ahnung gehabt hatte.

Warum war er nach Japan gekommen? Ja, er war zwar endlich dort, aber bisher hatte er anderen nur Schwierigkeiten gemacht. Er war wie ein Hund durch die Gegend gestreunt. Er hatte sich den Haß dieses Mannes Endo eingehandelt, dem er doch helfen wollte.

Er war keinem von Nutzen. Wenn er hier auf diesem Berg sterben würde – machte er sich traurig klar –, würde ihn kein Mensch betrauern. Takamori und Tomoe wären erschrokken, aber in einem Monat hätten sie ihn vergessen.

‚Ich habe nie etwas anderes getan, als Leuten hinterher zu trotteln.' Und bei Endo war es genauso. Es war ihm nicht gelungen, sein Herz zu erweichen oder auch nur seinem gequälten Geist Ruhe zu verschaffen. Alles, was er tun konnte, war, ihm zu folgen.

Endo wischte sich mit dem Handrücken den Schweiß von der Stirn und zwang seine müden Füße vorwärts, indem er sich ständig vorsagte: ‚Nur noch hundert Meter, nur noch hundert Meter.' Und wenn die hundert Meter geschafft waren, konzentrierte er sich auf die nächsten hundert. In diesem Nebel war es schwer einzuschätzen, was Kobayashi im Schilde führte. Endo erinnerte sich an die zerlesene Bibel, die ihm sein Bruder geschickt hatte, als er gerade zum Militär eingezogen worden war. Und er erinnerte sich an die erste Nacht, in der er Blut gespuckt hatte.

‚Die Krankheit hätte mich längst umgebracht, wenn ich meinen Haß auf diesen Mann nicht hätte. Auch Haß kann Lebenswillen erzeugen.'

Endlich schimmerte weit vor ihnen durch die zerrissenen Nebelschwaden die blauschwarze Oberfläche eines Weihers. Am Ufer des Sees stand eine Hütte. Sie waren am ‚Großen Sumpf' angekommen. Es war nicht zu erkennen, wie groß der See war, da ein dichter Nebel über dem schwarzen, kalt wirkenden Wasser lag. Ein Teil des gegenüberliegenden Ufers, das mit Gestrüpp überwuchert war, schwebte im Nebel wie eine Insel. Da der Nebel in Schwaden über den See zog, schien es, als bewegte sich auch diese Insel.

Am schlammigen Ufer des Sees stand das rostige Fahrgestell eines Autobusses, der hier stehengelassen worden war. Dahinter befand sich die Hütte. Sie war als Schutz- und Rasthütte für Wanderer gebaut worden, die im Sommer herkamen, aber heute war niemand unterwegs. Doch Endo wollte sich vergewissern.

„Gas, geh hinüber und schau nach", forderte er Gaston auf. „Und hol etwas zu trinken, wenigstens Wasser."

„Es ist gefährlich, den Ausländer zu schicken. Er wird Aufsehen erregen. Ich hole das Wasser." Kobayashi hielt Gaston zurück.

Daraufhin versteckten sich Endo und Gaston in dem verlassenen Bus, während Kobayashi mit seinen Gummistiefeln durch die Pfützen stapfte. Als er an der Hütte klopfte, kam ein Mann, der wie ein Bauer gekleidet war, an die Tür. Kobayashi sprach mit ihm, und er verschwand im Innenraum der Hütte.

Endo lehnte sich gegen die Wand des Busses, durch dessen löchriges Dach der Regen tropfte, und begann, seine Pistole zu polieren. Schweiß rann ihm über die Stirn. Seine hohlen Wangen, die viel eingefallener waren als noch in Tokio, und seine dunklen Augenringe bezeugten, was er in den vergangenen drei Tagen durchgestanden hatte.

„Endo san, gehen wir nach Hause", drängte Gaston leise.

Endo antwortete nicht, doch seine Hände fuhren mit ihrer Beschäftigung fort. Er zog das Magazin aus der Pistole, untersuchte die Patronen, schob das Magazin wieder hinein, sicherte die Waffe und steckte sie in die Tasche.

Kobayashi erschien mit glucksenden Stiefeln. Er brachte drei Flaschen Orangenlimonade mit.

„Mehr gab es nicht."

„Der Mann hat keinen Verdacht geschöpft?"

„Nein, sicher nicht. Er ist zum Fischen hergekommen."

„Sie haben nicht zufällig in Yamagata angerufen?"

„Unsinn! Wie sollte mir das helfen!"

Dennoch behielt Endo Kobayashi argwöhnisch im Auge,

sogar während er seine Limonade trank. Er leerte nur die halbe Flasche und warf sie dann aus dem Busfenster in den See. Fast ohne Geräusch verschwand sie im Nebel.

„Führen Sie mich jetzt zu dem Ort."

„Nur nicht so eilig. Ich trinke noch." Kobayashis Verhalten hatte sich geändert. Ein neuer, aufsässiger Ton hatte sich in seine vorher so demütige Stimme eingeschlichen.

„Was sagen Sie?" bellte Endo ihn an.

„Es ist nur hundert Schritte entfernt. Was wir suchen, wird schon nicht verschwinden, bevor wir hinkommen."

Wenn Gaston nicht in der Stadt untergekommen war, dann wohnte er vielleicht im Hotel in den Bergen, hatten das Zimmermädchen und der Portier des Hotels Takamori und Tomoe angedeutet. Sie riefen an und fanden heraus, daß sich kein Ausländer, auf den Gastons Beschreibung paßte, dort aufhielt, daß aber vier, fünf Tage zuvor ein Feriengast einen Ausländer bemerkt hatte, der mit einem Japaner zusammen über die Straße gelaufen sei.

„Wollen Sie nicht hinfahren und an Ort und Stelle weiterforschen?" fragte der dicke Hotelier. Takamori und Tomoe hatten bei ihrer Ankunft vom Zimmermädchen erfahren, daß dieser Mann ein einflußreiches Mitglied des Bergsteigervereins war.

„Es ist ein sehr kleines Dorf. Sie werden keine Schwierigkeiten haben, ihn gleich zu finden."

Mit dem Auto sei es nur eine halbe Stunde entfernt, erläuterte der Hotelier. Bis vor einem Jahr war das Hotel mit Badebetrieb sehr gut besucht gewesen, doch seitdem das Gesetz gegen Prostitution verabschiedet worden war, war es schnell in Vergessenheit geraten.

Nach dem Mittagessen riefen Takamori und Tomoe ein Taxi und ließen sich in die Berge fahren. Nach der Stadt stieg die glatte Asphaltstraße stetig an. In den Hecken der Bauernhöfe und am Schultor blühten großblättrige Magnolien.

Das Bergdorf sah aus wie alle Badeorte in Japan. An beiden Seiten der Dorfstraße drängelten sich Souvenirläden, in denen kokeshi-Puppen[11] und Kuchen in Geschenkpackungen verkauft wurden, Spielhöllen, Schießbuden und ähnliches. Dahinter gab es Hotels und Gasthöfe.

Tomoe entschloß sich, Geschenke für die Familie zu kaufen. Für ihre Mutter erstand sie einen kleinen, schwarzen gußeisernen Nambu-Kessel und für Matchan eine Puppe, die ein Bauernmädchen aus der Gegend darstellte.

Als Takamori die Verkäuferin fragte, ob sie einen Ausländer wie Gaston gesehen hätte, errötete sie tief und antwortete: „Es mag ein Ausländer gewesen sein, der das öffentliche Bad besucht hat."

Das ‚öffentliche Bad' war eine Badeanstalt, die die Dorfbewohner beiderlei Geschlechts jederzeit für ein paar Yen benutzen konnten. Takamori konnte sich lebhaft vorstellen, daß Gaston sich ausgerechnet dorthin verirrt hatte.

„Wissen Sie, wo er wohnt?"

„Im Hoshioka-Hotel, habe ich gehört."

Das Dorf war so klein, daß ein so auffälliger Ausländer wie Gaston bald zum Gegenstand von Klatsch würde.

Doch als Bruder und Schwester das Hoshioka-Hotel aufsuchten, wurden sie enttäuscht. Ein Ausländer wohnte zwar dort, aber es war ein Universitätsdozent, der in Sendai unterrichtete.

Es war schon Abend, als sie, erschöpft von ihrer ergebnislosen Suche, nach Yamagata zurückfuhren.

Der dickbauchige Hotelier stand am Eingang, als das Taxi hielt. Er wußte, wie die Suche ausgegangen war, noch bevor Takamori zu Erklärungen ansetzen konnte. „Ich habe gerade gehört, daß ein großer Ausländer die letzte Nacht in einem Gasthof in Kosho-machi verbracht hat."

11 Holzpuppen ohne Gliedmaßen.

Sie gingen die letzten hundert Schritte. Kobayashi verließ den Weg und kletterte den Abhang zu dem sumpfigen Weiher hinab. Nach ihm bahnten sich Endo und Gaston einen Weg durch das hohe, feuchte Gras. Ihre Hosenbeine waren naß und schlammbespritzt. Die grasige Böschung ging in einen rötlichen Uferstreifen über, gegen den die schwarzen Wellen des Sees plätscherten.

„Hier ist es", wisperte Kobayashi mit einem schlauen Blick zu Endo. „Sehen Sie, dort drüben... der Baum, der aus dem Wasser ragt. An seinem Fuß liegt es."

Kobayashi deutete auf einen abgestorbenen Baum, der sich aus dem nebelbedeckten Wasser erhob. Er war vermutlich ein Relikt aus der Zeit, als hier noch ein Zedernwäldchen wuchs, bevor der Sumpf entstanden war. Jetzt war die Rinde abgefallen, und er ragte wie ein großer weißer Knochen aus dem Wasser.

„Ich halte hier Wache", wandte sich Endo an Kobayashi, der etwas entfernt stand. „Gehen Sie raus und holen Sie es."

„Ich soll es holen?" fragte Kobayashi mit gespielter Überraschung. „Ein alter Mann wie ich? Ich habe ein schwaches Herz. Ich kann nicht in so kaltem Wasser stehen."

„Sie werden bald etwas Schlimmeres haben als ein schwaches Herz, wenn Sie nicht tun, was ich sage." Mit verzerrtem Lächeln griff Endo in die Manteltasche. Als er sie herausnahm, lag die Pistole in seiner Hand.

„Ich verstehe." Kobayashi kniff die Rattenaugen zusammen und blickte den Killer flehentlich an. „Verzeihen Sie mir, verzeihen Sie mir. Endo san, ich habe wirklich ein schwaches Herz."

In diesem Moment setzte sich Gaston, der die beiden nicht aus den Augen gelassen hatte, auf den Boden und band sich die Schnürsenkel auf.

„Was machst du da, Gas?" fragte Endo mißtrauisch.

„Kobayashi san ist ein alter Mann. Ich gehe ins Wasser", sagte Gaston freundlich, während er seine großen Füße ins

Wasser sinken ließ. „Oh, es ist eiskalt... Endo san, was suchen wir?“

„Am Fuß des Baumes dort drüben liegt eine Kiste“, sagte Kobayashi erleichtert. „Binden Sie das Seil um sie herum, und ziehen Sie sie heraus.“

Der Wind nahm an Stärke zu, und der Nebel wurde noch dichter. Selbst der verdorrte Baumstumpf war kaum noch zu erkennen. Gaston ging Schritt für Schritt in den sumpfigen See hinein; erst reichte ihm das Wasser bis zu den Knien, dann bis zur Hüfte. Die beiden am Ufer sahen zu, wie der Nebel ihn langsam verschluckte.

Sofort wanderten Kobayashis kleine Augen zu der Schaufel, die Gaston am Ufer liegengelassen hatte. Endo, der immer noch die Pistole hielt, wandte den Blick nicht von Gaston und hatte deshalb seinem Feind kurz den Rücken zugekehrt.

Obwohl er so athletisch wirkte, konnte Gaston nicht schwimmen. Da er in einer Bergregion aufgewachsen war, kannte er nur Flüsse, in denen man waten konnte. Er hatte nie schwimmen gelernt.

Zudem hatte er nicht bedacht, um was für einen See es sich hier handelte. Erst als ihm das Wasser bis zur Hüfte reichte, merkte er, daß der Boden morastig war und seine Füße einsanken. Aber da war es schon zu spät. Wenn er einen Fuß aus dem Sumpf zog, sank der andere nur um so tiefer ein.

„Meine Füße!“ rief er entsetzt. „Endo san, meine Füße!“

Doch der Nebel hatte Endo völlig von ihm abgeschnitten. Gaston wußte nicht einmal, in welche Richtung er rufen mußte. Als er seine Befreiungsversuche aufgab und stillstand, sank er immer tiefer ein. Und je heftiger er kämpfte, desto stärker saugte ihn der Boden an.

Endo hörte Gastons Schrei. Unglücklicherweise konnte er von dort, wo er stand, Gastons Oberkörper nicht sehen. Er hielt die Hand, die die Pistole umklammerte, als Windschutz an den Mund und rief etwas zurück. In diesem Moment bemerkte er aus dem Augenwinkel, wie Kobayashi hastig die Schaufel aufhob.

Endo war nur ganz kurz durch Gaston abgelenkt worden, aber das hatte genügt, um seine Wachsamkeit zu schmälern. Das machte Kobayashi sich zunutze und holte mit der Schaufel weit aus. Trotz seines Alters beflügelte ihn die Kraft der Verzweiflung. Endo, der dem Angriff ausweichen wollte, rutschte auf dem nassen Boden aus und fiel hin, die Pistole immer noch in der Hand.

Kobayashi schlug immer wieder auf Endos Hand ein, bis die Pistole den blutüberströmten Fingern entglitt, aber vorher hatte sich ein Schuß gelöst, und sein Echo hallte über den Sumpf.

„Stirb, du Schwein! Stirb! Stirb!" brüllte Kobayashi bei jedem neuen Schlag. Endo versuchte, wieder auf die Füße zu kommen, aber er fand keinen festen Halt. Dann durchzuckte ein brennender Schmerz seine linke Schulter, und er sah Kobayashis zornrotes Gesicht nur Zentimeter entfernt. Er packte Kobayashi an den Beinen und ließ sie nicht mehr los, so sehr die Schläge auch auf seine Hüften und Beine hagelten.

Als Endo sich endlich aufrichten konnte, hing sein Anzug in Fetzen an ihm herab, als wäre er mit einem scharfen Messer aufgeschlitzt worden. Aus den Rissen im Stoff tropfte hellrotes Blut auf Arme und Brust.

Beide Gegner keuchten. Eine Weile starrten sie sich nur wütend an, während sie neue Kräfte sammelten. Endo, der seine linke Schulter nicht bewegen konnte, stand mit dem Rücken zum Sumpf. Er wich zurück, während Kobayashi ihn heftig schnaufend mit der Schaufel bedrängte.

„Endo san" schrie Gaston aus voller Kehle, als er den Schuß hörte. Seine Beine steckten unbeweglich im Morast.

Der Wind strich immer noch über die Wasseroberfläche. Mit einem Mal zerriß ein Windstoß den Nebel und legte ein

Stück Ufer frei, so daß Gaston die Szene zwischen Endo und Kobayashi plötzlich sehen konnte.

Bei diesem Anblick warf sich Gaston instinktiv nach vorne, um zum Ufer zu gelangen, wo ein Kampf auf Leben und Tod stattfand, aber seine Beine waren immer noch tief im sumpfigen Boden festgesaugt und bewegten sich nicht von der Stelle. Er verlor das Gleichgewicht und fiel der Länge nach vornüber wie ein Holzklotz.

Das trübe Wasser im See war nicht sehr tief, aber Gaston schluckte dennoch viel davon. Als er den Kopf wieder hob, sah er aus wie ein glotzäugiger Goldfisch, der nach Luft schnappte.

Er wedelte heftig mit den Armen, wie ein Hund, der ins Wasser geworfen wird. Ganz langsam kam er voran, aber als er den Kopf hob, um Endo zu rufen, wiederholte sich das Mißgeschick, und er klatschte vornüber ins Wasser.

Inzwischen standen sich am Ufer Endo und Kobayashi noch immer haßerfüllt gegenüber. Als Endo sich rasch duckte, um die Pistole vom Boden aufzuheben, stürzte sich Kobayashi mit erhobener Schaufel auf ihn.

Kobayashi holte zu immer neuen Schlägen aus. Endo gelang es auszuweichen, und die Schaufel grub sich klirrend in den Boden. Der ältere Mann legte seine ganze Kraft in die Hiebe und hielt die Schaufel seitlich, damit er sie wie eine Axt verwenden konnte.

Ganz allmählich bewegte sich Endo auf das Wasser zu. Blut strömte ihm in Höhe der Knie über die zerrissenen Hosen und mischte sich mit dem Wasser wie schwarze Tinte, die in eine klare Flüssigkeit sickert.

Endos Strategie war leicht durchschaubar. Der Boden am Ufer war hart. Deshalb hatte Kobayashi keine Mühe, die Schaufel nach jedem Schlag herauszuziehen. Doch im Sumpf würde der morastige Boden gegen ihn arbeiten. Sie würden ihren Kampf ohne Waffen ausfechten müssen.

Wenn Endo sich jedoch zu weit ins Wasser hineinwagte,

würde es ihm schwerfallen, Kobayashis Schlägen auszuweichen. Deshalb blieb er nur wenige Schritte vom Ufer entfernt stehen. Kobayashi, der ihn aus blutunterlaufenen Augen anstarrte, tat ein paar Schritte nach rechts. Er grinste schlau. Er war nicht umsonst Soldat gewesen. Schnell hatte er die Strategie seines Feindes erkannt.

„Stirb, du Schwein! Stirb!“ Die Schaufel wie ein Lasso über dem Kopf schwingend näherte sich Kobayashi dem Platz, wo die Pistole lag. Wild entschlossen, Kobayashi daran zu hindern, sie in die Hände zu bekommen, duckte sich Endo tief und wartete auf eine Chance, sich auf ihn zu werfen.

Gaston war inzwischen halb schwimmend, halb kriechend in die Nähe des Ufers gelangt. Er stellte sich zwischen die beiden Männer, streckte seine langen Arme aus und rief laut und gedehnt: „Nein! Nein! Nein! Das dürfen Sie nicht!“

Kobayashis Schaufel landete krachend auf seinem Kopf. Im Gegensatz zu Endo war er nicht geschickt genug, ihr auszuweichen. Zum Erstaunen der beiden anderen fiel er unter der Wucht des Schlages nicht um, sondern blieb reglos mit gespreizten Beinen und hängenden Armen stehen, wie ein antiker Koloß. Er schloß die Augen, als könne er so die Schmerzen besser ertragen. Kobayashi und Endo beobachteten ihn wie erstarrt.

Aus einer Wunde an Gastons Kopf begann Blut über sein Gesicht zu rinnen. Er bewegte sich immer noch nicht; er wischte nicht einmal das Blut ab. Das Blut schien Kobayashi zu neuer Raserei anzustacheln. Er hob die Schaufel und ließ sie erneut mit aller Kraft auf den unbeweglichen Riesen herabsausen. Diesmal taumelte Gaston. Kobayashi war völlig von Sinnen und schlug noch zweimal hemmungslos zu. Aus einem Grund, den er selbst nicht kannte, war ihm dieser Mann zutiefst unheimlich. Unter den letzten Schlägen sackte Gaston in sich zusammen und sank ins Wasser.

gen Hände schützend über den ausgestreckten Körper seines Freundes.

Mit hoch erhobener Schaufel starrte Kobayashi Gaston an. Ein Schauder rann ihm über den Rücken. Er ließ das Gerät fallen und rannte fluchtartig auf die Straße zu.

Dann war alles still. Der Sumpf hüllte sich in Schweigen, als hätte er den verzweifelten Kampf, der gerade stattgefunden hatte, schon vergessen. Ein Windstoß zerriß den Nebel, der nächste trieb ihn wieder zusammen. Das einzige Geräusch verursachte der tote Baum, der die Regentropfen abschüttelte, die sich auf seinen Ästen gesammelt hatten.

13 Der Reiher

Nach Aussage des Besitzers des Araki-Mataimon-Hotels hatte ein Mann beobachtet, wie ein Ausländer und ein Japaner am vorangegangenen Abend ein billiges Gasthaus in Kosho-machi betreten hatten.

„Der Mann, der sie gesehen hat, arbeitet in einem sake-Laden in der Nachbarschaft. Er sagt, der Japaner war sehr bleich und schien krank zu sein. Der Ausländer sah genauso aus, wie Sie ihn beschrieben haben. Groß, Figur wie ein Sumo-Ringer, mit einem langen, flachen Gesicht."

„Das muß Gaston gewesen sein."

„Warum gehen Sie ihn nicht suchen?"

Kosho-machi war nicht weit von ihrem Hotel, nicht einmal zehn Minuten zu Fuß. Takamori und Tomoe folgten den Instruktionen des Hoteliers und bogen im Siebenten-Tag-machi rechts ab. Takamori freute sich schon ungemein darauf, Gaston wiederzusehen.

„Lauf nicht so schnell!"

„Ich kann nichts dafür. Meine Füße wollen nicht langsamer."

Takamoris Eifer forderte den Widerspruchsgeist seiner Schwester heraus. Sie blieb absichtlich von Zeit zu Zeit stehen und wies ihn auf die Sehenswürdigkeiten von Yamagata hin.

„Takamori, hast du jemals so viele Tempel gesehen? Das ist wirklich eine Tempelstadt, nicht?“ Zwischen den Häusern im Samurai-Stil lagen viele stille Tempelbezirke. „Ich würde so gerne hier leben. Vielleicht sollte ich mir einen Ehemann aus Yamagata suchen.“

„Darüber können wir reden, wenn wir Gas gefunden haben.“

„Wieso die Eile. Er wird sich schon nicht in Luft auflösen.“

Doch als sie das Gasthaus erreichten, in dem Gaston angeblich wohnte, wurden Tomoes Worte widerlegt.

„Er ist heute früh weggegangen.“ Der Portier, ein Mann mit so vielen Goldzähnen, daß sein Gesicht wie die Tigermaske aussah, die man bei Festprozessionen trug, musterte Tomoe von Kopf bis Fuß und fuhr fort: „Er muß aufgestanden sein, als es noch dunkel war. Ich weiß nicht recht, wie spät es war.“

Er wußte auch nicht, wohin Gaston aufgebrochen war. Die Rechnung war bezahlt, das Gepäck hatten sie mitgenommen, und darum bestand für ihn keine Veranlassung, in diesen Gasthof zurückzukehren.

Es war schon dämmrig. Die letzten Sonnenstrahlen erleuchteten die Dächer der alten Häuser in Kosho-machi. Ein junges Mädchen, das seinen kleinen Bruder auf den Rücken geschnallt trug, lehnte an einer Tempelmauer und sang ihm ein Schlaflied. Irgend etwas in ihrem Lied stimmte Takamori traurig. Es veranlaßte ihn, über die Menschen nachzudenken. Was war das für ein merkwürdiges Wesen, der Mensch?

„Bis Yamagata sind wir gefahren, und jetzt…“ Tomoe klang enttäuscht und auch ein wenig melancholisch.

„Ich habe das Gefühl, daß ihm etwas passiert ist."
„Sei nicht albern."
In diesem Augenblick rief ihnen von hinten ein Mann auf einem Fahrrad etwas zu. Als sie sich umdrehten, sahen sie, daß es der Hotelbesitzer war. Der dicke Mann stieg schnaufend vom Rad ab.
„Etwas Schreckliches ist geschehen! Endo ist gerade am ‚Großen Sumpf' gefunden worden. Das läßt die Polizei Ihnen ausrichten."

Heute war der Himmel zum ersten Mal seit ihrer Ankunft in Yamagata wolkenlos blau. Ihr Zug fuhr durch eine Ebene mit Reisfeldern, die wie eine große, blaugrüne Wasserfläche glänzten. Ab und zu stieß die Lokomotive einen Pfiff aus und beschleunigte ihre Fahrt. Eine erfrischende Brise strich durch die offenen Fenster. Auf den Bauernhöfen winkten ihnen kleine Mädchen und Jungen zu.

Takamori und Tomoe, die am Fenster saßen, blickten zu den flockigen Wölkchen hinauf, die über den Berggipfeln schwebten. Ein Berg, der alle anderen überragte, hieß Shirataka oder ‚Weißer Falke'. An seinem Fuß lag der ‚Große Sumpf'. Bruder und Schwester konnten ihre Augen nicht von diesem Berg abwenden, der sie mit seinem goldenen Licht blendete. Sie dachten beide an dasselbe.

In den drei Tagen, die auf Endos Entdeckung gefolgt waren, hatten sie kaum eine ruhige Minute gehabt. Noch am selben Abend hatte sie der Hotelier zum Polizeipräsidium von Yamagata gebracht, wo der diensthabende Beamte ihnen erzählt hatte, man habe etwa um zehn Uhr morgens einen jungen Mann im Wasser liegend entdeckt, der eine Pistole umklammerte. Gefunden hatte ihn der alte Mann aus der nahegelegenen Schutzhütte, der im Sumpf fischen wollte. Als er sich dem Wasser näherte, hatte er etwa dreißig Meter vom Ufer entfernt einen langen, dunkelbraunen Gegenstand gesehen, der von den Wellen umspült wurde.

Sofort waren Polizei und Ermittlungsbeamte aus Yamagata gekommen. Vier Stunden später wußte man aus Briefen und einem Notizbuch, die sie bei dem Mann gefunden hatten, daß es sich um Endo von der Hoshino-Bande handelte. Der Mann war umgehend in ein Krankenhaus eingeliefert worden.

Am Sumpf fand man Spuren eines heftigen Kampfes. Endo hatte Glück gehabt und lebte noch, aber er war schwer verletzt.

„Der Mann aus der Hütte hat erzählt, daß ein anderer Mann in einem Regenmantel am Morgen bei ihm drei Flaschen Limonade gekauft hat. Das untersuchen wir jetzt", erklärte der Kriminalbeamte, der sich den Schweiß im Nakken abtupfte.

Takamori fragte nach Gaston, und der Beamte erwiderte: „Ein Ausländer, sagen Sie? Wir haben bisher nichts erfahren, was darauf hindeutet, daß ein Ausländer in den Fall verwickelt ist."

Es war merkwürdig, daß man nur Endo im Sumpf gefunden hatte. Takamori gab zu Protokoll, was er über die Angelegenheit wußte, und der Polizist schrieb eifrig mit.

„Sie sagen, daß Endo und Ihr Freund heute früh zusammen vom Hotel aufgebrochen sind?"

„Ja." Takamori war an diese Art der Befragung nicht gewöhnt und benahm sich, als stünde er selbst unter Anklage. „Aber es ist undenkbar, daß der Ausländer versucht hat, Endo umzubringen. Dafür verbürge ich mich mit meinem Leben."

„Na, das werden wir ja erfahren, wenn Endo wieder zu sich kommt. Es ist die Aufgabe der Polizei, jedem noch so kleinen Hinweis nachzugehen." Dann fügte er hinzu: „Ich muß Sie leider bitten, noch zwei, drei Tage in Yamagata zu bleiben."

Am nächsten Tag durchkämmten Männer in Booten jeden Zentimeter des Sees, aber sie fanden nichts – weder

Gastons Leichnam noch irgend etwas, das den drei Männern gehört haben könnte.

„Er ist sicher mit dem Mann, der die Limonade gekauft hat, auf und davon."

„Lächerlich!" erwiderte Takamori. Er hatte sich am folgenden Tag noch einmal auf der Polizeiwache eingefunden. „Gas – dieser Ausländer – hat mit dem Verbrechen nichts zu tun. Natürlich kann er zum Mitgehen gezwungen worden sein."

Am dritten Tag erzählte Endo, der noch sehr geschwächt im Krankenhaus lag, den Kriminalbeamten seine Version der Geschichte, und alles wurde noch mysteriöser. Endo gab zu, er habe Kobayashi und Gaston zum ‚Großen Sumpf' gebracht. Dem Ausländer hatte er den Zweck der Unternehmung nicht verraten. Er berichtete, wie Gaston Kobayashis Schläge auf sich genommen hatte, um ihn, Endo, zu retten, und wie er schließlich schwerverwundet im seichten Wasser zusammengebrochen war.

„Und was ist dann mit ihm geschehen?"

Endo schüttelte so heftig den Kopf, daß ihm schwindlig wurde. Dann erinnerte er sich plötzlich, daß er einige Zeit, nachdem er das Bewußtsein verloren hatte, den feuchten Nebel auf seinen Wangen gespürt und die Augen aufgeschlagen hatte. Eine Ecke des Himmels war blau und klar, und er sah einen einsamen Reiher mit schneeweißen Schwingen in Richtung des Wolkenlochs aufsteigen. Aber er hatte ihn nur undeutlich wahrgenommen.

Das war alles, und nicht einmal dessen war er sich ganz sicher.

Er glaubte, daß er den blauen Himmel und den Reiher mit den reinen, weißen Flügeln wirklich gesehen hatte, aber er räumte ein, daß er auch einer Illusion oder einem Traum erlegen sein könnte. Danach war er wieder ohnmächtig geworden und hatte im Wasser gelegen, bis man ihn entdeckt hatte.

Wohin war Gaston verschwunden?

Es gab keine Anzeichen, daß er im Sumpf gestorben war. Das einzige, was man von ihm fand, war eine alte Jacke, die jemand einen Tag später aus dem See zog. Endo bestätigte, daß diese Jacke Gaston gehörte.

Das war das Ende der Untersuchung. Die Polizeibeamten weigerten sich, Endo noch weitere Fragen zu stellen, denn sein Zustand war immer noch kritisch.

Hatte sich Gaston aus dem Sumpf geschleppt und sich in den Bergen verirrt, weil er für Endo Hilfe holen wollte? Oder war er Kobayashi gefolgt? Für die Polizei war der Vorfall ebenso mysteriös wie für Takamori und Tomoe. Niemandem, der die Bergstraßen zur fraglichen Zeit benutzt hatte, war ein Ausländer von Gastons Statur aufgefallen.

Eine warme Brise wehte durch das Zugfenster ins Abteil. Als Takamori seinen Blick über die wolkengekrönten Berggipfel wandern ließ, war ihm plötzlich, als sähe er Gaston, der ein Stückchen unterhalb des höchsten Gipfels bergan stieg. Er winkte ihm mit seinem Hut zu und hatte ein Lächeln auf seinem Pferdegesicht – dieses Lächeln, an das sie sich so gewöhnt hatten, ein albernes, furchtsames Lächeln.

‚Takamori san, ich gehe fort.'

‚Wohin gehst du, Gas?'

‚Irgendwohin, überall... wo es Menschen gibt.'

Tomoes Stimme zerstörte die Vision. Sie hatte das Kinn in die Hand gestützt und blickte ebenfalls zu den Bergen hoch. Doch ihre Phantasie beschäftigte sich mit praktischeren Dingen als die ihres Bruders.

„Ob Gaston nicht nach Tokio zurückgekehrt ist, Takamori? Vielleicht finden wir ihn zu Hause, wenn wir ankommen."

Takamori lächelte traurig. Würde sie Gaston jemals wirklich verstehen?

„Oh, sieh doch, ein Reiher!" Ein einsamer Reiher flog

über das Reisfeld und stieg langsam zum blauen Himmel empor.

„Gas san, leb wohl“, flüsterte Takamori dem Vogel zu.

Über ein Monat war vergangen, seit Takamori und Tomoe nach Tokio zurückgekehrt waren und Gaston dort nicht gefunden hatten. Es war ein Tag mitten im Sommer, als Takamori an seiner Arbeitsstelle von einem Polizisten aus der Marunouchi-Polizeiwache aufgesucht wurde. Die Empfangsdame klang besorgt, als sie ihm den Besucher meldete.

„Higaki san, ich hoffe, Sie haben keine Schwierigkeiten.“

„Sagen Sie bitte nicht gegen mich aus“, antwortete Takamori schelmisch. Er ahnte sofort, daß es sich um Gaston handeln mußte. Dennoch war er nervös, als er die Tür zum Empfangszimmer öffnete.

Der Kriminalbeamte, der ihm und Tomoe damals auf der Polizeiwache in Marunouchi Auskunft erteilt hatte, saß mit ausgestreckten Beinen auf dem Sofa.

„Wie geht es Ihnen? Schön, Sie zu sehen.“

„Ich störe Sie ungern bei der Arbeit.“ Der Beamte trug schwarze Hosen und ein kurzärmeliges weißes Hemd. „Es geht um diesen Ausländer. Wir wissen immer noch nicht, wo er sich aufhält. Kobayashi und Endo sind in Haft, deshalb haben wir im Grunde mit ihm nichts weiter zu tun. Aber er ist wie vom Erdboden verschluckt.“

„Wirklich?“

„Wir haben einen Bericht von der Präfektur Miyazaki im Distrikt Kyushu erhalten, daß ein Ausländer, auf den die Beschreibung paßt, dort gesehen wurde. Diesem Hinweis gehen wir nach, aber es scheint sich um eine andere Person zu handeln.“

Enttäuscht blickte Takamori zu Boden. Der Polizist griff nach der Tasse, die die Sekretärin ihm gebracht hatte, und schlürfte geräuschvoll seinen Tee.

„Wir haben einen Bericht an die französische Botschaft

geschickt... Ich habe mich gefragt, ob Sie nicht doch eine Vermutung haben, wo er ist.“

„Gaston hat sein Gepäck bei uns gelassen... daß heißt, einen alten Seesack. Vielleicht...“

Sie kamen überein, daß der Beamte am folgenden Abend zu ihnen kommen und sich den Seesack ansehen würde.

Am nächsten Abend entknotete der breitschultrige Polizist in Anwesenheit von Takamori und Tomoe mit einiger Mühe die Kordeln von Gastons Seesack – seine Hände waren wohl eher an Karate gewöhnt.

Heraus zog er geflickte Hemden, Unterwäsche, ein rostiges Rasiermesser, eine Jacke, Handtücher, dann ein Liederbuch mit zerrissenem Einband und schließlich ein altes Notizbuch.

„Es ist in einer fremden Sprache geschrieben“, rief der Polizist entmutigt. „Können Sie das lesen?“

In dem ganzen Notizbuch fanden sich nur zwei Zeilen auf französisch. Fremdsprachen waren nicht gerade Takamoris Stärke, aber die praktische Tomoe holte gleich ihr Wörterbuch und begann das Geschriebene zu entziffern. Es war eindeutig Gastons Handschrift, die sich wie Würmer über die Seite kringelte.

Als sie die beiden Zeilen übersetzt hatte, las sie sie laut vor: „Ich bin dreimal durch die Zulassungsprüfung für das Missionsseminar gefallen. Deshalb kann ich nicht Missionar werden. Trotzdem muß ich nach Japan fahren.“

Wortlos sahen sich Bruder und Schwester an.

Tomoe war in ihre Schreibarbeit vertieft. Ihr munteres Gesicht mit der Stupsnase schwenkte von links nach rechts, während ihre Augen den Worten auf dem Manuskript folgten.

Ein Schriftstück nach dem anderen wurde ihr gebracht, und eines nach dem anderen erledigte sie flink. Die fertigen Texte wanderten auf den Schreibtisch von Signor Disanto.

Wie immer gönnte sie sich pünktlich nach einer halben Stunde ihre Pause, in der sie sich Augentropfen einträufelte und sich die Fingerspitzen massierte.

Kurz vor Mittag blickte sie auf ihre Armbanduhr und holte ein Transistorradio aus der Schublade. Sie stöpselte sich den Kopfhörer ins Ohr und suchte den Sender, der um 12 Uhr die Börsennachrichten brachte. Während der Nachrichten notierte sie, welche Aktien Gewinn versprachen.

„Tomoe, hätten Sie an diesem Sonnabend Zeit?" fragte Osako leise, während er so tat, als bringe er ihr Manuskripte zum Abtippen. „Ich habe zwei Karten für das Konzert im Hibiya-Saal."

„Oh, wundervoll! Sie nehmen mich mit?" erwiderte Tomoe freundlich.

Osako nickte. Er war offensichtlich hochzufrieden über ihre Zustimmung, denn er gewährte ihr eine tiefe Verbeugung.

Tomoe war überzeugt davon, daß sie sich in einen Mann wie Osako nie verlieben, geschweige denn ihn heiraten würde. Er schien sich sehr für sie zu interessieren, aber sie würde ihm oder einem anderen zur Zeit nicht gestatten, mehr zu werden als ein guter Freund. Wenn er sie ins Kino oder zum Konzert einladen wollte, wäre sie dumm, das auszuschlagen, fand sie, wenn sie am Abend nichts anderes vorhatte.

„Haben Sie noch etwas von diesem Franzosen gehört?" fragte Osako, der sich, beflügelt von ihrer positiven Antwort, nicht gleich wieder entfernte, sondern versuchte, das Gespräch auszudehnen.

„Wenn Sie Gaston meinen, nein... wir haben nichts gehört. Aber jetzt ist Arbeitszeit. Wir sollten besser später darüber reden."

„Okay."

„Signor Disanto könnte uns sehen."

Als Osako gegangen war, tippte Tomoe gewissermaßen als Übung die Worte ‚Gaston Bonaparte' auf das Papier.

„Wunderbarer Träumer", dachte sie. Wohin war der wunderbare Träumer wohl entschwunden? Sie mußte häufig an sein langes Gesicht und das gutmütige Lachen denken und an seine schleppende Stimme, als er ihr im Restaurant mit dem Mund voller Makkaroni zu antworten versuchte. Doch mit der Zeit verblaßten die Erinnerungen immer mehr.

Sie stellte sich den Tag vor, an dem der Mann ihrer Träume ihren Weg kreuzen würde. Er wäre kein armer, schwacher Einfaltspinsel wie Gaston, sondern ein starker, gutgebauter, mutiger junger Mann, der sie im Sturm erobern würde.

Takamori saß in der ‚Otafuku'-Bar, seinem Lieblings-Schlupfwinkel, und vor ihm standen in Reih und Glied die geleerten Bierflaschen. Er träumte vor sich hin, dann kritzelte er etwas in sein kleines Notizbuch.

„Was machst du da, Higaki?" fragte sein Freund Iijima, der neben ihm saß. Iijima spähte ihm neugierig über die Schulter.

„Hör auf", blaffte Takamori mit rotem Gesicht und steckte das Büchlein wieder in die Tasche. Es war sonst nicht seine Art, so verlegen zu werden.

„Ich nehme an, Sie rechnen aus, wieviel Sie uns schulden, Higaki san", mischte sich die Kellnerin sarkastisch ein, während sie einen Teller voll o-den vor ihm absetzte.

Takamori zwang sich zu einem Lächeln und sah durch das gesprungene Fenster auf den Nachthimmel. Morgen würde es wieder schön werden. Unzählige Sterne funkelten über den niedrigen Dächern der Bars in der Nachbarschaft.

Plötzlich erinnerte er sich an die Nacht, in der er mit Gaston zu Hause am Fenster gestanden und die Sterne angeschaut hatte.

Gaston ist verschwunden, murmelte Takamori lautlos, aber das ist ganz in Ordnung. Er war ein Mann, der verschwinden mußte... Wie die Heldin aus dem Märchen vom Bambusschneider war er vom Himmel gekommen und dorthin zurückgekehrt. Für Takamori war das mehr als eine Phantasie; es drückte Gastons Berufung am besten aus.

Nachdem er sich von Iijima verabschiedet hatte, schlenderte Takamori in Richtung U-Bahnhof, doch auf halbem Weg machte er einem plötzlichen Einfall folgend kehrt. Er hatte ein starkes Bedürfnis, Chotei zu sehen, den er lange nicht mehr gesprochen hatte.

Dies war die Straße in Shibuya, wo er Napoleon entdeckt hatte und ihm nachgelaufen war. Der Hund war auf seiner Suche nach Gaston bestimmt durch unzählige Straßen gehumpelt. Jetzt war Napoleon tot.

Am Ende der Eisenbahnunterführung erblickte er Chotei im Licht seiner Kerzen. Der alte Mann beugte sich gerade über die Hände einer Frau, die ihn konsultierte. Sie hatte einen Verband um den Hals und ein Baby auf den Rücken gebunden und sah aus, als hätte das Leben ihr übel mitgespielt. In dieser Minute, dachte Takamori, gab es Tausende anderer Menschen, denen ebenfalls Trauer und Leid widerfuhren.

Takamori versteckte sich hinter einem Telegraphenmast, bis Chotei frei war. Gaston hatte sich einst auch hinter diesem Mast versteckt, erinnerte er sich, während er den alten Wahrsager beobachtete.

Gaston lebt noch. Eines Tages wird er aus dem fernen azurblauen Land wieder herunterstapfen und ein weiteres Mal die Sorgen von Menschen wie diesen auf seinen breiten Rücken nehmen.

Inhalt

Literatur bei Herder – Grenzenlose Leselust

Pío Baroja
Der Baum der Erkenntnis
300 Seiten, gebunden. ISBN 3-451-22485-2

Leonid Borodin
Eine Geschichte aus sonderbarer Zeit
240 Seiten, gebunden. ISBN 3-451-22362-7

Mircea Eliade
Hochzeit im Himmel
208 Seiten, Herder/Spektrum Band 4056
ISBN 3-451-04056-5

Mircea Eliade
Die Hooligans
352 Seiten, gebunden. ISBN 3-451-22965-x

Vasco Pratolini
Die Mädchen von Sanfrediano
190 Seiten, Herder/Spektrum Band 4174
ISBN 3-451-04174-x

José Luis Sampedro
Das etruskische Lächeln
4. Auflage, 336 Seiten, Herder/Spektrum Band 4022
ISBN 3-451-04022-0

Saliha Scheinhardt
Drei Zypressen
144 Seiten, Herder/Spektrum Band 4080
ISBN 3-451-04080-8

Eva Zeller
Ein Stein aus Davids Hirtentasche
98 Seiten, gebunden. ISBN 3-451-22923-4

Verlag Herder Freiburg – Basel – Wien

Geheimnis und Zauber des Ostens

Ding Ling
Jahreszeiten einer Frau
144 Seiten, gebunden. ISBN 3-451-22157-8

Duoduo
Der Mann im Käfig
China, wie es wirklich ist
144 Seiten, gebunden. ISBN 3-451-22055-5

Shusako Endo
Der Vulkan
176 Seiten, gebunden. ISBN 3-451-22374-0

Lao She
Sperber über Peking
200 Seiten, gebunden. ISBN 3-451-22577-8

Die Leiche im Strom
Die seltsamen Kriminalfälle des Meister Bao
Herausgegeben und übersetzt von Wolfgang Bauer
220 Seiten, gebunden. ISBN 3-451-22598-0

Li Ping
Zur Stunde des verblassenden Abendrots
2. Auflage, 192 Seiten, Herder/Spektrum Band 4140
ISBN 3-451-04140-5

Li Zehou
Der Weg des Schönen
Geschichte der chinesischen Kultur und Ästhetik
416 Seiten, Herder/Spektrum Band 4114
ISBN 3-451-04114-6

Xiao Hong
Der Ort des Lebens und des Sterbens
160 Seiten, gebunden. ISBN 3-451-21414-8

Verlag Herder Freiburg – Basel – Wien